文學研究叢書·文學理論叢刊

清質澄輝

——林文月學術與藝術研究（修訂版）

黃如焄　著

修訂版序

　　本書的研究主旨，擬在林文月散文的藝術表現與成就外，進而討論其文藝觀與審美理念並兼及其學術立場的評述，嘗試提出若干觀點與評價，以期在歷來多注重其散文的研究面向外，能拓展出新的觀照視域。

　　林文月先生以「三種文筆」名世，身兼學者、作家、翻譯家於一身，綜覽其一生研究成果、散文書寫及跨足中、日文學翻譯的文化貢獻，實為「非典型」的中文學者典範。故欲全面、完整地討論其文學成就，實非本書所能承擔的任務。筆者嘗試以「學術」與「藝術」來概括並討論林先生的文學成就與特色，一方面是學術、創作、翻譯雖分屬不同領域，但又彼此交互支援，實皆根源於「才有庸儁，氣有剛柔，學有深淺，習有雅鄭，並情性所鑠，陶染所凝」的結果。尤其「翻譯」考驗的不只是譯者的外語能力，更是學養胸襟與文采「規矩妙應」的綜合性表現，故將其翻譯成就與洞見，納入「藝術」的範疇中討論。另一方面，林文月後期的書寫趨勢，亦漸有「以散文為主軸，貫串起看似壁壘分明的論文和翻譯兩大領域。」（張輝誠語），或在論文中將學術與創作結合的現象。而此結合學術與創作（藝術）之發想，在《擬古》已見端倪，其在二〇一六年出版的《文字的魅力──從六朝開始散步》，更以回顧自我學思歷程的開展之姿，將「創作」、「翻譯」、「學術」三個面

向的文章合為一集，全書四四七頁，二十餘萬言，皇皇一冊。
尤其「輯三」的論文更佔全書一半篇幅以上近三分之二，加之
以兼含翻譯洞見與散文創作，而成為體現林文月「三種文筆」
之成就的最佳代表。

　　林文月的「學術」研究，始於六朝文學，而不囿於六朝文
學，甚至在其退休後，或出於個人興趣、或受邀於不同學術
研討會因應各種主題而提交的論文，皆展現出其觸角的廣
泛。是以本書所拈出的「學術」，並非欲全面討論林文月畢生
的學術研究成果，或是收錄於《澄輝集》、《中古文學論叢》、
《山水與古典》……等書的學術論文。而是更近於韋伯（Max
Weber）曾以「學術作為一種志業」為題，所指出的一種學者
畢生獻身於學術研究的情懷。至於，林文月具體的學術研究，
受限於筆者能力，僅就《文字的魅力——從六朝開始散步》
「輯三」的十篇論文，加以評述討論，以期能窺豹一斑。

　　〈學術與創作的結合——林文月後期散文之轉向的考察與
省思〉，主要是針對林文月二〇〇四年後出版的《人物速寫》
（2004）、《寫我的書》（2006）、《蒙娜麗莎微笑的嘴角》
（2009）、《文字的魅力——從六朝開始散步》（2016），四本較
少為人討論的後期作品的考察，並指出其嘗試泯除「學術」與
「散文」的界限，將學術內容與散文創作結合的趨勢。而以散
文此一文類本身所具的「浮動性」與「包容性」，來綰合文學
創作之美感、文學理論批評的思想性、學術研究的科學嚴謹證
據與推論……等被分開的不同範疇，重新融合為一新散文體，
亦與宇文所安（Stephen Owen）所提出的「散文的理想」的說
法，遙相呼應。

〈林文月談詩論藝——論《蒙娜麗莎微笑的嘴角》中的文藝美學〉，原發表於《世新大學人文社會學報》第十四期。此書內容，主要是呈現林文月對於欣賞、翻譯、模擬、形式、文類、詩藝……等看法，雖非以學術論文的形式呈現，卻充滿學術討論的洞見，可謂「有學術的嚴謹卻無學院的枯燥」，是瞭解林文月美學極為重要的一本書。亦可作為林文月「學術」研究的另類成果。本文以「論欣賞」、「論創作」、「論翻譯」為架構，討論其以散文書寫羅織各種知識與感思領悟，所完成之學問與性情互涉的特殊文藝美學觀。

〈論林文月《人物速寫》的觀看方式與抒情意境〉原發表於《世新大學人文社會學報》第十七期。《人物速寫》是以人物為主的十篇散文，主要追記生命行旅中因緣際會所結識的學生、友朋、護佐、學者、藝品店員等人物群像，此書雖以「人物速寫」為名，表象寫的是他人，實以「鏡象」的特殊「觀看方式」，回顧平生離合悲歡。本文試圖討論的是《人物速寫》所採取的觀看美學與抒情意境的關係，指出其所追求的含蓄淵雅之美，不僅是一種語言表達的美感，更是一種以曲達的書寫方式、感物理念所完成的文化理想，並以此突顯林文月散文書寫之獨特性。

〈林文月《文字的魅力——從六朝開始散步》的學術與藝術〉原發表於《世新大學人文社會學報》第二十一期。《文字的魅力——從六朝開始散步》包含散文、譯事、學術三個面向，為林文月近年若干新作加部分舊作的精選集。其以「文字的魅力」為書名，標誌著林文月討論文學重心從史傳批評「知人論世」，以「人」為中心轉向對「文字」、藝術技巧與形式重

視的趨勢。副標題「從六朝開始散步」，則以「散步」喻一生從六朝古典文學研究，走向翻譯寫作自然衍流開展的「語文」所安人生。本論文試圖從學術與藝術兩個面向，提出「史傳批評的承揚」、「說『文』解『字』」、「生活的藝術與藝術的生活」三部分，討論其學術的貢獻與轉向，及翻譯、創作的藝術成就。值得說明的是，由於學報有二萬字的字數限制，該書的內容又極具份量，故發表時刪去部份內容，此書收錄的是未刪減的原文。

〈遇轉折而成萬姿──林文月的人格與風格〉，則是延續「文如其人」、「風格是作家意志的簽名」的觀點，著眼於「作家詮釋自我生命歷程的方式」，指出林文月早年身經戰亂，其文卻是將亂離的經驗化為成長環境的正面能量，「以態度的圓滿，征服情境的殘缺」。故言其生命風姿雖遠於「水無礙而瀉千里」的雄健奔騰，而實特有「遇轉折而成萬姿」的順應曲折、豐盈自由之美。亦可作為本書對於林文月的討論，一個暫時的結論。

附錄的〈現（當）代散文選本選錄之作家與作品比較表〉（含林文月散文被選錄情形對照表），主要是筆者整理坊間（一九九三至二〇一八）現代散文選本所選錄之作家／作品的簡表。遠溯千禧年世紀末前後至今，隨著不同編選旨趣之差異而產生多元競出的選本現象，除了「眾聲喧譁」之外，亦可視為一個時代不同之書寫理念、文學信仰、美學價值的對話與辯論的結果。或許時至今日，選本代表的意義只是選家的意見，而非《昭明文選》一類具定於一尊的地位。但透過作品屢屢被眾多選本收錄之事實，豈非不是最具體的肯定？林文月的散文

書寫早已進入文學史的典範，從各時期不同出版社散文選本選錄的情況，或亦有對照參考作用，故一併收錄於後。

本次的修訂，主要是針對原本以期刊形式發表時，參考書目皆附於該論文之後的情形，做一重新整理，統一附於全文之後；另外，原置於附錄的〈當代散文選本與文學書寫之考察——以二〇〇〇至二〇〇六為範圍〉，抽換為〈現（當）代散文選本選錄之作家與作品比較表〉與〈林文月散文在「現代散文選本」中，被選錄作品簡表〉，當更能具體呈現，林文月散文在選本中被傳播與接受的實情。

柯慶明先生有一篇饒富興味的散文，題為〈我所不知道的林文月先生〉。此文原為二〇〇一年「林文月教授手稿資料展」的介紹。柯老師的文章中，歷數與林文月先生相關的親切回憶與敬佩之情，反覆以「不知道」一詞，「著手成春」的點出了林文月先生的才藝多能與生命的多面豐贍。一如指點著「山陰道上，應接不暇」的美麗風景！

自然，對於林文月先生，我是有更多的「不知」的……

以上拙著五篇不成熟的文稿，是我多年來對散文及林文月先生文學成就的一些思考。時常閃過「人生過處惟存悔，知識增時轉益疑」之句，然追悔無益，知識是否有增？更成疑事。但透過論文的撰寫，確實發現了自己的不足與更多的問題。或許，唯一能寬慰的是問題的意義，就在於可以成為引導繼續前進的一束光，而不致落於迷茫吧！

黃如焄

于花蓮・東華大學中文系

二〇二二年五月廿二日

後記：

　　書名之「清質澄輝」，乃出於南朝・謝莊〈月賦〉：「升清
質之悠悠，降澄輝之靄靄。」澄輝，即月也。《澄輝集》亦為
林文月先生一九六七年出版的第一本文學論集。其文筆以樸素
清麗名家，具「清質悠悠」之美。「清質」原指月亮，但若從
字面義，實可與「麗質」作為對照，或更能突顯林先生「水清
木華」的文藝之美。是為記。

目次

修訂版序 ……………………………………………………… 1

壹 學術與創作的結合
——林文月後期散文之轉向的考察與省思 …… 1

一 前言 ……………………………………………………… 1

二 散文的出位——學術與創作的結合 ……………… 4

三 散文的理想——評論與情韻的結合 …………… 23

四 結語 …………………………………………………… 35

貳 林文月談詩論藝
——論《蒙娜麗莎微笑的嘴角》中的文藝美學 · 41

一 前言 …………………………………………………… 41

二 論欣賞——「審美距離」與「整體觀照」 … 43

三 論創作——從「本色」到「抒情的自我」 … 52

四 論翻譯——文章千古事,得失寸心知 ………… 62

五 結語 …………………………………………………… 72

參 論林文月《人物速寫》的觀看方式與抒情
意境 ……………………………………………… 75

一 前言——從卡爾維諾之「輕」談起 ………… 75

二　靜水流深──語不涉己，若不堪憂 ················ 81

三　澹中藏美麗，虛處著功夫 ······················· 92

四　「敘事如畫」與「篇終接混茫」 ················ 99

五　結語 ·· 103

肆　林文月《文字的魅力──從六朝開始散步》的 學術與藝術 ······································· 105

一　前言 ·· 105

二　史傳批評的承揚 ································· 115

三　說「文」解「字」 ······························· 138

四　生活的藝術與生命的學問──「語文」所安 ······ 149

五　結語 ·· 162

伍　遇轉折而成萬姿 ──林文月的人格與風格 ······················· 165

一　前言 ·· 165

二　〈八十自述〉與林文月的「澀味」風格 ·········· 167

三　文學，是苦難的超越 ···························· 180

四　結語 ·· 184

參考書目 ··· 189

附錄一　現（當）代散文選本選錄之作家與 作品比較表 ································· 199

附錄二　林文月散文在「現代散文選本」中， 被選錄作品簡表 ··························· 233

壹　學術與創作的結合
——林文月後期散文之轉向的考察與省思

一　前言

　　林文月先生的散文書寫始於《京都一年》（1971）迄今
（2021）已半世紀，在臺灣現代散文史上早已進入經典
（canon）的位置。早期最具代表性的評論之一，並得到林文
月許為允當者，或當推何寄澎先生〈真幻之際・物我之間——
論林文月散文中的生命觀照及胞與情懷〉（1987）及〈林文月
散文的特色與文學史意義〉（2002）二文。尤其後者，從「思
想性」、「抒情性」、「記敘性」三方面兼含內容討論林先生作品
的特質，並拈出「題材的新變」、「體式突破與風格塑造」、「風
氣的先導」作為其現代散文史上傳承與開拓的定位。此研究觀
點，亦開啟了後來研究者從演進與創發的角度來討論林文月散
文的藝術性[1]。然而，何先生的論文發表於二〇〇二年，雖然
該文亦曾對林文月的散文提出分期的看法：

　　　《京都一年》、《遙遠》、《讀中文系的人》、《午後書房》

---

[1]　例如李京珮《林文月散文藝術風格的傳承與新變》，國立成功大學臺灣文
　　學研究所碩士論文，2005、陳玉萱《林文月散文的常與變》，國立高雄師
　　範大學國文教學碩士班碩士論文，2007。

　　四本書，可說是林先生前期的作品；《午後書房》之後
有《交談》、《作品》、《擬古》、《飲膳札記》等書，可謂
後期的作品；然而這兩個階段的過渡作品是《交談》。[2]

此論堪稱中肯，唯二○○二之後，林文月又陸續出版了《回
首》（2004）、《人物速寫》（2004）、《寫我的書》（2006）、《蒙
娜麗莎微笑的嘴角》（2009）、《文字的魅力──從六朝開始散
步》（2016）等書，其散文的變與不變、意蘊與關懷，或已不
是何先生的論文所能涵括。

　　其後關於林文月散文的研究面向，除了通論性的討論[3]
外，大抵歸於二端。其一，是由《飲膳札記》延伸出的飲食、
文化相關討論[4]；其二，則是由〈江灣路憶往〉、〈上海故宅〉
一類童年書寫，延伸出的空間記憶與身份認同的國族議題[5]。

2　《新世紀散文家──林文月精選集》，（臺北市：九歌出版社，2002年），頁
　　14。
3　此處通論性的討論是指不特別標明主題，全面性的討論其人其文的論文。
　　如許婉姿《林文月散文創作觀及其實踐》，東吳大學中國文學研究所碩士
　　論文，2005、許惠玟《林文月的散文美學》，國立臺北教育大學語文與創
　　作學系語文教學碩士班碩士論文，2008。
4　此類研究的學位論文如黃美鳳《林文月散文飲膳經驗之探究》，國立彰化
　　師範大學國文學研究所碩士論文，2007、洪汶珀《臺灣散文的飲食書寫探
　　析──以林文月、蔡珠兒為例》，新竹教育大學人資處語文教學碩士班碩
　　士論文，2010、黃芳儀《林文月飲食文化觀之研究》，雲林科技大學漢學
　　資料整理研究所碩士論文，2011、林雅瓊《鄉情、國史、世界觀──論林
　　文月、蔡珠兒及李昂的女性跨國飲食書寫》，中興大學臺灣文學研究所碩
　　士論文，2009。
5　此類研究的學位論文如許秦蓁《戰後臺灣的上海記憶與上海建構》，中央
　　大學中國文學研究所博士論文，2002、許芳儒《記憶‧身分‧書寫──林
　　文月散文析論》，中央大學中國文學研究所碩士論文，2006、魏絅慈《台

除了學位論文外，前者如何寄澎〈試論林文月、蔡珠兒的「飲食散文」——兼述臺灣當代散文體式與格調的轉變〉，其透過兩位作家的對比，提出雖同為飲食文學，但林文月以抒情、蘊藉、淡筆見長，「看似質實無奇，細品則意味無限」；蔡珠兒則以感官、辛烈、濃筆見其特色，「初閱使人驚豔，細看不免『套式』，且讀之紛繁。」[6]既別異同，臧否亦在其中。後者，如黃雅歆〈以林文月〈上海故宅〉、〈江灣路憶往〉、〈迷園〉窺散文創作之互文策略——並論空間記憶與身分認同〉[7]指出林文月創作的互文性，利用「化整為零」使各篇文章承載各自獨立的價值，在「散而不亂」中完成特殊的散文建構。以上雖皆頗具參考價值，然而對於林文月二〇〇四後出版的《人物速寫》（2004）、《寫我的書》（2006）、《蒙娜麗莎微笑的嘴角》（2009）、《文字的魅力——從六朝開始散步》（2016）等書，幾乎無所觸及。

關於上述四書，其後雖有出現零星書評，如張瑞芬〈生命的行旅——評林文月《回首》與《人物速寫》〉、〈非關「寫我」——秋日讀陳淑瑤《瑤草》、林文月《寫我的書》〉、蔡振豐〈優雅的由來——林文月「回首」、「人物速寫」讀後〉、徐

灣女性散文家的童年書寫——以琦君、林海音、林文月和張曉風為中心》成功大學台灣文學系碩士論文，2011、吳思穎《地方的記憶與認同——林文月的「空間」書寫》，中興大學中文所碩士論文，2012。另外，李京珮：〈鄉愁的顯影——論林文月的京都書寫〉，《應華學報》第4期，2008年12月。此雖非寫上海，仍屬空間書寫的性質。

6　〈試論林文月、蔡珠兒的「飲食散文」——兼述臺灣當代散文體式與格調的轉變〉，臺灣文學研究集刊，第一期，2006年2月，頁204。

7　國立臺北教育大學語文集刊第35期，2019年6月，頁213-236。

國能〈樸素的華麗〉（按：評《人物速寫》）、石曉楓〈傾聽與交
談間的節制深情——林文月《人物速寫》評介〉、董橋〈林文
月速寫的人物〉、張輝誠〈書中自有情誼如水——評《寫我的
書》〉、凌性傑〈「清水出芙蓉，天然去雕飾」——《文字的魅
力‧書評》〉[8]等，然皆屬短評性質，實有進一步討論的空間。

二　散文的出位——學術與創作的結合

《人物速寫》、《寫我的書》、《蒙娜麗莎微笑的嘴角》、《文
字的魅力——從六朝開始散步》四本書雖內容分屬不同性質，
大抵分別是以書寫「人物」、「書」為主的散文集；近年受邀的
學術演講、為友人作傳序、參與研討座談的學思文章集結；綜
輯散文、譯事、學術三個面向，且學術論文佔一半以上篇幅，
頗能代表林文月學術視野與文藝成就的論著。以上雖皆歸於
「散文類」，但實已在林文月記述抒情的純散文外，內容開始

8　〈生命的行旅——評林文月《回首》與《人物速寫》〉發表於2004年5月，
　　《文訊》223期，後收入《狩獵月光——當代文學及散文評論》，（臺北
　　市：聯合文學出版社公司），頁55-58、〈非關「寫我」——秋日讀陳淑瑤
　　《瑤草》、林文月《寫我的書》〉發表於2006年10月，《聯合文學》264期，
　　後收入《狩獵月光——當代文學及散文評論》，（臺北市：聯合文學出版社
　　公司），頁134-140、蔡振豐〈優雅的由來——林文月「回首」、「人物速
　　寫」讀後〉，《聯合文學》235期，頁26-27、徐國能〈樸素的華麗〉，2004
　　年5月23日，聯合報B5「讀書人書評花園」、石曉楓〈傾聽與交談間的節制
　　深情——林文月《人物速寫》評介〉，《金門文藝》第3期，頁18-19、董橋
　　〈林文月速寫的人物〉，收入《甲申年記事》，香港：牛津大學出版社，頁
　　101-103、張輝誠〈書中自有情誼如水——評《寫我的書》〉聯合報2006年9
　　月10日E5版、凌性傑〈「清水出芙蓉，天然去雕飾」——《文字的魅力‧
　　書評》〉，聯合報2017年2月11日。

轉向觸及對於文學創作、理論、欣賞、批評、翻譯、審美……
等文藝觀點的反思與見解。此現象固然是文學發展的常態，創
作先於理論批評而存在，當作品累積到某一定質量之後，理性
的反思自然產生，一如六朝興起的文學理論與批評，是建立在
對前代作品的歸納、整理與反省上。由於林文月並未以系統或
專書的方式來建構其文藝理論，而這些吉光片羽散見於散文、
演講、序跋中的意見，一如古典中國文學批評的觀點與資料往
往亦散見於古人的詩文、隨筆、書信、序跋……等情形一般，
即便是短箋零拾，亦常常三言兩語掌握住重點，含藏精闢洞
見；至於《蒙娜麗莎微笑的嘴角》中所收錄的多篇長篇演講如
〈《擬古》——學術研究與文學創作之結合〉、〈游於譯——回
首譯途〉、〈《歸鳥》幾隻——談外文資料對古典文學研究的影
響〉……等，更是融合畢生教學、研究、翻譯、創作、生活之
學思經驗，以娓娓道來不厭其詳之詞「談學論藝（譯）」的精
華，此皆是討論林文月文學觀點與成就不可忽視的一個面向。

　　另一方面，一九九三年林文月自臺灣大學退休，在〈八十
自述〉中自道：「我用出版《擬古》、《作品》、《和泉式部日
記》這三本書，告別了教書生涯。」[9]並附上解說：

> 前兩者是散文集，第三本為翻譯。《作品》是散文創
> 作、《擬古》是研究與創作結合的文體，而《和泉式部
> 日記》是日本古典文學中，「日記體」文學的譯注，作
> 者和泉式部和紫式部、清少納言，都是平安文壇的著名

9　《文字的魅力》，（臺北市：有鹿文化事業公司），頁189。

女性作者。此三人在文學史上合稱為平安「鼎足」。[10]

很明顯的，選擇一次同時出版分別代表創作、學術、翻譯「三種文筆」的作品，是經過特別安排的[11]，亦是林文月以「三種文筆」名世，最佳的無言證明。其中尤為特別的是，《擬古》雖一向被歸類為散文，但並非一般的自由創作，而是「受限制式」的寫作創體。張瑞芬曾將此書許為「標示了林文月另一個自我挑戰的高度」[12]，林文月則自我定義為「是研究與創作結合的文體」、「主要是以寫作動機（或技巧）為考慮而成集的一本書。」[13]，並在多處文章中提及「擬古」的發想與意義，實是由研究「陸機的擬古詩」而領悟古人藉由「骨鯁所附，自鑄偉詞」之義，透過摹擬前代經典作品，提升拓展自己寫作方法，以達到「擬古而不泥於古」[14]的目標。換句話說，《擬

---

10 《文字的魅力》，頁188-189。

11 《和泉式部日記》由於是日記體，其中有大量的和歌，不若《源氏物語》及《枕草子》容易閱讀，故其知名度似亦不像前二部作品高，但在日本文學史上同為重要作品，故林文月特別說明其重要性。

12 張瑞芬〈溫州街的書房──論林文月散文〉，《五十年來臺灣女性散文‧評論篇》，（臺北市：麥田出版公司），頁145。

13 〈八十自述〉，《文字的魅力》，頁181。

14 〈《擬古》──學術研究與文學創作之結合〉，《蒙娜麗莎微笑的嘴角》，（臺北市：有鹿文化事業有限公司），頁86。關於「擬古」的摹擬問題，明代復古詩論後期代表人物之一的胡應麟《詩藪》內篇卷五：「作詩大要不過二端：體格聲調、興象風神而已。體格聲調有則可循，興象風神無方可執。故作者但求體正格高，聲雄調鬯，積習之久，矜持盡化，形跡俱融，興象風神，自爾超邁。譬則鏡花水月，體格聲調，水與鏡也；興象風神，月與花也。必水澄鏡朗，然後花月宛然。詎容昏鑒濁流求睹二者？故法所當先，悟不容強也。」（《詩藪》，臺北市：廣文書局，頁308）頗值參考。胡應麟此段原為作詩而發，但實為一切文學作品的通則，指出「摹擬

古》在林文月散文創作上所代表的重要意義之一，便是「轉益多師是吾師」的實踐。《擬古‧自序》：

> 寫作對我而言，是嚴肅的，也是寓含遊戲性質的；既是遊戲性質，就必然存在著比賽因素。我喜歡跟自己比賽，希望每一次的比賽都能超越過去，或者至少不要落後太多。所以這種遊戲，往往是相當辛苦的。至於這一次的遊戲，則又有古人參與。我並未敢狂妄到想超越古人，但他們所遺留的典範，是我非常景仰且努力追隨的目標。而且，我也並不勉強自己為擬古而擬古，只是在寫作的構思過程中，恰巧想到所讀過的古人篇章中有能夠吻合者，則取之以為模擬之標的。不過，有時也會因為讀古人之作品而啟迪我寫作的靈感。[15]

林文月的「擬古」諸作，強調寫作立場是須先有一己之情感，再斟酌適匹的形式，故雖是向古人取法之舉，實無失去一己面目之憂，反有在原作猶如「半畝方塘一鑑開」的脈脈清流外，增添一抹「天光雲影共徘徊」的迴映互照之趣。至於視「擬古」為一場有古人參與的「比賽」，實謙抑的呈現出林文月在創作之路上努力不懈、不斷跟自己「比賽」、精益求精的抱負與事實。且其「擬古」取法對象之廣袤，不僅兼含古今，亦包

擬」雖以形式的「格調」掌握入手，但「格調」同時也是表現情感內容、意境美感「風神」的所在。意即「語言形式」，乃可掌握之「技」，也是通向表現情感美感之「藝」的關鍵。故成功的「擬古」作品，乃由「法」而「悟」的過程。

15 〈自序〉，《擬古》，（臺北市：洪範書店），頁五。

中外（英、日），如：清少納言《枕草子》、蕭紅《呼蘭河傳》、
Laura Call Carr《*My Life At Fort Ross*》、《傅雷家書》、楊衒之
《洛陽伽藍記》、「六朝擬代」、《東坡志林》、臺靜農《龍坡雜
文》、泰戈爾《漂鳥集》、《園丁集》等，一方面幽微地透露出
其閱讀的深廣與品味，另一方面取法對象的隨機多變，亦有
「俯拾即是」、「著手成春」[16]的靈動自然之意，而免於「泥
古」的匠意與匠氣。尤其，《擬古》中的〈往事〉一篇，是寫
母親的深情回憶之作，但形式是擬卡爾（Laura Call Carr）《我
在羅斯堡的生活》（*My Life At Fort Ross*），此書原用英文書
就，實是《擬古》中非常特別的安排。

　　自一九九三年出版的《擬古》開啟結合學術與創作的先例
後，將學術研究、評論與散文抒情結合，似乎成為林文月的一
種新嘗試。二者最大的不同，在於《擬古》與學術的結合是寫
作動機與技巧的考量；到了《寫我的書》就是內容的連結。例
如：《寫我的書》內容大抵以書為起點，既寫最初與書相遇的
各種因緣始末及相關人事記憶的轉折，復又在其中「由人及
書」，自然述及書的版本、字體、墨色、印刷……等形式外觀
的特色與猶如學術論文嚴謹的詳實內容評述。其詳為描寫書籍
的版本裝幀，看似客觀記錄，實於其中飽含凝視、摩挲的賞愛
珍視之心。例如：

　　　　我有一本保存完好的大本影印線裝書《景宋本三謝詩》，

---

16 語出司空圖《二十四詩品》〈自然〉：「俯拾即是，不取諸鄰。俱道適往，
　　著手成春。如逢花開，如瞻歲新。真予不奪，強得易貧。幽人空山，過水
　　採蘋。薄言情晤，悠悠天鈞。」（臺北市：金楓出版有限公司），頁71。

便是在京都研究獨居那一年，於散步閒覽之際在古書鋪購得。這本長三十四公分、寬二十二‧五公分的線裝書，不僅紙張無損。字跡清晰。而且有一藍布書函包裹。甚為雅致。[17]

這本畫集，長二十五公分，寬二十三‧五公分，幾呈正方形。封面為暗褐底色，其上隱約見墨跡流動漂浮，其實是一張畫的局部放大效果。正面下端有白色粗豪的油畫筆觸簽署英文姓氏 Kuo，左側近書脊處印著一排較小的白字 paingting by the contemporary chinese artist。反面極右側是中文毛筆字，郭豫倫畫集，亦為白色，押在暗色底上，十分的醒目，一眼可看出是標準的臺先生仿倪體行書。這樣的畫冊，簡淨大方而頗具現代感，即使以今日坊間的書面設計觀之，仍算得是十方新穎別具風格的。何況是三十餘年前的出版物。[18]

所謂「真花暫落，畫樹長春」（庾信〈至仁山銘〉），林文月透過客觀冷靜的文字記錄，猶如以文字素描作畫，轉化並再現了書的形式。故此書「以書懷人」的情調，雖近似於林文月所擅長的懷舊憶往體《飲膳札記》，但事實上，二者的寫作策略與風格並不相同。如〈變態刑罰史〉的開頭：

這一本日本的線裝書《變態刑罰史》，是許多年以前靜農師送給我的。臺先生退休後，日子過得平靜閒淡，我

17　〈景宋本三謝詩〉，《寫我的書》，（臺北市：聯合文學出版公司），頁42。
18　〈郭豫倫畫集〉，《寫我的書》，頁188。

有時自台大下了課，在回家中途去拜訪探望。有一次秋
日午後，他見我趨訪，說：「你來得正好。我整理小書
房，有些買了多年也看不懂的日文書，送給你翻翻。」[19]

「臺先生所說的買了多年的日文書，包括這本《變態刑罰
史》。」[20]然此散文筆法的人事記憶約只佔全文不及四分之一，
僅在娓娓道出此書乃獲贈自臺靜農先生後，直至全文結束並未
再述及與臺先生的人事回憶，反而用超過四分之三的篇幅，詳
為評述此書的內容，並在嚴肅內容中穿插「這些手繪的各種刑
罰圖，雖然筆調拙稚，但足以令人驚心動魄，十分可怖。這大
概是我始終不敢正式閱讀，將其束諸高閣的原因。」、「最近，
我決心要面對這本書，遂分兩次看完」一類散文式的句子，親
切引領讀者進入其筆下的閱讀世界。如：

《變態刑罰史》共七十六頁，插圖竟占二十四頁，而且
全頁為圖者有十四頁。這些手繪的各種刑罰圖，雖然筆
調拙稚，但足以令人驚心動魄，十分可怖。這大概是我
始終不敢正式閱讀，將其束諸高閣的原因。最近，我決
心要面對這本書，遂分兩次看完。這是大正十五年
（1926），由日本文藝資料研究會出版，澤田撫松所撰
的專著。據前言，本書為日本首現之刑罰史。澤田氏解
釋所謂「變態」，並非將刑罰史寫成變態的樣子，而是
指：人類對人類加以刑罰，乃是一種人類生活的變態。

---

19 《寫我的書》，頁028。
20 同上註，頁029。

全書分二篇，第一篇自日本太古至德川時代之前，第二篇自德川時代至明治時代。顯然詳於今而略于古，而後半段又以德川家康所制定的刑罰為主，明治時代的內容僅有半頁。

澤田氏依據日本古史《古事紀》、《日本書紀》推論，除了素盞所受剃髥拔指甲的毀傷刑之外，自上古又有死刑、黥刑、徒刑及追放刑等刑罰。他又寫：「欲知上古之後，刑罰如何進步（或退步），須加研究。」遂有各類刑罰發展之探究，使這一本書充滿了許多「變態」可怖的文字。不過，作者依據史料，有一分證據說一分話，純屬學術之論述，不為文學之誇張渲染。例如關於切腹，頗費筆墨，蓋以切腹為日本刑罰之中最具特色之故。[21]

將二者不同筆調的文字結合，其來有故。一如林文月在研究《洛陽伽藍記》時提出「冷筆」與「熱筆」之說，認為作者楊衒之在「關於地理空間方面的記錄，他常常保持客觀冷靜的筆調；至於歷史文物的敘述，則時時不免於主觀熱烈的筆調。」[22]兼二者之長，以形成一種更豐富靈動的文學價值與美感。從「散文出位」的觀點，將客觀理性的評論與散文式的隨筆記述結合，而形成一種綜合性的文體，亦可在理性評述「言之有物」之餘，避免過於嚴肅枯燥，提升閱讀的趣味。一如此文最

---

21 同上註，頁029-031。

22 〈洛陽伽藍記的冷筆與熱筆〉，《中古文學論叢》，（臺北市：大安出版社），頁262。

後的結尾。〈變態刑罰史〉：

> 誠如澤田撫松所言：人對人科加刑罰，是人類生活的變
> 態；如果沒有這種變態，則無法達到人類生活共存之目
> 的嗎？而即使古今世界各地都有這麼多的變態刑罰，始
> 終仍無法遏止犯罪，又該當如何解釋呢？這些問題，澤
> 田氏執筆之際或者曾經思考過，卻非本書所能處理的問
> 題和範圍。而這些問題，也是全人類無論刑罰學者專
> 家，乃至普通一般人都應該繼續思考的事情。
> 這一本《變態刑罰史》，不宜夜晚閱讀，不宜陰雨天閱
> 讀。讀時令人毛骨悚然，但發人深省。澤田撫松筆路藍
> 縷整理史料，功實不可沒。[23]

林文月仍是在發出：人類既知刑罰是人加之於人的「變態」，
但今日世界刑罰終不可免的感喟中，又繞回散文之筆「不宜夜
晚閱讀，不宜陰雨天閱讀。讀時令人毛骨悚然，但發人深省」
的諄諄提醒，應是不願讀者以「姑妄言之姑聽之，豆棚瓜架雨
如絲」猶如讀聊齋小說一般，將人類相殘的苦難等閒視之。同
時，亦與開頭所言自獲贈書「始終不敢正式閱讀，將其束諸高
閣」恐懼之深迴環呼應。

　　《寫我的書》中所寫的十四篇文章，以「書名」為題，大
抵環繞相關人事記憶與記錄、評述書之相關背景、主要內容而
成，多篇則又以歲月悠悠的懷念與感傷告終。從廣義的角度，

23　《寫我的書》，頁034-035。

仍可視為回憶體的散文。「唯三」的例外，是繫於書末的《Lien Heng（1878-1936）Taiwan's Search for Identity Tradition》、〈陳獨秀自傳稿〉、〈清畫堂詩集〉三篇。首先，是任教於美國的歷史學者吳淑惠的《Lien Heng（1878-1936）Taiwan's Search for Identity Tradition》，此文誠屬嚴謹的書評，與回憶懷舊體無關。然而，林文月身為連雅堂的外孫女，對其外祖父的關心，故閱讀後人對連雅堂的研究論著，並以客觀書評形式出之，而無為親者諱的立場，當更寓深衷於其中。

　　至於〈陳獨秀自傳稿〉、〈清畫堂詩集〉，其後亦再次收錄在二〇一六年出版的《文字的魅力──從六朝開始散步》輯三「學術論文」內。但題目已改為〈手跡情誼──靜農師珍藏的陳獨秀先生手跡〉、〈《清畫堂詩集》中所顯現的詩人的寂寞〉。張瑞芬曾指出：

> 《寫我的書》最稱壓卷的，殆屬〈陳獨秀自傳稿〉和〈清畫堂詩集〉這兩篇。不但文章特長，也象徵了二人在作者心中的份量。[24]。

值得注意的是，〈陳獨秀自傳稿〉不直寫臺靜農的學術、對早年臺大中文學風的奠定之功、亦不談他的書藝成就、學生對他的愛戴。而是從一個非常特殊的事件切入，寫臺先生晚年因搬家以為遺失的心中至寶──陳獨秀先生早年相贈的自傳手稿，直至住院晚期仍掛心牽念，最終更帶著遺憾辭世。爾後，家人

---

24 〈非關「寫我」──秋日讀陳淑瑤《瑤草》、林文月《寫我的書》〉，《狩獵月光》，頁138。

在整理遺物之際，方赫然發現此稿原是被臺先生自己慎藏於租借的保險箱中，由此牽引出一份珍藏一生，少有人知，卻純粹而深刻的知遇情誼。

　　陳獨秀本是五四運動的領袖之一，鼓吹新文化，為當時知識青年所尊敬。然因其曾擔任中國共產黨書記要職，在臺靜農渡海來臺後，以當時臺灣敏感的政治氛圍，其二人曾經的交往情形，遂多半只能沉默。林文月在〈陳獨秀自傳稿〉中以客觀冷靜之筆，說明二人相識始於「巧遇」，並非刻意安排：

> 他（按：陳獨秀）和臺先生雖然都是安徽人，但長於臺先生二十二歲，兩人相識於抗日戰爭時期的四川江津。抗戰爆發次年一九三八年，臺先生舉家輾轉遷移大後方，寄居江津縣白沙鎮，任職於國立編譯館。一九三八年十月十九日，「中華全國文藝界抗敵協會」在重慶舉行魯迅逝世二周年紀念會，臺先生應老舍之邀演講《魯迅先生的一生》。次日，他搭船到江津去看望一位在當地行醫的朋友。在沒有刻意安排的情況之下，意外地見到住在重慶因事到江津的父親，和心儀已久的同鄉長輩陳獨秀先生。當時陳氏已近六十歲，而臺先生三十七歲。[25]

二人相識後，雖有密切的書信來往，其內容實為談學論藝與出版事務的連繫，與政治並不相涉：

25　〈陳獨秀自傳稿〉，《寫我的書》，頁224-225。

（陳獨秀）一九三二年，為國民政府逮捕入獄。五年後
獲釋出獄，遷居於江津。一九四二年病逝。臺先生在陳
獨秀先生生命的最後四年裡認識了他，當時陳氏已不再
叱吒風雲，淡出政壇，他們成為忘年之交，主要的話題
是建立在學問和文學書藝方面。離開政圈後的陳獨秀先
生正在為小學教師編寫有助兒童識字的教科書《小學識
字教本》。那是一本以科學方法，有系統地整理中國文
字的書。編寫期間，陳氏想藉助臺先生在編譯館工作之
便，協助他借書、油印和發行。一九三九至一九四二年
間，陳氏寄臺先生的書信多達百餘封。[26]

〈陳獨秀自傳稿〉以側寫客觀的事實，委婉的為二、三十年代
臺靜農因曾與左翼人物交往的「三遭牢獄之災」做了最好的澄
清。而體現陳氏與臺先生這份忘年之交珍貴情誼的「見證」，
便是陳獨秀寫於外處日軍日夜轟炸的戰爭年代、自身又囚禁於
監獄的無明歲月中，賴以「遣悲懷」的自傳稿。林文月寫道：

這份傳記並不完整，只書寫了三十多頁，終於陳氏十七
歲應鄉試時。不過，在最後一頁卻另題書兩行字：「此
稿寫於一九三七年七月、十六至廿，五日中，時居南京
第一監獄，敵機日夜轟炸，寫此遣悶，茲贈靜農兄以為
紀念一九四○年五月五日獨秀識於江津。」題簽致贈此
稿時，兩人相識僅一年多。當時尚未有影印機複製的方

---

26 同上註，頁225。

　　便，陳獨秀先生把手書的唯一自傳原稿贈送給小於自己
二十二歲的新識朋友，足見其推心置腹引為知己的情
形。這份情誼值得珍惜紀念，或者更甚於合影。而以陳
氏其人知名度之高，此傳稿書寫時又值在獄中的敏感時
間，可以想見臺先生受此厚禮，是如何小心翼翼收藏，
其後又如何戰戰兢兢攜帶來臺。何況，他自己曾經歷過
三次縲絏之災，所以對於這些文字一直是保持著極度的
秘密，甚至托裱與夾板，都不敢隨便送外委與他人，而
自己親自在家中製作。[27]

這份臺靜農先生自己托裱的外觀是「以夾板為前後護面護底，
裡面是用毛筆書寫在稿紙上的陳獨秀先生的早年自傳，托裱得
如書法墨寶一般精緻。」[28]其鄭重珍視之心，無言體現在靜靜
的形式中。〈陳獨秀自傳稿〉中雖無臺靜農詩文的學術討論，
但林文月以嚴謹慎重的客觀書寫態度，或許是其日後將之輯入
「論文」類的原因。此文以客觀記述之筆寫深刻雋永之情，見
證的同時亦是林文月先生作為臺靜農先生的學生，令人感動的
師生情誼。

　　而將學術論文與散文之筆結合的代表，應是〈清晝堂詩
集〉。此文本是為鄭因百先生百歲冥誕學術研討會所提交的論
文，林文月特以「步趨」鄭騫上課講學論詩的精義與方式來撰
寫，全數刪除論文的註解，並逐一詳細分析詩歌寫作的背景成
因與藝術匠心。如：

---

27 同上註，頁227-228。
28 同上註，頁220。

　　鄭先生是不避諱談死的，這一組詩言「我骨久成灰」[29]，語氣並不淒楚，反而見老者通達之理；同卷又有〈宗教與生死〉四首長詩（P.136）也是同樣的境界。他勇於面對死亡，甚至在寂寞中想像死亡。卷六有〈代棺中人語〉並序……此詩後注文，在編集時因百師加了一些字：「此詩出句依唐人平仄遞用法。合用屋沃二韻。不押韻之字亦皆用入聲，使每句句尾非平即入，不雜上去，似可增加悠揚澀咽之致。」這令我想起往日上課時老師講解詩詞的情形。他對於古人的篇章，不特精細說明內容情思意境，又同時分析其匠心技巧，使我們掌握作品之佳妙，以及其所以佳妙之道理。[30]

此段保留了鄭騫講學的精妙及點出詩中音韻技巧與情感相渾融的藝術境界。其後，林文月又特意不遵循一般學術論文的規範，在嚴謹的學術討論中織入散文情味的文句，以突顯鄭先生的幽默感，如：

　　鄭先生喜愛的陶淵明有〈挽歌〉三首，為自挽詩，內容不僅不悲痛，反而通達詼諧。他這三首七絕，頗似蹈襲

---

29 此組詩是指〈清畫堂詩集〉卷五收〈溫州公園小坐〉二首（P.118），並有〈公園中一幼童喚我公公〉四首（P.128）：「秋盡氣仍暖，微吟向午風。此身真老矣，到處喚公公。」、「頰紅似蘋果，目湛如琉璃；七十年前我，全同爾此時。」、「七十年後事，我骨久成灰；祝爾亦長壽，此園閒坐來。」、「推移今變古，代謝古成今。小別二年樹，重來半畝陰。」《寫我的書》，頁276-277。

30 同上註，頁277-279。

擬作〈挽歌〉，意境也接近陶公。便是這種詼諧幽默
感，促成他續作另一首〈賂鬼〉（P.72）：「白雨生寒欺
病骨，青燈如夢照書帷。黑無常說可暫緩，手捧紅包滿
意歸。」詩後附一段相當有趣的注文：「雨夜三章既
成，忽憶錢能使鬼之語，戲作此四色詩一首。世傳無常
鬼有黑白，白者最凶，黑者較易通融。」在我們的師長
中，因百詩雖然外表嚴肅，個性拘謹，其實卻十分幽
默。他有時會冷冷地說一句帶著雙關語的諧語。當年中
文系的教員休息室短缺，每間由數人共用，我有幸與鄭
先生同在第四研究室。一天下課回到研究室，看到沒有
課的老師閒閒地坐在他那靠窗的位置上，隨口問：「鄭
先生今天沒課，怎麼來了？」他從厚厚的近視眼鏡回望
我說：「今日坐以待幣（與「幣」字同音）」。他是來領
取薪水，正等待系裡的工友憑圖章為他從會計室領回裝
著新台幣的封袋。[31]

或兼敘悠悠往事緬懷感思，這皆是林文月早期學術論文所未曾
見的情形。如：

> 我還記得走廊外一片林木翁鬱的後院，夏日午後有蟬鳴
> 伴合著師生的談話，也記得那院子裡有一棵蓮霧樹，產
> 纍纍的青白色大粒蓮霧，清甜而脆實，與一般市場上水
> 果攤所賣粉紅色棉花似口感迴異，我從來沒有在別處吃

---

31 同上註，頁270。

　　到過那種美味的蓮霧。有時同學三兩相約去探望老師，
　　遇著蓮霧盛產的季節，清瘦的師母往往會端一盤新摘的
　　果子請老師和我們分享，有一次還揣一袋讓我帶回家。[32]

上段「坐以待幣」的對話，實有《晉書》〈顧愷之傳〉：「嘗圖
裴楷象，頰上加三毛，觀者覺神明殊勝。」之感，將鄭先生學
者本色「望之儼然，即之也溫」的風貌靈動呈現出來。而與師
生閒談共享蓮霧的往事，無關學術思辨，但林文月以細膩之筆
詳述，卻有無言的溫馨及師生「和樂且湛」的情誼於其中。紀
念師長，寓感情於形式，並不為符學術論文體例而刪削個人情
誼之抒情文字，以期完整呈現撰寫的初衷，堪為創作與學術結
合之例。

　　張輝誠在〈書中自有情誼如水——評《寫我的書》〉中曾
指出：

　　熟悉林文月的讀者都知道，她的寫作重心分別為論文、
　　散文和翻譯，而新著《寫我的書》則試圖以散文為主
　　軸，貫串起看似壁壘分明的論文和翻譯兩大領域。[33]

將學術與創作結合，當是《寫我的書》在寫作策略上的突破。
而此將「散文創作、學術與思想」結合的看法，實與伊塔羅・
卡爾維諾（Italo Calvino）在前一個世紀末《給下一輪太平盛
世的備忘錄》所推出的第五個文學價值「繁」不謀而合：

32　同上註，頁258-259。
33　聯合報2006-9月10日E5版。

文學的重大挑戰就是要能夠把各類知識，各種密碼羅織
在一起，造出一個多樣化、多面向的世界景象。[34]

「以散文為主軸，貫串起看似壁壘分明的論文和翻譯兩大領
域」，或欲取散文體的平易親切以平衡學術與評論的密實嚴
謹，並不因此犧牲知識的理性與客觀[35]。而此近於文類的「出
位」，事實上亦是對「散文」內涵的擴充與再定義。一如宇文
所安（Stephen Owen）在其二〇〇三自選集《他山的石頭
記──宇文所安自選集》，即有一段以「散文」涵括「學術論
文」的發想：

> 本書收集了十七篇短作，把它們結合在一起的乃是一種
> 思想的風格，而不是任何一套系統的理論模式，也不是
> 對某一文學體裁或者某一歷史時期的作品所作的評論。
> 與其說它們是「論文」，不如說它們是「散文」。「論
> 文」是一篇學術作品，點綴著許多腳注；「散文」則相

---

34 《給下一輪太平盛世的備忘錄》，（臺北市：時報出版公司），頁148。

35 事實上，以比較輕鬆而不違史實、不失客觀的方式來討論或呈現學術研究
意見，已見於林文月早期的《山水與古典》，例如該書中所收的〈陰陽怪
氣說郭璞〉、〈連雅堂與王香禪〉，原為《中外文學》「中外文人」的專欄而
寫，林文月特別指出是「用比較輕鬆而不違史實的態度來介紹古今中外文
人生活逸事」、「不過，我寫這篇六千餘字的短文所下的工夫，卻不比〈記
外祖父連雅堂先生〉少」、「我自信寫此文的態度是相當客觀而嚴肅的。」
（前記，頁4-5）、〈陶淵明，田園詩和田園詩人〉、〈略談白居易的諷諭詩〉，
則是因應「古今文選」的讀者以初、高中生和一般社會青年為主，故「筆
調力求簡明，且避免煩瑣的典故注解，所以這兩篇文章在全書之中頗有些
國畫中『留白』的意味吧。」（臺北市：三民書局），「前記」，頁3。

反，它們既是文學性的，也是思想性的、學術性的。「論文」于知識有所增益，它希望自己在未來學術著作的腳注上占據一席之地；「散文」的目的則是促使我們思想，改變我們對文中討論的作品之外的文學作品進行思想的方式。「論文」可以很枯燥，但仍然可以很有價值；「散文」則應該給人樂趣──一種較高層次的樂趣：思想的樂趣。[36]

《他山的石頭記》收錄〈瓠落的文學史〉、〈《詩經》中的繁殖與再生〉、〈自殘與身份：上古中國對內在自我的呈現〉、〈敘事的內驅力〉、〈「活著為了著書，著書為了活著」：司馬遷的工程〉、〈「一見」：讀《漢書・李夫人傳》〉、〈劉勰與話語機器〉、〈柳枝聽到了什麼：《燕台》詩與中唐浪漫文化〉、〈唐朝的公眾性與文字的藝術〉、〈苦吟的詩學〉……等十七篇主要討論中國古典文學議題的論文。但宇文所安在〈自序〉中卻直指：「與其說它們是『論文』，不如說它們是『散文』」，一方面視「論文」形式中的繁瑣註腳為「點綴」，影響閱讀趣味，雖有學術價值，但難免有枯燥之虞；另一方轉而肯定「散文」可兼具文學性、思想性、學術性三者的特質。此處的「散」自然非「散亂」、「隨便」之意，而近於不欲墨守學術成規的「自由」[37]，以「出位之思」掙脫思考與書寫的慣性與框架，力求

---

36 《他山的石頭記──宇文所安自選集・自序》，（南京市：江蘇人民出版社），頁2。

37 「散」的美感與價值，或許從宗白華《美學的散步》、龔鵬程《文學散步》、安貝托・艾柯（Umberto Eco的《悠遊小說林》，書名原是「小說森林裡的六次散步」等，其實都是以「散」的方式來接近、討論、挖掘文

「唯陳言之務去」突破學術陳窠以求新的理想。

以散文此一文類本身所具的「浮動性」與「包容性」，來綰合文學創作之美感、文學理論批評的思想性、學術研究的科學嚴謹證據與推論……等被分開的不同範疇，重新融合為一新散文體，是宇文所安所提出的「散文的理想」：

> 英語的散文是一種頗有趣味的形式，它和現代中國散文有所不同：現代中國散文強調作者的主觀性和文體的隨意性，而英語的散文則可以把文學、文學批評以及學術研究，幾種被分開了的範疇，重新融合為一體。作為一種文學體裁的散文，必須讀起來令人愉悅；而且，既然屬於文學的一部分，它就應該時時更新，不能只是一成不變。作為文學批評的散文，則應具有思辯性，至少它提出來的應該是一些複雜的問題，這些問題的難度不應被簡化。作者面臨的挑戰是把思想納入文學的形式，使二者合而為一。最後，散文必須展示學術研究的成果。我們的學術寫作，通常喜歡使用很多的引文，很多的註腳，來展現學者的知識範圍。而寫一篇散文，學者必得隱藏起他的學識，對自己所要使用的材料善加選擇。上面談到的這樣一種散文是我的理想。它大概永遠不能得到完美的實現。……散文的本義，是「努力」或「嘗試」，每一篇散文都是一次嘗試，把那些被歷史分隔開了的領域重新融為一體。因為散文創作、學術與思想，

學、保持學術討論的開放性，來藝術中難以窮盡的美。林文月《文字的魅力──從六朝開始散步》，或亦可如此視之。

是可以也應該結合在一起的。[38]

宇文所安雖從融合眾體為西方英語散文之優勢立論，而認為此與中國散文「強調作者的主觀性和文體的隨意性」之特質不易媒合。然事實上，其所提出的：「散文必須讀起來令人愉悅」、「文學批評的散文，則應具有思辯性」、「散文必須展示學術研究的成果」、「用很多的引文，很多的註腳，來展現學者的知識範圍。而寫一篇散文，學者必得隱藏起他的學識」……等特質，都可以在林文月許多談學論藝的「散文」裡找到例證。

三　散文的理想——評論與情韻的結合

「以散文為主軸，貫串起看似壁壘分明的論文和翻譯兩大領域」，收錄在《人物速寫》中的〈H〉即是用散文體論翻譯並兼評論譯作的範例之一。此篇原為《十三夜——樋口一葉小說選》的「代跋」，原題為〈與一夜對話〉。

《人物速寫》以英文代號縮寫為題，速寫浮生行旅中因緣際會所結識的學生、醫師、友朋、護佐、作家、學者、藝品店員……等人物群像，文體雖是散文，但書中收錄的〈H〉特別以設幻的方式，與明治時代夙慧早逝的小說家樋口一葉跨時空對談，一人分飾兩角，頗有六朝清談「自為主客」談辯之趣。在散文閱讀的親切情味外，實寓嚴肅的文學欣賞與批評洞見於其中，如：

38　〈前言〉，《追憶：中國古典文學中的往事再現》，（臺北市：聯經出版社公司），頁i-ii。

〈比肩〉的開首，你寫那個充滿大人聲色的紅燈區，是
大家樂於討論的名句名段落。你用看似不費力氣的側描
筆調，把讀者帶進後街孩童們的遊戲世界。我認為那簡
單的百餘字，可媲美川端康成《雪國》著名的首章，各
有不可取代的美學地位。但也都是非常難翻譯的文字。
我譯成的中文是這樣的：『從大街拐個彎兒，到大門口
回望柳那一帶的路程雖然挺長，但燈火映入黑齒溝的三
樓裡頭喧囂不已，卻是清晰如在眼前手邊，而人力車不
分晝夜地來來往往，更教人想見無可測度的繁華盛況，
『大音寺前，這名稱雖然嫌佛味兒重些，實際上可真是
很熱鬧的街哦』！住這兒的人都這麼說。一葉靜靜地坐
在對面聽我說，她的表情顯然轉呈愉悅，稍稍停頓一會
兒才說：『聽你這樣說，我覺得十分欣慰。』」[39]
其實，在翻譯的過程中，我也體會到你行文中的一些所
謂『缺點』。……在剛開始寫作的時候，你的作品總是有
一股濃郁的日本古典文學趣味，像《伊勢物語》啦，
《大和物語》啦，當然還有《源氏物語》的影子。這種
趣味，使得你的小說帶著一些所謂『王朝文學』的華麗
氛圍，但是也大量削減了現代感。不知道這是你故意安
排的？還是有其他原因呢？『啊，這真是一針見血。很
犀利的問題。』」[40]

林文月對樋口一葉看似簡單「不費力氣的側筆描寫」的讚美，

---

39 〈H〉，《人物速寫》，（臺北市：聯合文學出版社公司），頁115-116。
40 同上註，頁118-119。

實與其「流暢來自於苦思」的創作體驗有關，正如在〈A.L.〉中所謂「看似最自然流暢處，正是作者最花心血處，凡藝術文學莫不如此。」[41]、而翻譯「最困難的倒不一定是艱澀晦奧的字句，平白明顯處的情趣韻味，最是不易把握迻譯。」[42]此雖是談翻譯，亦與林文月的散文寓深刻情味於平淡明朗之文字藝術有關，是以其特別能夠細膩體會樸素明淨文字的韻味，而使一己的譯文在處理類似的文字時不流於偏枯直白。至於原作的缺點，除了上述指出其早期作品帶「王朝文學」餘風，現代感不足外，亦指出其偶有「掉書袋」的情形：

> 我翻譯你的〈闇夜〉時，卻感到非常吃力。你這篇小說的起首一段文字就十方講究，而且動用過多的典故。我說『過多』，是因為這篇小說的許多地方並沒有必要蹈襲那麼多《源氏物語》的章節，或《古今和歌集》的歌句；你甚至也還使用了中國《莊子》、《淮南子》、《史記》，以及白居易詩。我們中國人稱這種使用太多典故的現象為「掉書袋」。詩尚且忌諱，何況小說。做為譯者，我感到十分為難。如果全依你原文，有些地方譯文只有一行，注解倒需要三行，而且弄的詰屈聱牙，讀者未必了解所以。……最後，我只得將一些典故略去，以求譯文的順暢可讀。為此，我去翻閱應英文譯書 Robert Lyons Danly 的 *In The Shade of Spring Leaves─The Life*

41　同上註，頁146。
42　〈怕羞的學者〉，《交談》，（臺北市：洪範書店），頁75。

and writings of Higuchi Ichiyo with Nine of Her Best Short Storis，那是一本博士論文，但有些典故，也只能採取意譯。這件事情令我耿耿於懷，很想找一個人談論。但除非那人和我有共同的經驗以及同樣的掙扎，否則無從談起。向你傾訴，也許是一個途徑；不過，你只負責寫，沒有必要還管人家怎樣翻譯你的文章的問題啊。這真是相當矛盾之事。總之，文章不論創作或翻譯，都是十分困難的事情，可是我們又從中得到很多不足為外人道的快樂與滿足感。[43]

〈H〉除了針對原著的表現手法提出具體的讚美與缺點之外，以設幻對談的方式暢談翻譯的甘苦，亦見林文月用功之勤，對一己論斷之信心，及與知音交談「相視而笑，莫逆於心」的快樂。而透過樋口一葉的回應，巧妙的由其本人之口，引出當時明治文壇怪傑齋藤綠雨謂一葉以「冷笑寫熱淚[44]」的讚美：

他（齋藤綠雨）對我說：「世人都說〈濁江〉以下的作品，都是以熱淚寫成的。可是，據我看，豈只熱淚而已，毋寧是用冷笑書就的。譬如嘲罵人時，可以露骨地直言，但也可以含笑柔言，秘藏其意啊。你的書寫，應當是屬於這樣的冷笑。當然，也不能說沒有世人所謂的

---

43 《人物速寫》，頁123-124。

44 〈簷月〉「譯後小記」：「樋口一葉的文字，往往有這類看似平淡而充滿張力的表現。當時的文壇怪傑齋藤綠雨曾謂一葉以「冷笑寫熱淚。」，《十三夜——樋口一葉小說選》，（臺北市：洪範書店），頁161。

熱淚。總之，是哭泣以後的熱淚吧。如果對某一個素材
滿懷同情，啼泣而書，那會怎樣？會不會悲情滿紙淚痕
斑斑呢？人都會沉入悲痛之谷底，放情哭號，可終將超
脫出來的吧。不會永遠都在哭號吧？你自己雖然不說，
但是我這麼揣度。就像〈闇夜〉那篇的女主人，收到所
恨的男子的信簡，心裡明明是怒恨，佯裝著若無其事地
寫回信給他。你當然記得這一節。我以為那正是你衷心
所在。」我答說：「那只是隨興寫的，沒什麼深意。」他
卻認真的追究：「我並沒有請你一五一十道來。可是絕
不信你是全無主張的。若說你是隨興寫成那樣的作品，
那就太偉大了。的確，你是偉大。大抵人都是有主意有
主張的。體物觀心的尺度，也必然是在其中才對。」[45]

「以冷笑寫熱淚」亦是林文月肯定樋口一葉的藝術魅力所在。
一如在〈比肩〉的「譯後小記」中，即以「一葉居住下層社會
環境，鄰居多販夫走卒賭徒妓女。居陋巷旁觀世相百態，借一
群孩童的嬉笑遊戲，與告別純稚童年往事，撰成冷筆熱心的絕
妙文章。」[46]〈H〉在針對作品提出優缺點的評論之外，更進
一步分析樋口一葉創作的心路歷程，指出其身處下層社會，寫
作之於她，雖出於文學的熱愛但亦是現實生活的需要。在承受
生活的困窘、寫作與經商之間的徘徊掙扎[47]後，仍出於對文學

45　《人物速寫》，頁126。

46　《十三夜》，頁154。

47　〈H〉透過設幻的對話，讓樋口一葉自道：「對我來說，寫作並非純然是種
　　精神活動而已。你不見笑我這麼講吧？寫出來的一個字一個字鉛印以後可
　　以收到稿費；這和以前我一針一針縫出來可以拿到工資，是同樣很實際的

的敏慧與熱愛，最終堅持不媚俗、不隨讀者喜好而起舞，忠於
自主的文學創作觀：

> 我（按：林文月）想起曾經讀過她日記裡的一段文字：
> 「沒有恆產就不可能有恆心，兩臂交叉胸前空談風流，
> 若實際生活無糧食著落，便不能活命。文學究竟不是生
> 活的手段，而當隨心所欲執筆。不是為生活而文學，我
> 想不為了文學選擇營商之道。……當然，不是像三井、
> 三菱那種大財閥的經商；也不想讓人批評自己是避世做
> 生意，只想跟母親、妹妹三個人簡單裹腹，於願足矣。
> 有空閒的話，自然也會傾心於風流事物。興致來了，也
> 要吟詠詩歌，文章小說也想寫。只是不想隨著讀者的喜
> 好，『這次寫篇殉情的故事吧。像詩人的優雅作品是不
> 錯，但太感傷就不好。太纖細的也不流行了……』據說
> 有的書店常常這樣要求作者。幸虧我尚無此經驗，世上
> 討厭之事莫過於此。希望自己能夠避開此狀況，至少寫
> 東西的時候，能不受制約，隨心所欲才好。」[48]

此段雖是樋口一葉的文學堅持，但透過「同聲相應」的對談與
讚許，折射回來的卻是林文月所認同的文學價值。而將學術與
創作結合，運用散文之筆來談學論藝，表達一己對翻譯的見

工作啊。我當然是寫得很認真，就像我也縫得很認真一樣。但是，不瞞你
說，有時我會覺得力不從心，相當洩氣，感到鬻文所得終究不如純粹經商
直接了當，所以一度也曾經乾脆開過店鋪子做生意，賣餅乾啦、家庭用品
雜貨類，我還自己採購，實實在在記帳呢。」《人物速寫》，頁113。
48 〈H〉，《人物速寫》，頁113~114。

解、評論與省思，並兼容人事回憶溫馨與感傷的「散文」，在
《寫我的書》中更是明顯的趨勢。如林文月在〈巴巴拉吉〉的
開頭寫道：

> 在《源氏物語》與《枕草子》兩部日本古典文學作品的
> 譯著之間，我曾翻譯過一本名不見經傳的南太平洋島國
> 酋長的演講稿——《破天而降的文明人》（九歌出版社、
> 一九八四）其實，《破天而降的文明人》並不是書的原
> 名。原名是《巴巴拉吉》。不《巴巴拉吉》是我所根據
> 的德文日譯本《パパラギ》的日譯者岡崎照男於一九八
> 一年出版時所取的書名，但也不是原書名。岡崎是依據
> 德國人埃烈希・舒曼（Erich Schumann）的德文版
> （*Der PAPALAGI*）而來。然而，《*Der PAPALAGI*》亦非
> 原名，因為 PAPALAGI 是從薩莫亞（Samoa）島原住民
> 的語言音譯而來，他們並沒有文字。[49]

此段不厭其詳，層層遞進如抽絲剝繭般關於「書名」正確性的
探究，最後指向的終極答案竟是「他們並沒有文字」，實頗有
「名可名，非常名」的意趣。並藉由翻譯一本由原始島國的酋
長－椎阿比（Tuiavii）訪問歐洲返國後，對歐陸文明的介紹與
批評，意識到語言的創造與發展，實與社會文明的純樸與複
雜，有極其密切的映照關係，一如一個生活在以腰布蔽體赤足
行走的民族裡，當然不會有「內衣」、「鞋子」……一類現成的

---

49 《寫我的書》，頁135。

名詞可用，故**翻譯**時若逕用現成名詞，便是失真與不當。一如
舒曼雖為椎阿比演講內容的首位**翻譯**者，但仍在《巴巴拉吉》
的序文中感歎：

> 我企圖盡力忠實地翻譯這本小說，盡量不去更改其他素
> 材；然而，我還是覺得那種真實的感覺與呼吸已失去了
> 許多。如果讀者能體會翻譯原始語言為現代語言的困
> 難，想把童稚一般的話語表達得既不陷於平凡，而又不
> 失其風味是如何不易，或者會原諒我這未盡完善的譯本
> 吧。[50]

故〈巴巴拉吉〉的主要內容是從「談原始翻譯的困難」，進而
從椎阿比對西方文明的介紹與批評中，產生物質文明高度發展
後的人類生活「反璞歸真」的省思。例如：

> 歐遊歸來的酋長，對著他的同胞介紹白人男女的衣著
> 時，只能盡量借助大家習見的物件取譬。他稱歐洲人全
> 身上下緊裹著衣物的情況為：「巴巴拉吉的身體，從頭
> 到尾都用腰布啦，腰蓑等東西緊緊地包裹起來。」襪
> 子，是「軟的皮，緊貼著腳」。鞋子是「用硬的皮製造
> 的剛剛容得下腳那樣大小的有邊緣的小船。右腳一隻
> 船，左腳一隻船。」
>
> ……椎阿比酋長要向他的同胞介紹白人高文明的一切，

---

50 〈巴巴拉吉〉，《寫我的書》，頁141。

是多麼煞費心機不容易啊！正如舒曼、岡崎和我，明明
有現成的語彙「外套」、「裙子」、「皮鞋」等名詞，卻不
得不放棄這些便利的名詞，而沿隨他的口吻，曲折紆迴
地譯為「草蓆」、「右腳一隻船，左腳一隻船」。要原始
人民突然接受超前好幾段的高文明社會現象，是很困難
的；然而，已具高度文明素養和習慣的人，要驟爾退回
渾沌未開的原始面貌，又何嘗容易？[51]

面對原始語言的翻譯，若在傳達其內容「說什麼」之外，又須
兼顧「怎麼說」的語言風格，那麼勢必不允許現成的語彙、成
語出現。但語言本來就是思維的產物，與生活習慣又極其密
切，故林文月認為在翻譯中時常會有將文明社會的語言滲入的
「溢譯」情形，如：

儘管當初我大概是謹謹慎慎揣度著椎阿比酋長的口吻譯
出他的講稿，但事隔二十年，重讀舊譯，遇著「要說明
這個字很困難」、「咱們大家在祂面前，都是微不足道的
假象」，或「也許，他們已經不會注意到語言和身體之
間的這個矛盾」等等片斷，我會為那些不經意間閃現的
字彙或成語，感到如坐針氈一般的不安。[52]

而有「翻譯原始語文之困難，並不亞於古典名著，其道理蓋在
於此。」之感。如果翻譯日本平安古典文學作品如《源氏物

---

51 同上註，頁142-143。
52 同上註，頁143。

語》、《和泉氏部日記》，為表現其纏綿華麗、熱烈奔放的情感與氛圍，需要的是語言的加法；那麼面對原始語言的《巴巴拉吉》，所需的就是語言的減法——回到語言最純淨樸素的狀態。此觀點中，自有林文月對翻譯務當追求「貼近原作」風格的理想。至於椎阿比對現代文明的批判，如「職業」：

> 每一個巴巴拉吉都有職業。職業是什麼呢？要說明這個字很困難。應當是高高興興去做的，但通常都是一點也不想去做的，職業，好像就是那樣的事。有職業，就是一天到晚做同樣事情的意思，要做到閉著眼睛都可以做，一點也不緊張也可以做那種程度。比方說，我除了造房子，或者編織草蓆，其他什麼都不做——那麼，我的職業就是造房子、織蓆子了。……他說：「偉大的心（當地人所信奉的神）給了我們雙手，是要我們用來摘果實，從泥地裡拔取芋頭，抵抗敵人，或者是跳舞、遊戲，和做其他各種快樂的事情。絕不是只用來造房子、或只用來摘果實、只用來拔芋頭而已。」[53]

椎阿比的語言及舉例雖然樸素而原始，但對工業文明後社會職業的高度分工所導致人的片面化，實近於赫伯特・馬庫色（Herbert Marcuse）所謂「單向度的人」的批判。其次如：「白人們最重要的東西是『圓的金屬』（指銅板）和『厚的紙頭』（指鈔票）」、「那些巴巴拉吉最愛的是錢，錢才是他們的

---

53 同上註，頁144-145。

神，所以連睡覺的時候都在想著錢。」直指現代人物質欲望的
無限膨脹與對金錢的盲目崇拜，亦發人深省。至於「究竟不大
思想的人是傻瓜呢？還是思想太多的人才是傻瓜呢？……只有
一個一種方法，也許是可以治療思想重病的。那就是：忘記，
把思想丟掉。」[54]更與道家「絕聖棄智」之思想有吻合處。

　　〈巴巴拉吉〉的內容與後來收錄在《文字的魅力——從六
朝開始散步》中的〈譯事之局限——談翻譯原始語文的困難〉
一文非常相近，只是多述及了一九八〇年岡崎照男之所以翻譯
《パパラギ》的動機與饒富趣味始末，以及日本學生原啟子在
某年教師節隔洋寄來的禮物，便是「パパラギ」的回憶往事，
此文中特別把原啟子隨書附寄的明信片一併呈現：

　　敬祝
　　教師節快樂
　　承蒙老師過去熱心的勉勵、薰陶，我才不放棄念中國文
　　學，現在才能夠到達中國文學的入門。雖然學習程度不
　　怎麼理想，但我心中較樂觀，好奇心比以前增家很多，
　　因此能夠感覺到讀文學的快樂。去年初，我讀了一本可
　　愛的書，書名是「パパラギ」，也許老師也已經看過
　　了。從去年就準備寄一本給老師，今天才做到。請收
　　下。
　　　　　　　　　　　　　　　生　原啟子　九月二十七日

---

54 同上註，頁145-147。

實有往事重現，歷歷在目之感，紙短情長，師生情誼往往一如
「君子之交淡如水」的澄明，無言的溫馨亦在其中。關於林文
月作品中時有「同質異構」的情形，已有多人提及[55]，欲做充
分討論，自當留待來日。唯此文雖由「翻譯原始語言的困
難」，進而對現代文明的物質發展提出回歸自然的省思，但最
後一段，仍繞回散文之筆的「書名」討論：

> 二十年前，我在結束了長期的《源氏物語》譯注之餘，
> 原本想藉著一本小書的翻譯稍事休息，未料，卻另陷於
> 一種原始語言迻譯的挑戰。……最初，我的書名是擬用
> 椎阿比的薩莫亞語發音，亦即是德文的「PAPALAGI」
> 日文的「パパラギ」，採中文譯音為《巴巴拉吉》的，
> 但九歌的發行人認為讀者無法領會接受，建議改用意譯

---

55 關於林文月散文「同質異構」的情形，張瑞芬在〈生命的行旅──讀林文
月《回首》與《人物速寫》中曾指出：「《回首》與《人物速寫》中，形同
鏡象反射一般的書寫方式──書寫故人親友，實書寫自我生命。重複的人
事，在後期散文中以不同的方式層疊出現，如同老照片顯影一般。寫臺先
生、鄭先生的是不用說了，〈讀中文系的人〉、〈我的三種文筆〉、〈在台大
的日子〉敘說學術／寫作緣起；〈迷園〉、〈江灣路憶往〉、〈回家〉憶童年
往事；〈我所認識的京都女性〉、〈雨遊石山寺〉、〈風之花〉、〈A〉寫秋道太
太，種種，都是這樣的同質異構。」《狩獵月光──當代文學及散文論
評》，頁57，臺北市：聯合文學出版社公司。黃雅歆〈以林文月〈上海故
宅〉、〈江灣路憶往〉、〈迷園〉窺散文創作之互文策略──並論空間記憶與
身分認同〉即從「同質異構」為起點，指出林文月創作的互文性，利用
「化整為零」使各篇文章承載各自獨立的價值。國立臺北教育大學語文集
刊第35期，2019年6月，頁213-236。除此之外，例如《寫我的書》中的
〈莊子〉、《景宋本三謝詩》所記述之事，與〈三月曝書〉所書的內容亦多
有疊合之處，凡此同質異構的情形，皆可於來日另撰文進一步從容討論。

為《破天而降的文明人》。其實，《天方夜譚》中的「阿
里巴巴」，起初也未必能令讀者領會接受，日子久了，
大家也都耳熟能詳，知道所指為何；不過，我確實沒有
堅持這一點，便也就以較累贅的意譯書名沿用下來了。
也罷，「名可名，非常名」。通達如椎阿比酋長，大概也
不至於責怪我的吧。[56]

此段猶如音樂結束後的一段餘波，亦與開頭有首尾呼應之妙。
林文月以散文閒筆記下譯竟後的悠悠感思，由此領悟翻譯之道
的精密深微，實並不因原始語言而可等閒視為易事。至於詳述
書名的幾經斟酌，爾後終採出版社的建議，以意譯《破天而降
的文明人》出版，亦含淡淡未盡之意。此段文字或已無關宏
旨，卻有舒卷自如的情味，小中見大，林文月為文處事之細
膩，追求完美之個性、莞爾的通達皆在其中。此文將個人翻譯
的學思所得之反省、書籍內容思想的評述與生活回憶的感思巧
妙的融合為一體，成為知識與情韻兼具的散文，實是林文月
「三種文筆」的另類體現，亦是林文月後期散文的特色。

四　結語

小說家王安憶曾對現代散文提出一個饒富興味的說法，她
認為「散文」是情感的試金石，它不同於小說與詩，允許情節
或語言的虛構，故只能實話實說。由於散文此一對「真實」負

56　〈巴巴拉吉〉，《寫我的書》，頁147-148。

責的特質，而歸結出一個發人深省的結論：

> 讓我們還是不要輕易去寫散文，這不是一種可以經常
> 寫，源源不斷寫的東西。因為散文是直接書寫與我們生
> 命有關的感情，生命有多麼有限，感情也就有多麼有
> 限。要多了，必定是摻了水的。它才是「血肉築起的長
> 城」，不用一磚一瓦的。感情在這裏，顯現了它的肌膚
> 紋理，纖毫畢露的，當然，我指的是那些好的散文。[57]

此結論亦被黃錦樹許之為「當代對散文文類最深刻的提問」
[58]。並轉而肯定作家包含多種文類的創作，或已蔚然成風的
「小說家散文」[59]，以維持散文「情真語摯」不造作的本色。

　　面對小說家主張散文「不是一種可以經常寫，源源不斷寫
的東西」的立場，散文家林文月先生以近半世紀的散文書寫與
具體的作品，來回應小說家的質疑。林文月的散文自然平易、

---

57 王安憶〈情感的生命──我看散文〉，《小說家的讀書密碼》，（臺北市：麥
　　田出版公司），頁074-075。

58 〈論嘗試文──論現代文學體系中之現代散文〉，《時代與世代：台灣現代
　　散文學術研討會論文集》，東吳大學中文系，頁168。

59 小說家從「文之剩餘」的觀點，以餘力寫寫散文，「如楊絳《幹校六記》、
　　《雜憶與雜寫》、《從丙午到流亡》、汪曾祺《文集》──散文卷、阿城
　　《閒話閒說》、王安憶《漂泊的語言》、張承志《清潔的精神》、莫言《莫
　　言散文》、葉兆言《葉兆言散文》、蘇童《蘇童散文》、朱天文《做小金魚
　　的人》、朱天心《夏日雲煙》……等散文；遠眺魯迅、沈從文、張愛玲。
　　皆多本色語，語真情摯，寡造作，亦不多撰作。」〈論嘗試文──論現代
　　文學體系中之現代散文〉，《時代與世代：台灣現代散文學術研討會論文
　　集》，東吳大學中文系，頁186。以上羅列之「小說家散文」可再加上白先
　　勇，其〈第六隻手指〉、〈樹猶如此〉皆散文語真情摯之名作。

淳厚真切已是的論。關於何謂寫作？她並不作學究性的討論與
定義，仍以一貫的平易坦率道出：

> 寫作，究竟是什麼？大概是在日日的生活中，我們觀察
> 自己，觀察世界，有所體會，有所感思，遂將那些觀
> 察、體會、感思、誠懇地寫出來。由於那些文字是出自
> 於誠懇的心，所以遇到用心的讀者，便會感動他們的
> 心。寫作的動機與功用，大概是如此。[60]

以寬平謙抑之詞，將寫作還原為與生活連結的「情動於中，而
形於言」的誠摯之語。並將自己的散文書寫，定義為「記述生
活」：

> 我用文字記下生活，事過境遷，日子過去了；文字留下
> 來，文字不但記下我的生活，也豐富了我的生活。[61]

例如收錄在《文字的魅力——從六朝開始散步》中一則深具小
品情味的散文〈山笑〉，是緣於睡前一張偶然掉落的雅緻書籤
上的文字，而觸發沿波討源「披覽群籍」的求證過程，方才心
中釋然，歷經一次愉快的失眠之作。此文包含中日翻譯的對
照、詞彙差異引起的懸疑、學術求證的嚴謹與文學欣賞的興
味，當為融合翻譯、學問與生活藝術的真實剪影。〈山笑〉寫
道：

60　〈十二月，在香港——代跋〉，《回首》，（臺北市：洪範書店），頁211。
61　〈八十自述〉，《文字的魅力》，頁192。

深夜，斜臥床榻，隨手抽取幾本小几上疊放的書漫讀助
眠，已是長年習慣。……翻開三兩頁後，忽有一張小小
的比書籤還短的紙片滑下，落在被子上。那上面印著淺
淺好看紫藍色的日文鉛印字：

山笑　　語言的寶匣　　根據《廣辭苑》

俳句的季節語。謂眾樹一齊吐芽的華麗的春季景
致。相對的，「山眠」指枯槁失卻精采的山，「山粧」則
是被紅葉裝扮的山，各為冬、秋季節語。見於北宋畫
家、兼山水畫理論家郭熙的「四時山」。《廣辭苑》雖未
採入，但青青的夏季的山是「山滴」。[62]

「山笑」一詞，原出自於郭熙《山水訓》，日本《廣辭苑》收
錄之，並將此雅致的文字，化為含帶商業性質的書籤上廣告文
案，而贏得林文月的讚美。其後更客觀詳實記下《廣辭苑》的
裝幀設計特色，如：「其上有較粗大的字體：『信賴與實績』，
在此五字之下有極小的字排印著：『日本語辭典No.1』，書脊下
方亦有極小的五行字，標示五種不同大小的版本及其價格。也
都是淺淺含蓄的藍紫字。」[63]其客觀記錄中，自有凝視、品味
賞愛之情溢於言表。最終，禁不住對於「山笑」一詞的好奇，
林文月說「我索性從臥房走到書房去查究。那《山水訓》的原
文是這樣的」：

真山之煙嵐，四時不同、春山淡冶而如笑，夏山蒼翠而

62　《文字的魅力》，頁20。

63　同上註，頁21。

如滴，秋山明淨而如粧，冬山慘淡而如睡。[64]

走筆至此，方有撥雲見日後，心中釋然的愉悅。林文月以記述之筆名家，源自生活的感思，成為其散文寬廣與深邃的底蘊。蕭子顯《南齊書》〈文學傳論〉云：「在乎文章，彌患凡舊，若無新變，不能代雄。」林文月先生近半世紀的散文書寫，自有其變與不變，但一貫的是從容靜定、舒卷自如的意態。其秉持與自己比賽、力求提升自我的求新求變之心，自《擬古》開啟學術與創作的結合，學術與翻譯的成果，亦無形豐沛了創作的能量，其後期散文以轉折無端之筆，貫串創作、翻譯與學術，結合理性與感性，實開散文之新體，也成就了其散文之多變與豐富的面貌。

---

64 同上註，頁21。

貳　林文月談詩論藝
——論《蒙娜麗莎微笑的嘴角》中的文藝美學

一　前言

　　林文月先生的散文書寫從《京都一年》（1969）開始至二
○○九年出版的《蒙娜麗莎微笑的嘴角》，近四十年的時間，
求新求變持續不輟的創作，其質量早已在散文史中具有極重要
地位。然而《蒙娜麗莎微笑的嘴角》的內容，有別於之前《飲
膳札記》、《擬古》、《人物速寫》、《寫我的書》等以懷人記事抒
感為主，且有特殊主題的系列散文，而是近年來受邀的學術演
講、為友人作序、師長立傳、參與研討座談所寫就的文章集
結。主要收錄包含〈蒙娜麗莎微笑的嘴角——談文學欣賞的一
種態度〉、〈視靈七十——莊靈攝影展序〉、〈美好的記憶——為
孫家勤八十回顧展書〉、〈《擬古》——學術研究與文學創作之
結合〉、〈游於譯——回首譯途〉、〈〈歸鳥〉幾隻——談外文資
料對古典文學研究的影響〉、〈平岡武夫教授的《白居易》〉、
〈中日翻譯界小型座談會追記——兼介日譯本《殺夫》之誕
生〉、〈千載難逢竟逢——《源氏物語》千年紀大會追記〉、〈身
經喪亂——臺靜農教授傳略〉十篇散文，與置於附錄的林以亮
〈翻譯和國民外交〉、何寄澎〈林文月散文的特色與文學史意
義〉兩篇論述。

　　以上十二篇源於各種因緣所寫就、編入的不同性質的主題
與文章，除了具體而微地反映了作者一生最關心的翻譯、研
究、創作組成的文學志業外，更包含作者學思生涯所結識的師
友親朋之交往中，自然涉及的書法、篆刻、繪畫、攝影……等
不同藝術範疇的意見。其中，值得一提的是，本書所提出的文
藝觀點，往往不是第一次拈出[1]，與作者之前「同質異構」的作
品相較，實具補充、演繹之功。正如林文月在〈擬古〉中不禁
自道「我不知道寫作的人可以為自己的作品解說到何種地
步？」此「自作解人」的情況[2]，讓人想起作者二○○四年出版
的《回首》一書，曾收錄一篇頗有夫子自道卻不失幽默的短文
〈林文月論林文月〉。從文學理論的立場，作者或許未必是最
好的批評者。然一如羅蘭・巴特（Roland Barthes）的名作
《羅蘭・巴特論羅蘭・巴特》（*Roland Barthes par Roland
Barthes*），卻為後人提供了一種「鏡象自述」的觀看方式。

　　任何文本的書寫，近於「鴛鴦繡出從君看」，作品的完成
便是一切，並毋須讓讀者知道作者的創作企圖與背後支持的美
學理念。然《蒙娜麗莎微笑的嘴角》卻猶如作者自道針腳，在

1　例如〈蒙娜麗莎微笑的嘴角〉的觀點，即承發表於一九七八年收錄在《讀
　　中文系的人》中的〈「悠然見南山」與「池塘生春草」──兼談古典文學
　　欣賞的一種態度〉而來；〈《歸鳥》幾隻──談外文資料對古典文學研究的
　　影響〉則與收錄在《寫我的書》中的〈The Poetry of T'ao Ch'ien〉多有重
　　疊；〈游於譯──回首譯途〉更是串連了〈終點──為《源氏物語》完譯而
　　寫〉、〈你的心情──致《枕草子》作者〉、〈H〉（與一葉對談）……等涉及
　　譯事相關的多篇散文內容。

2　例如〈擬古〉一文中，作者在詳細舉例說明昔日《擬古》一書諸篇所取法
　　的對象，與創作的心路歷程後，悠悠自道：「我不知道寫作的人可以為自
　　己的作品解說到何種地步？」（《蒙》，頁87）

回首的視野中，娓娓道出昔日踏上文學之路並選擇文學為終身
職志的因緣，實頗有「文章千古事，得失寸心知」的況味。此
書雖非學術研究論文的形式，但不論是引用的資料、出處、版
本，或是文藝觀點的品評，皆可發現作者嚴謹學術考證的書寫
態度，而成為瞭解林文月文藝美學非常重要的一本書。

二　論欣賞——「審美距離」與「整體觀照」

　　如果收錄在一九八六年《午後書房》中的〈散文的經營〉
是林文月第一次針對自己的創作觀的揭露，那麼本書中的〈蒙
娜麗莎微笑的嘴角——談文學欣賞的一種態度〉（按：以下簡稱
〈蒙〉文）則可視為欣賞論的宣言。林文月透過一則民眾為爭
睹名畫而自備放大鏡的日本新聞為引子，由「畫」而論及
「詩」、「書」，提出文藝欣賞中極重要的「距離」與「整體
性」的美學觀點，並舉陶、謝詩為例，援引諸家詩話評點意見
為證，反省長久以來「摘句式批評」所引起的迷思。

　　「觀看先於言語」[3]，每一種觀看的方式，其實都是一種
主觀的選擇，也都對應著一種美學立場。傳統的「摘句式批
評」，自有其長久以來的歷史淵源，從先秦的「賦詩言志」，將
《詩經》作為外交辭令，便已出現詩句脫離原詩獨立援引的先
例，而後因屢見於詩話著作，以至於形成古典詩論中常見的文
學欣賞／批評模式，其與「印象式批評」亦有極為密切的關
聯。如黃維樑〈詩話詞話中摘句為評的手法——兼論對偶句和

3　約翰・伯格（John Berger）：《觀看的方式》（*Ways of Seeing*），（臺北市：
　麥田出版公司），頁10。

安諾德的「試金石」〉所云：

> 中國傳統的詩話詞話，論述作家和作品時，往往籠統概
> 括、好用比喻、評語簡約，用的可說是印象式批評的手
> 法。印象式批評家雅好摘錄詩詞中佳句，有時附帶精簡
> 批語，有時摘而不評，只把佳句羅列出來，甚或編成
> 「句圖」。他們選取的句子，十九為對偶句，其中又以
> 描摹自然景物者居多。對偶句雖然只是兩個句子，不過
> 既是作家用心經營的結果，本身意義完整，又有對比
> 性，便很可以孤立起來欣賞。（《中國文學縱橫論》，頁
> 241）

傳統的詩話詞話，其本為個人的讀書筆記，所預設的「隱含讀
者」乃是同道詩人而非一般初學者，獨摘佳言妙句加以評點，
一方面是標出個人讀書欣賞體會的重點；另一方面則如嚴羽所
云：「漢魏古詩氣象混沌難以句摘，晉以還方有佳句，如淵明
『採菊東籬下，悠然見南山』，謝靈運『池塘生春草』之
類。」[4]詩歌發展自六朝以來「儷采百字之偶，爭價一句之
奇」以及對偶高度發展後所形成的「詩聯」具有獨立美學價值
之現象有關。一如高友工〈律詩的美學〉所云：

> 從〈古詩十九首〉到謝靈運詩歌的這段年代中對偶的技
> 巧有了長足的進步，而這種新的形式為其獨特的意境服

4　《滄浪詩話》〈詩評〉，郭紹虞校：《滄浪詩話校釋》，（臺北市：里仁書
　　局），頁151。

務。……一聯對偶就為我們提供了互相對應的兩幅同時出現的畫面，而且更重要的是，對偶中的畫面有其自身的完整性，它可以被視為一幅長卷中自成一體的獨立部分。即使將它從上下文中抽取出來，這一聯對句還能保持其本身的美學價值。(《中國美典與文學研究論集》，頁223)

由於「每一個對偶詩聯的自我完足，可被用來描寫一個完整世界的當前時刻。」(高友工，頁245)是以，我們不能否認有些聯句在抽離原詩後，仍具有獨立的審美價值，例如「行到水窮處，坐看雲起時」、「江流天地外，山色有無中」一類的聯對長久為人所吟詠傳誦，即是因為脫離原詩後仍可表現瞬間之心境與視界。

　　換句話說，「每一種文明都有它自己渴望去認識的東西，也有它盡力迴避、寧願視而不見的東西。」[5]摘句批評自有其歷史與文化發展的基礎，也與「以少總多，而情貌無遺」，博觀約取以追求要言不煩之妙的思維有關，將某一種價值轉化為意象性表達的「境界」而可以被後人把握。然作為一種欣賞方式，瑕瑜互見之情形亦所難免。〈蒙〉文獨標整體觀照，不取摘句的欣賞立場，實與林文月先生往往以「史傳批評」說舊詩，強調瞭解作者成詩背景的重要的學院立場是一致的。

　　欣賞乃是一種純粹的心靈活動，其目的是達到精神的充實與提升，而非只是表象的「努力」、「用力」觀看。是以「欣

5　宇文所安：《追憶：古典文學中的往事再現》，(臺北市：聯經出版公司)，頁94。

賞」雖須有審美的對象，但「美」的產生，不只在於客體的
「物自身」；亦來自主體的審美心靈特殊時空與心境的配合。
首先，她指出「自然從容」是欣賞的第一要件：

> 欣賞一幅畫，本來應該是在自自然然的環境裡從從容容
> 的心態下，無所為而為受畫的內容和技巧感動才對。想
> 像日本人民滿懷期待苦候美術館外，進場輪到名作當前
> 又受圍纏和時限，難免亢奮焦慮，何自然從容之有？宜
> 其二十秒鐘觀賞『蒙娜麗莎』，只看到微笑嘴角斑剝的
> 裂痕了。（《蒙》，頁36-37）（按：黑點為筆者所加）

「感動」是文藝欣賞中所產生的美感經驗，它是「以心印
心」、「以心感心」的內在心靈交談活動，「每有會意」亦是不
可預期的瞬間，實乃自然湊泊而至，並非刻意追求即可必然獲
得的外在觀看行為。而所謂「自然從容」的心態，實即指文藝
心理學中的「美感距離」。柯慶明先生在〈文學美綜論〉中有
一段關於欣賞的「距離」非常細膩的說明：

> 「感動」原是一種不期然而然的狀態。但是顯然它的發
> 生還是有其內在與外在的條件。……正因為「感動」是
> 一種不期然而然的真性的流露，所以首先它必須來自無
> 所為而為的閱讀。「欣賞」因此不能是一種意志的行
> 為。越運用意志「努力」的結果，往往越離「欣賞」越
> 遠。這種情形正如我們不能「努力」入睡一般。通常它
> 必須來自心情的「輕鬆」。沒有特殊的欲求，沒有特殊

的煩憂。也就是必須來自一種心情的「閒靜」。事實上，這種「閒靜」往往來自對於生活的奔競能夠保持一種適當的距離，一種足以產生「美感」的距離。（《文學美綜論》，頁55-56）

以此而言，不僅自備放大鏡之舉令人啼笑皆非，館方為維持秩序的二十秒限制亦同樣可笑，為特定名畫而去爭相排隊、勞心費神誠屬無謂之舉。畢竟欣賞的意義在於心靈的開放、相應與充實，而非附庸風雅。對比〈蒙〉文中觀眾爭睹名畫的終歸徒勞，在〈視靈七十——莊靈攝影展序〉中，林文月透過與故交同看老照片，而憶及早年因畢旅地利之便，曾於霧峰北溝庫房近距離觀看故宮國寶及毛公鼎的永恆感動。林文月寫道：

> 北溝那個中部的鄉村，那個山邊的存放過故宮寶物的臨時庫房，我去過一次，並且有幸近距離目睹過那些寶物。……我也記得那簡單的庫房，正是莊靈指給我看的那幾棟樸實的房子。不過，樸實的房子裡卻展列著無價的歷史文物。最難忘長方形木桌上只覆蓋著白布，而毛公鼎就端放其上，沒有設置玻璃罩，也沒有繩索限制參觀者與寶物的距離。小心翼翼端詳伸手可及的寶物，當時衷情感動的情形，我是一輩子也不會忘記的。（〈視靈七十——莊靈攝影展序〉，《蒙》，頁47-48）

此段文字實為「欣賞」活動的最佳範例。唯林文月對於審美「距離」的看法，除了上述所提及的「心情的閒靜」、「對於生

活的奔競能夠保持一種適當的距離」屬於心理層面的討論外，
她特別指出「實際的空間距離」之必要，並連帶涉及其與「整
體性」觀念的關係：

> 欣賞一幅畫應該是整體性的。即使「蒙娜麗莎的微笑」
> 再神秘優美，也得配置在其整張面龐上、神態上，乃至
> 於整個背景襯托而出的畫面上，所以觀畫需要距離。所
> 謂「距離」，是包含時間的從容和心態的自在，更亦包
> 含實際的空間距離。觀畫時，常常會近距離仔細端詳畫
> 作的各部分，其後又退幾步以便欣賞畫作的全部。書法
> 欣賞的道理，也與觀畫相同。尤其是行書和草書，無論
> 看字帖或覽原作，都得於各個的單字以外，從整體全幅
> 欣賞其神韻氣勢，才能掌握到美。文學，何嘗不然。
> （《蒙》，頁37）

欣賞畫作時，不定點的前後移動，實為空間距離最好的說明。
因為繪畫，雖然是靜止的表現，但內在表現的卻是流動的時
間，唯有綰合各種距離所產生之感受，方能貼近並進而掌握作
者創作之際所欲表現的意念與境界。

　　至於「整體性」的強調，林文月並非偏取宏觀的角度「見
林不見樹」，而是與其一貫主張「自然乃來自於苦心的經營安
排」的創作觀相呼應，認為作品乃是有機的織體，自有其布局
與結構，整體的完美實來自局部細節的配合與講究[6]，「看似最

6　林文月的欣賞論，實可與其創作觀相對照，更可見其一體兩面，彼此呼應

自然流暢處正是作者最花心血處，凡藝術文學莫不如此。」[7]
故作為一欣賞者須兼顧局部與整體，方能在「見樹又見林」
中，掌握到作者創作之際的用心與情感流轉的自然狀態。

　　於此，我們可以發現「創作」與「欣賞」雖為文學活動的
兩個面向，但二者皆源生於人類的心靈，往往又有其可溝通的
一致性。正如章學誠所云：「人之所以異於草木者，情也；情
之所以可貴者，相悅以解也。」[8]由「欣賞」而追溯「創作」，
指出二者精神狀態的同一性，即創作者的心境能被欣賞者充分
的理解，此實頗近於古典文論中「知音」的理想。

　　事實上，林文月的文學觀亦是將創作／欣賞二者綰合為
一，並以之作為欣賞活動而不應割裂全文、「不可句摘」的理
由。她舉陶、謝詩為例：

> 陶、謝詩風迥異，但後世認為二人的佳妙之句，皆是在
> 他們渾然忘我猝與景相遇之際所得，其中必有道理。創
> 作如此，其實欣賞亦如此。「悠然見南山」與「池塘生
> 春草」二句的佳妙，不是從全篇中單獨抽離而刻意解析
> 可得，當是於其整體作品的脈搏起伏中自然感動所
> 致。此與蒙娜麗莎微笑的嘴角不宜使用放大鏡觀察，而

之處。〈散文的經營〉：「散文作者，不僅要在大處經營布局結構，中間又
要照顧前呼後應。」（頁7）、「文章無論華麗或樸質，最高的境界還是要經
營之復返歸於自然，若是處處顯露雕鑿之痕跡，便不值得稱頌。」《午後
書房》，（臺北市：洪範書店），頁7-8。

7　《人物速寫》，（臺北市：聯合文學出版社公司），頁146。

8　《文史通義》〈知難〉，（北京市：中華書局），頁129。

應當退後幾步，在充分的距離外，從容的心靈下欣賞，
是相同的道理。（《蒙》，頁43）

林文月並沒有否定摘句式批評中所摘「佳句」的價值，而是從
作者生平際遇的心境轉折為詮釋基礎，指出「佳句」的理由，
乃是意味著其所代表的瞬間，是在人世的困頓、生命積鬱的糾
結中，突然被自然界某種景象所觸動而轉念，產生澄明心境的
天啟時刻。是以謝靈運的「池塘生春草」，實頗有東坡「誰知
一點紅，解寄無邊春」（〈書鄢陵王主簿所畫折枝〉）在時序流
轉春去春又回中，從世界中掌握到一片生機無限，而開啟生命
豁達視野之意；陶潛的「悠然見南山」，則是在遠離官場耕讀
自給的日常生活中，體會到「以物觀物，不知何者為我何者為
物」物我兩忘的和諧「境界」。此即「他們渾然忘我猝與景相
遇之際所得」之意。高友工先生說得好：

在「境界」所可能有的各種表述中，我願意將它譯為喬
納森・庫勒（Jonathan Culler）所稱的「內在特質」
（inscape），他提出這是「靈感閃現的時刻」、「豁然頓
悟的時刻」，這時形式被把握住了，表象轉成了深刻的
意蘊。（〈律詩的美學〉，《中國美典與文學研究論集》，
頁257）

換句話說，情感被喚起、感動、領悟的過程，是一條軌跡、一
種心理結構。所謂「情不孤起，仗境方生」，一個作品，表現的
就是一個「境」，而不可能是一個「句」。「佳句」所代表的

「存在的瞬間」之所以有意義，乃是置於歷史時間的連續性中方能彰顯，而生命本來就是一個連續的時間過程。至於摘句批評無視「詩句」與「詩篇」整體呼應的關係，孤立「佳句」加以賞玩，原有獨標欣賞會心之處以饗同好之意，而後造成讀者將詩句自全文抽離割裂，刻意以「奇」求之，遂有「刻舟求劍」，流於貪求捷徑，反有亡羊歧路之旨，則是摘句批評對後代產生的不良影響。

　　林文月獨標「整體性」的審美立場，亦反映在她對外國文學翻譯的處理上，堅持譯完全集而不取節本。例如在〈游於譯〉一文，她不厭其煩地追述《源氏物語》各種外國譯本處理方式的優劣，直指 Waley 的譯本文字典雅，態度卻過於自由任意增刪，為翻譯大忌；Seidensticker 雖是全譯，但譯文過於簡明，有失韻味[9]。二者雖呈現了譯事之難，但同為林文月所不取。值得注意的是，在〈千載難逢竟逢──《源氏物語》千年紀大會追記〉一文中，林文月特別提到了來自英國的 Thomas Mcauley 從翻譯態度上評論四種譯本的意見，並針對 Mcauley 的判斷，明顯表示不認同。她寫道：

　　　　（Mcauley）認為 Waley 譯雖有刪省，但能引起讀者感

9　〈游於譯〉：「Arthur Waley 的譯本出版於一九二五年，為外文翻譯《源氏物語》最早版本，而且譯出的英文十分典雅，有其重大的意義，然而譯者翻譯的態度卻相當自由，有時候任意刪省，甚至還有整章去除的情形。與此相較之下，Seidensticker 的譯本是全譯，沒有任意跳脫或刪省的情形。不過，他的譯筆稍嫌簡明，失去平安時代那種優雅的趣味，這一點倒是不如 Waley 的地方。」（《蒙》，頁 95）

動；Seidensticker 譯，信則信矣，卻嫌「枯燥乏味」。我
個人倒是不能苟同。（《蒙》，頁195）

「枯燥乏味」的引號為林先生所加，應是其「不敢苟同」的重
點。Mcauley 的評論表象上雖是兩種譯法「各有得失」，但細
思之後，實更為稱許 Waley 譯文增刪以求精彩；而漠視譯者
「忠於原作」，以求呈現全貌之完整的努力。關於節譯與全譯
的取捨，林文月所贊同的毋寧是近於昔日師長糜文開所言：
「選譯當然比較容易精彩，但譯全集更有譯全集的價值。」[10]
　　全譯的價值，便是展示了生命本身不可分割的整體性。生
命的意義並非與生俱來，而是唯有建立在持之以恆的努力，方
能看出成果與價值。正如林先生自道：「每個人的一生都是一
個完整的作品，所以每一日每一時刻，都是作品的部分過程」
[11]，其中所呈現的正是林文月以「勤奮恆毅」自許，視生命如
織造般連續而不可割裂的觀看方式。

三　論創作──從「本色」到「抒情的自我」

　　何寄澎在〈林文月散文的特色與文學史意義〉一文指出：
「林先生則從來沒有提過理論，但她在散文體式的突破與創新

---

10 林文月：「《奈都夫人詩全集》「譯者弁言」雖然僅只一千字左右，但是充
　　分表露了糜先生認真嚴肅的翻譯態度，甚至可說是治學態度。他在〈弁
　　言〉的首段說：譯詩是十分困難的事，譯某一大詩人的全集，更是困難中
　　的困難。選譯當然比較容易精彩，但譯全集更有譯全集的價值。」(《寫我
　　的書》，(臺北市：聯合文學出版社公司)，頁122。

11 《作品》，(臺北市：九歌出版社)，頁61。

上的成就卻是斐然可觀。」[12]事實上，林文月雖未提出過理論，但卻以自身學思過程的體悟與持續的實際書寫活動為基礎，開展出獨特的書寫美學。其書寫立場，除了一貫地「一絲不苟」、「嚴謹負責」的認真態度外，亦來自篤守文體「本色」的堅持，以及兼融學術研究與文學翻譯，廣泛向中外經典取法的「轉益多師」。其中，「一九九三年的《擬古》，事實上是一部最能代表（林文月）學術、翻譯、創作三者結合的創意之作。」[13]《蒙》書中，所收錄的〈擬古——學術研究與文學創作之結合〉即是，林文月從一個作者的角度，娓娓道出昔日創作緣由與美學考量的文章，而充分展現林文月極為嚴明的形式覺知與創作理念，並有意以「擬古」入手，展現文學傳承、探索情感與形式的模塑關係，以開創新局的嘗試。以下分幾點討論之：

（一）嚴守文體本色

在外國理論掛帥、「越界」成為一種流行的風氣中，林文月對於文體風格卻堅持「在寫作每一種文體時，我守著那種文體的特質」[14]的立場，翻譯亦不例外[15]。就學術論文而言，堅持「學術論文的寫作當有別於創作，宜力求冷靜客觀，表達的

---

12 《蒙》，頁250。

13 張瑞芬：《鳶尾盛開》，（臺北市：聯合文學出版社公司），頁220。

14 《蒙》，頁69。

15 〈游於譯〉：「在執譯筆之初，翻譯者首先要考慮的是文體。我們讀日文書，雖然也可以看到漢字，但是兩國的語文特質卻不相同。一般說來，日文和中文給人的感覺，就好比音樂的小提琴和鋼琴。」（《蒙》，頁101）

方式也須求其簡明有條理。」[16]，不可過分渲染文采，以免有傷公允客觀；而創作的辭采非徒眩目，亦須以好的內容為支撐。她指出：

> 有些學生的論文寫得十分花俏好看，我會勸他們：「把這一份文采留在創作的時候吧！」大體來說，學術論文的撰寫宜重理，而較須收斂辭采，這也就是《文心雕龍》〈論說〉所謂「義貴圓通，辭忌枝碎」；至於文學創作，雖重情采，但是如果沒有堅實的內容，徒有過多的辭藻，並不足取。《文心雕龍》〈風骨〉所謂「瘠義肥辭，繁雜失統」，當是一切文類所應忌諱的。（《蒙》，頁69）

至於學術論文與文學創作除了辭采的繁簡有別外，語言修辭策略亦有明顯不同：

> 《京都一年》是我從學術論文的書寫方式過渡到文學創作的一本書，看得出有相當程度的嚴肅負責特質。其後，我逐漸覺悟到文學的創作應該走出學術論文的模式，而另尋藝術安排。這包括著一篇文章的內容，即感情思想的表達，及其表達的方式。學術論文貴在紮實的內容，而其內容則有賴正確清晰的文字表達，所以文字要順暢明白，不宜過分宛轉迂迴。至於文學創作，雖然

---

16 〈我的三種文筆〉，《交談》，（臺北市：洪範書店），頁112。

也在傳達作者的感情思想，但有時不必要完完全全說明
白，甚至也可以只露一端而幽晦其餘，故意留下想像的
空間，而且文章的結構也沒有一定的規範，端賴內容與
形式的巧妙的配合。如果要在我自己的作品裡舉一例，
也許〈遙遠〉便是。」（〈擬古〉，《蒙》，頁68）

〈遙遠〉一文，頗有洄溯文藝創作初始「情動於中」之際，
「恍兮惚兮，道在其中」語言莫能窮盡的「文心」之趣，所謂
「課虛無以責有，叩寂寞而求音」，寫作本是從「無」到
「有」，嘗試以語言具現情感的過程。而從「言之不足故嗟嘆
之，嗟嘆之不足故永歌之，永歌之不足，不知手之舞之足之蹈
之」一再出現各種表現「形式」而仍有「不足」之感，實說明
了藝術表現的形式，永遠有待補足的匱乏狀態。是以，林文月
以「只露一端而幽晦其餘，故意留下想像的空間」的手法來表
現，實為「內容與形式的巧妙的配合」最好的範例。而此擅用
「虛」「實」配合的表現方法，實與趙執信《談龍錄》以「鱗
爪見全龍」之意相呼應。

（二）從「擬代」到「抒情」

在一個標榜情感之真與個人獨特性的文學創作傳統中，
「擬代」的價值往往因情感的「真摯性」而引發爭議。但事實
上，「形式」是作者意圖的一部分，「擬古」與「代言」自有其
古典文學的傳統與美學價值，絕非如「優孟衣冠」徒具形式沒
有真實血肉、或屈己從人喪失一己面目的模仿複製而已。林文
月在一九九三年出版的《擬古》自序中指出其寫作動機，乃是

出於兼具嚴肅、遊戲的心態與過去的自己比賽，效法陸機以降
六朝文士《擬古》的前例，期望達到擬古而不泥於古的精神。
並說明該書特意將「原作」與「擬作」並呈的編輯緣由：

> 我曾經在美國波士頓博物館看到過一些畫，是將現代作
> 家的作品與其摹擬的古畫並列在一起，觀者可以分別欣
> 賞兩幅畫；然而二者對比之下，則又可以發現今人擬古
> 之際的用心與妙趣。（《擬古》，頁10）

至於收錄於本書的二○○八年在臺大文學院的演講〈《擬
古》——學術研究與文學創作之結合〉中，亦再次提及相近的
意見：

> 我曾經在紐約現代美術館（Museum of Modern Art）看
> 到一幅近代畫家的靜物油畫，旁邊並放著一幅大小相
> 若，內容近似的古畫。那近代油畫與古畫有些相類，但
> 無論畫境、畫法又都同中有別，並非刻板亦步亦趨的臨
> 摹。兩張畫分開來欣賞，各有妙趣，但是並列合觀，也
> 頗有意思；那畫家好像是在對觀眾說著一些畫作以外的
> 什麼話。（《蒙》，頁87）

上列兩段文字，皆以美術館將兩幅「類似」的畫作並列展示的
設計為例，一方面肯定「擬作」本身的獨立價值，另一方面則
強調「模擬」所獨具的特殊美感。至於「今人擬古之際的用心
與妙趣」是什麼？作者沒有進一步明言；「那畫家好像是在對

觀眾說著一些畫作以外的什麼話？」也不得而知。就散文書寫而言，可以存而不論，留給讀者想像的空間，但由「擬古」所引發的美學思考，借由兩漢魏晉以下「擬代」書寫所開啟的「格調」美感，可提供進一步討論的依據。

　　所謂「格調」的美感，借用柯慶明先生在討論「格調詩」的說法，乃是指「衍生自既有作品而具近似美感風格」[17]的「擬代」作品，與「原作」相互輝映所產生的對話式美感。而此一類作品的價值，柯慶明有一段非常精彩的說法：

> 「格調詩」不論其為「擬古」，其為「唱和」，都因為作品與作品的特殊關聯而提供了一種作品本身內容之外的額外趣味。它們像是一塘清澄的池水，除了本身「半畝方塘一鑑開」的清麗的美感之外，常常因為反映了其他作品的「天光雲影共徘徊」豐富的內涵與聯想，而使它產生一種輝映反照的疊影的附加增益之美，並且讓我們充分的意識到它們是「為有源頭活水來」的整個詩歌傳統的衍流開展。（〈中國古典詩的美學性格・格調詩〉，《中國文學的美感》，頁145）

對照林文月在二○○八年〈《擬古》── 學術研究與文學創作之結合〉演講所重申的寫作企圖：

> 我寫此系列的文章，原本是出於一種嚴肅的遊戲性、或競賽性、或實驗性的。我想把自己所認真讀過研究過

17　《中國文學的美感》，（臺北市：麥田出版公司），頁133。

的文學作品與創作結合起來，希望能達到擬古而不泥於
古。（《蒙》，頁86）

突顯了「擬古」作品，在創作活動中所涉及的兩個重點：「技
巧」與「傳承」。在一個已累積許多優秀作品，技巧、形式已
高度開發的文學傳統中，創作活動早已不是「我手寫我口」或
「情動於中而形於言」樸素地情感自然流露而已，而是尋求情
感內容與語言形式相互模塑配合的表現問題。故「擬古」所牽
涉的「技巧」問題，是指作者另創一個「氣格悉敵」的作品所
需具備的高度語言表現力；至於「傳承」則是對模擬對象的選
擇，所代表的自身文學價值的認同。是以「擬古」雖為一種受
限制的創作方式，其實亦不妨在限制中借古自喻[18]。
　　林文月的創作主動選擇「擬古」，來開展一己既有的書寫
風格[19]。何寄澎曾讚許道：

　　散文中，僅有林先生有擬古的創作散文——即《擬古》
　　一書，此外別無他人，故可說林先生開創了一種寫作方
　　式。（〈林文月散文的特色與文學史意義〉，《蒙》，頁
　　250）

18　〈擬古〉：「對太康時代的陸機而言，〈古詩十九首〉無疑是最重要的典
　　範。」而「『擬古』本來就是演繹古詩的一種受限制的寫作方式，究竟有
　　別於完全自由的創作，而即使在此限制之下，仍可以看到陸機借古以自喻
　　的痕跡。」（《蒙》），頁71。
19　《擬古》自序：「創作以散文為主，已出版者有數冊。多年來雖努力求新
　　求變，但總覺不免囿於一己狹隘的天地，而重複踏襲老調，乃一時興起，
　　想到要做陸機以降六朝文士的〈擬古〉。」（臺北市：洪範書店），頁4。

此特殊之處在於，作為一位面對前代許多優秀作品的後代作家的處境，並沒有發生哈羅德・布魯姆（Harod Bloom）所謂的「影響的焦慮」（Anxiety of Influence），認為後代作家往往故意避開前代典範作家的陰影，以彰顯自身的獨特性。雖然「一個人在創作的時候，有意無意間，或多或少都會受到自己所讀過的文學作品的影響。」[20]但林文月卻是選擇「有意」地接受前代典範作品的影響，並在多元學習、模擬前代優秀作品中，以既遊戲又嚴肅的比賽心態，表現一種「技藝」的專注與過程；另一方面又以十四篇的「擬古」作品展現「轉益多師」的趣味。而此實際的書寫活動，也將創作論討論的重點，轉向「情感」與「形式」先後相生、相互模塑的問題。例如：喜歡印度詩哲泰戈爾，而有〈有所思〉──擬《漂鳥集》、〈無題〉──擬《園丁集》二文，「這兩組是先有了摹擬的形式，再去尋思合乎這種形式的內容，而這種形式或內容，都是我自己過去的作品裡所短缺的。」[21]至於〈江灣路憶往──擬《呼蘭河傳》〉及〈往事──擬《My Life At Fort Ross》〉二文，則是「我先有了自己的經驗與安排，才將此文與韻味頗為近似的 My Life At Fort Ross 結合起來。」[22]由於追求「內容」與「形式」的配合，一向是林文月對「作品」的理想，即便是「擬古」亦不例外，是以她強調：

　　並不是所有的文章都可以「擬古」，而是需要看內容與

20　《蒙》，頁73。

21　《蒙》，頁76。

22　《蒙》，頁80。

　　形式是否配合得宜。（《蒙》，頁82）

在十四篇「擬古」創作尋求「內容」、「形式」彼此模塑結合的過程中，林文月先生透過實際的書寫活動，進一步指出「模擬」始於「形式的掌握」，最終通向「情感的瞭解」的價值：

　　我在〈寂寞的背影〉中寫：「《傅雷家書》中的百餘封信函，是傅雷為自己投下的『背影』。我們讀他寫給兒子傅聰的許多深情流露的文字，卻看到夕陽殘照之下傅雷自己的長長的背影；那個背影顯現出誠摯浪漫、認真嚴謹，但又不免於落落寂寞。……經由細讀和模擬《家書》，我似乎更瞭解做為文人和身為父親的傅雷其人了。原來，模擬一個人的作品，也是藉以更瞭解那一位作者的方法。」（《蒙》，頁82-83）

創作與欣賞、閱讀與書寫，雖是透過語言媒介來進行，實際上皆為「以心印心」的情感交談。正如梅家玲所云：

　　「擬古」在古典文學傳統中，早已不是「偽作」、「不真」與創作者自我生命無關的問題。而提出「『以生命印證生命』乃是『擬代』寫作的重要前提。（《漢魏六朝文學新論──擬代與贈答篇》，頁5）

而「情感」被「形式」所引導，從「披文以入情」終至於「以心印心」合而為一，「擬代」的極至則是〈你終於走了，孩

子〉——擬六朝代作詩賦：

> 男孩去世當晚，我想像他悲苦的母親而寫下了一篇〈你
> 終於走了，孩子〉——擬六朝代作詩賦。當我孤燈之下
> 執筆為文，設身處境融入那位未曾謀面的母親的心靈
> 時，說實在的，她的悲苦充滿了我的心房，「擬古」是
> 否重內容之摹擬，或形式之摹擬，是否寓含遊戲性，或
> 競賽性，等等問題已不遑考慮，整個人似乎已化作那個
> 可憐的母親，許多無奈、傷悲、悔憾的話一句接著一句
> 在筆下自然湧現。這倒是我在寫「擬古」系列散文時候
> 的一個很特別的經驗。當時似乎也非用六朝詩人那種擬
> 代的方式，否則無法抒放我的感情。（《蒙》，頁85-86）

所謂「古今興懷之由，其致一也」，正如我們在充分理解他
人、掌握他人的性情與心境之後，便能做合理的推想。「擬
古」作為限制性的寫作模式，其終極意義乃是為了對情感做更
深入、精確的表達，而非徒為騁技或標新而已。

　　在理論競行，文類跨界的後現代求新求變的流行趨勢下，
林文月的散文書寫仍是一派從容靜定，不隨外界喧嘩而旋轉。
但藉由以上的討論，她實有極強烈的創作自覺與反省。而特別
的是，她不談理論、不言方法，將一切還原成性情與為學態
度，而直指了「情」才是一切文學的核心。

四　論翻譯——文章千古事，得失寸心知

　　一九八七年林文月獲頒香港翻譯學會榮譽會員，象徵了她在文學翻譯上的貢獻與成就。但她卻一派坦誠從容自道「我從沒學過翻譯」：

> 我必須坦白，甚至連翻譯理論的文章都很少讀過，我只是因為生長的背景，令我具備了兩種語言能力，所以很自然地翻譯了一些外文書為中文。（《蒙》，頁92）

此種寫法，讓人想起張愛玲〈談音樂〉令人印象深刻的首句：「我不大喜歡音樂」，逆折的語氣所造成的反差效果，卻如深水靜流，不動聲色地將一己的翻譯之道指向背離技巧、理論成規的另一端：態度與實踐。一如翻譯家思果所云：「學翻譯的人如果只學翻譯，永遠譯不好。」[23]換句話說，林文月是以豐厚的學養與勤奮恆毅的嚴謹態度為基礎，期許自己能完成忠於原著的傳譯者角色，一路克服譯事的困難，並以具體的成功譯作，為自己的翻譯成就作沉默而堅定的註腳。

　　《蒙》書中主要有三篇文字涉及譯事，分別是〈游於譯〉、〈千載難逢竟逢——《源氏物語》千年紀大會追記〉與〈中日翻譯界小型座談會追記〉。前者，從回顧的視野、自作解人式地呈現作者一路走來對翻譯的看法與心態的轉變；後兩篇，雖為會議追記，以記事為主，但從記錄的詳實、資料的一

23　思果：《功夫在詩外》，（香港：牛津大學出版社），頁3。

絲不苟，實以側筆點出自己對翻譯的重視[24]。至於收在附錄的林以亮（宋淇）〈翻譯和國民外交〉一文，除了包含宋淇對《源氏物語》各種譯本的針砭與對林文月譯本的稱許，更昭示了「翻譯乃大道」的肯定立場，並賦予翻譯以文化傳承與紹述的嚴肅使命。

　　林文月談翻譯，並不尚空談，往往以一絲不苟之筆呈現實際經驗、程序步驟、解決問題的過程，其中尤令人印象深刻的是一再自我重申「非常認真」、「嚴肅負責」的譯者態度。並延續治學注重版本的立場，透過不同版本的搜羅、參考與比較，一方面可收「轉益多師」之功；另一方面，亦有「他山之石」之效。所謂「圓照之象，務先博觀」，而後力求最妥貼、最忠於原著的迻譯[25]。

　　至於實際譯事過程中，林文月對於翻譯對象的選擇，雖有外在的因緣，但核心總是情感的因素「自己真的很喜歡那本書」，云：

---

24 例如〈中日翻譯界小型座談會追記〉介紹日譯本《殺夫》的出版經過，唯此文內容一再提到與會學者「取消故宮、花蓮等旅遊節目，甚至連較盛大豪華的晚宴也改成以自助餐，而與本地作家聯誼的形式。」、「樸素而不拘形式的聚會，沒有昂貴的酒餚，也沒有擾人的民俗表演。大家隨意取用餐點，自由變換座位，熱烈交談。」、「他們是真正有誠意來探究臺灣文壇的……避免大場面的交誼性會議，將時間、精力和費用減少到最低限度，但要發揮最大的功能。」（頁177-179）等細節，雖無涉具體的翻譯理論，但卻樸實誠懇的表現出對翻譯的真正重視。

25 在〈最初的讀者〉演講中，她有別於前人信、達、雅的說法，而將「雅」改成「貼」。貼合原作之語言風格之意。臺北市：（臺大出版中心游洪勉文學講座，2006年）。

> 對我而言，我翻譯，是因為閱讀了某一篇文章或某一本
> 書，深受感動，想把那種感受讓不諳原文的讀者也能分
> 享到。翻譯者與一般讀者不同之處在於，他必須非常認
> 真的閱讀原著，不能放過一字一句，以及那些字字句句
> 所顯現出來的氛圍。(《蒙》，頁98)

她指出，欲成為一位好的譯者，必須先成為一個深受感動的讀
者，先「入乎內」被作品深深的感動，方能在「情動於中」真
誠無偽地情感經驗中，貼近（疊合）作者的情思意念，並以妥
貼的文字「出乎外」地迻譯表現出來。因為：

> 譯者對原著的責任，已不僅止於欣賞感動的層面，而是
> 要透過那一字一句的迻譯，讓不諳原文的讀者也能像自
> 己當初那樣欣賞和感動，所以翻譯者必得是一個最認真
> 和敏感的讀者。(〈游於譯〉，《蒙》，頁99)

事實上，此中涉及的是文學翻譯的「可譯性」與譯者角色的討
論，本雅明（Walter Benjamin）〈譯者的任務〉中即指出：文
學作品所傳達的東西並不是資訊或陳述客觀事實，而是「非本
質」、「某種深不可測、神秘的、詩意的東西。翻譯家如果要再
現這種東西，自己必須也是一個詩人。」[26]故譯者的任務實近
於作者與讀者中間猶如傳信使（hermes）的角色，為了盡量忠
實的傳遞原作的意旨，除了態度的認真外，則是有賴對於作家

---

26 漢娜・鄂蘭編，張旭東、王斑譯：《啟迪：本雅明文選》（香港：牛津大學
　　出版社，1998年），頁63。

風格及語言形式的高度覺知與表現。是以對於譯事的過程與重點她指出：

> 文學翻譯，最重要的是首先細讀原著，不僅要瞭解其意，而且要體會其味，然後妥貼地轉迻出來。（《蒙》，頁69）

「細讀」（close reading）是翻譯最重要的基礎，且譯者必須於細讀中掌握語言的表層意義及更深一層的作家語言風格，並以盡力忠於原作的方式創造另一種語言表現出來。以此觀之，歷來雖多將翻譯視為非原創性的寫作，唯其精義實近於「骨鯁所樹，肌膚所附，雖取鎔經意，亦自鑄偉辭」類似「述而不作」的創造性書寫。至於，「細讀」的價值，詩人北島（趙振開）說得好：

> 翻譯本身就是一種細讀。……細讀絕非僅是一種方法，而是揭示遮蔽開闢人類精神向度的必經之路。（《時間的玫瑰》，頁393）

細讀的重點並非文字，而是將作品視為一個「存有開顯的瞬間」的產物，語言結構即是捕捉此靈視（vision）的瞬間，故讀者透過文字的引導與掌握，便可跨越時空，體會「古今興懷之由，其致一也」的文心，得以與古人「交談」。此處所謂「交談」，並非專指兩人面對面的說話，而是以心印心、以心傳心、以心感心的一種情感活動，正如林文月所云：

　　書，不言語嗎？書，正以各種各樣的語言與我們交談
　　著。（〈陽光下讀詩〉，《回首》，頁7）

「交談」是林文月的文學觀中一個非常特別的觀念，她將閱
讀、研究、翻譯、書寫，皆視為一種心靈的「交談」。而此觀
念，亦近於柯慶明先生所提出的「同情」，云：

　　同情，最好照字拆詞望文生義來解。或許我們可以用它
　　來指陳：「生命彼此內在深處的相通，所生發的共同存
　　在的感覺與意識。」（〈詩與其批評的一種觀點〉，《境界
　　的再生》，頁6）[27]

文學中的「我」，本來就是一個更「真實」的我，透過自己所
賞愛的作品的閱讀，得以與同代、遠古之人心靈神交，而得到
一種「同情共感」的自我精神的成長與彼此生命境界的瞭解。
並藉此得以更貼近的原作者的心思，成為掌握文本意義的關
鍵。如林文月所云：

　　由於長期持續地認真閱讀和翻譯，我會覺得自己與原著
　　的作者冥冥之間似乎產生了一種默契或瞭解。（《蒙》，頁
　　99）

27　柯慶明先生在書中自註「生命彼此內在深處的相通，所生發的共同存在的
　　感覺與意識。」這段話，出自殷福生教授〈給陳鼓應的第一封信〉：「人和
　　人內心深處相通，始覺共同存在」。《春蠶吐絲》，頁163。見《境界的再
　　生》，（臺北市：幼獅文化事業公司），頁31。

便是建立在此情感的瞭解上，方有以「設幻」之筆，所寫成的
〈與一葉對談〉。此即是譯者因長期細讀譯作，對作者有深刻
瞭解，所產生的合理推想之辭。此「譯者」與「原作者」的密
切連繫，詩人北島進一步指出其內在共通性：

> 我以為一個譯者只有在與被譯者的內心達到徹底的契合
> 時才可譯之，因為此時二人已不分彼此，恰如一人。這
> 一點猶如波德萊爾（Charles Baudelaire）譯愛倫・坡
> （Allan Poe）時那種觸電的感應。我這樣說並不是認為
> 一個譯者只能譯一個詩人，我的意思是只能譯一類詩
> 人，絕不是萬能，不是通譯。（《時間的玫瑰》，ix-x）

此與林文月自道：我翻譯的都是很喜歡的作家，以及一向偏好
翻譯女作家作品的情形可相呼應。也指出了翻譯作為一種受限
制的書寫模式，其遣詞用字，不只是技巧而已，要能譯得傳
神，仍有賴於心靈神會的情感默知。正如柯慶明先生所云：

> （《源氏物語》）我是喜愛豐子愷的散文的，但卻覺得他
> 的翻譯，情韻不對。他們在譯筆上的差異，使我真正體
> 會到語言風格，正如美感情韻，不只有雅俗，亦是有男
> 女的。林先生的情性相近，所以譯來格外傳神。（〈我所
> 不知道的林文月先生〉，《臺灣現代文學的視野》，頁
> 330）

所謂「可以言論者，物之粗也；可以意致者，物之精也。」談

翻譯之美的傳神寫照而及於譯者性情，猶如「知音」般地默會感知，可說是極致了。

　　林文月的譯事，以盡力忠於原作為主，為了使讀者充分明白原作的意指，除了有詳盡的註解外[28]，對於難以用語言說明的枝節，更出之圖畫，以之作為文字的延伸。故一般翻譯所經常提到的「信、達、雅」問題，已被林文月轉化成具體的語言形式、風格、聲情、氛圍、圖示的講究，而產生了林文月特殊的翻譯風格。首先，就實際譯作而言，所謂「辨於味，而後可以知詩」形式的覺知仍是翻譯第一要件。她指出：「在執譯筆之初，翻譯者首先要考慮的是文體」[29]：

> 文學作品的翻譯不同於科學的說明性文字的翻譯，翻譯者不僅要譯出那些文字所含的內容，而且，同樣重要的是得注意那些文字是如何被書寫出來的。這個作家和那個作家的文章趣味不同，譯者要有極高的敏感去辨別其間的差別才是。（《蒙》，頁98）

此段文字的重點，實猶如古典詩論中討論作家「本色」的「辨體論」。其關注的已不只是作品內容「說什麼」，而是指向語言形式「怎麼說」──不同作家表現方式的差異。林文月進一步舉出實例：

---

28 林文月自道被人揶揄：「看你翻譯的書，好像在讀國文課本。」《蒙》，頁105。

29 《蒙》，頁101。

　　一個譯者應如何對待不同的作者、不同的文字趣味風
格，是在《源氏物語》譯成後，另譯《枕草子》時，我
所考慮的一個問題。因為二書的作者雖屬同時代，但她
們的個性不同，文風有別。紫式部的文字更為委婉纏
綿，清少納言則比較剛直簡潔。……舉《枕草子》全書
一開始的名句「春は曙」為例，其簡勁的風格，我認為
只能追隨清少納言的風格而譯為「春，曙為最。」我後
來看到大陸周作人的譯本：「春天是破曉的時候最
好。」反而覺得有些累贅。（《蒙》，頁104）

「眾所周知，翻譯中最不可譯的是聲音[30]」，而林文月對於譯
作語言、聲情的推敲與講究，實展現出她力求貼近原作的嚴謹
態度。例如〈我譯《枕草子》〉中，即記載了昔日與平岡武夫
先生討論「春は曙」譯文的情形：

　　清少納言的語言極簡勁，全書首卷寫四季，原文簡勁到
幾乎不成句構。我有三種譯法，正猶豫不決：（一）「春
以曙色為最美妙」、（二）「春，以曙為最美」、（三）
「春，曙為最」。平岡先生閉目默誦《枕草子》文，又
比對我的三種譯法，最後贊成第三種譯文。其實，他所
挑選的，也是我私下以為最接近原文氛圍的，便堅定了

---

30 眾所周知，翻譯中最不可譯的是聲音，即音樂性或節奏（那可是一個人獨
　一無二的生命節奏啊！）。但聲音也非神話，也非絕不可譯，在某些難能
　可貴的時刻，一種聲音會被神秘地聽到並被精確地譯出。」北島：《時間
　的玫瑰》，（香港：牛津大學出版社），頁x。

譯筆方向的取捨信心。(〈我譯《枕草子》〉,《作品》,頁
77-78)

翻譯過程中的推敲修改痕跡,一般都會在付印出版之際,將此
林林總總的瑣碎一併抹去,只讓讀者看到最後的成果。但林文
月卻有意保留,並讓我們看到其間如線頭般曾經斟酌推敲的過
程。此中所呈現的意涵,否定了「文章本天成,妙手偶得之」
才氣的張揚,而強調了作品的細膩完美、個人的成就,都不是
憑空產生,而是對生命本身堅持努力的成果,一如林文月在面
對學生的仰慕欽羨時說出:「你好像很輕鬆就把事情做得很
好」之際,立刻回應道:「我只是沒有到處去宣揚自己的辛苦
而已。沒有人能夠輕易做好事情的。」[31]

「文章千古事,得失寸心知」,林文月幾乎是以一個「老
師」的角色嚴謹地來從事翻譯的工作,力求忠於原作不得逾
越,以期務使讀者達到充分的瞭解。但長久累積下來的豐富翻
譯經驗,也讓她嚴守的法度逐漸「鬆動」,而臻於「游於譯」
的境界:

事隔多年,重讀這樣的文字,覺得這也許是多年教書的
習慣,使自己在增設的「箋注」那個比較自由的空間裡
表現無遺了。……回頭看這幾本較後期譯出的書,如今
不得不承認,這些地方,我已超過了譯者的本分,而幾
乎是一個老師的角色了。不過,我又回想,也許是走過

---

31 《人物速寫》,頁14。

三十餘年的經驗，逐漸脫離了一板一眼的翻譯「工作」，而有點享受翻譯的「樂趣」。（《蒙》，頁108）

所謂「法極無跡，人能之至」，林文月後期的譯作，往往配合文意中途加入「圖繪」以便瞭解，或於文末置入「譯後小記」抒發己意兼有評論之用，當時並無意要創造特殊的體例，只是情之所至，做最充分的解說，並以之作為與讀者心靈「交談」的空間：

> 我譯一葉的短篇小說，在心情上是比較輕鬆的。雖然我仍很認真地閱讀……並且每譯一篇都有注譯、插畫和箋注，但初時我並不一定想出版單行本，所以時間上倒也拖了五、六年之久，又於注釋和箋注之外，加了另一項〈譯後小記〉，少者百餘字，多可千餘字，把自己翻譯之際的感思放進去，是一種比較自由的筆調。實際上，這已經和翻譯本身沒有關係，純粹是我個人翻譯之餘的副產品。這裡面的我，有時是讀者，有時是評論者；或者也可以說是譯者的我，在譯文之後藉著這個另闢的空間與我的讀者朋友交談。（《蒙》，頁109）

以此觀之，文學翻譯雖原是一種受限制的書寫形式，但在加入了譯者詳盡的注解、手繪圖畫、譯後小記之後，實充滿自喻的痕跡，亦頗有史傳「贊論」的趣味，而成為一種深具個人性情與生命轉折的書寫。故對於林文月而言，翻譯與其說是專業，毋寧說是自己人生另一個維度的抒情展現。就翻譯而言，此種

形式雖已超過了一位譯者的身分，但其譯作卻因此成為林文月
生命色彩的「作品」，而成為其生命「抒情」的自然表現[32]。

五　結語

　　林文月談詩論藝不喜套用現成理論來炫技，其主張亦不為
任何理論所框限，而是以其勤奮恆毅的態度與才學識見為基
礎，加上多年歐美講學經驗的累積，在「生命因緣，歲月感
悟」[33]中自然形成。所謂「根之茂者其實遂，膏之沃者其光
曄」，「學術」研究與「藝術」視域彼此涵融模塑，並與自身的
性情「交談」而內化為生命的肌理與境界。

　　〈蒙娜麗莎微笑的嘴角〉從談文藝欣賞的一種角度，引出
一種「觀看的方式」，提出「整體性」與「距離」的重要，並
以陶、謝名句為例，指出「留白」的瞬間，往往是「感而遂
通天下之故」的「天啟」時刻。因為唯有當詞語消解，文字不
再是文字而還原成真摯的心聲時，心靈感受才能如此地滿溢、
專注與純粹，使詩人與讀者在那一刻遠離塵世的誘限而走入
他方──詩意的棲居所在。而對觀看方式的感知與選擇，除了
是文藝欣賞的一種態度之外，亦是她認識世界、瞭解自己的重

---

32 柯慶明：「人的情性才是一切事件，一切文學表現的最後實體。同時，人
　的情性又必須借助於種種外界的刺激，以及外在的表現方式方能透顯。因
　此，抒情似乎正是生命至真的表現；亦是文學主要的內涵。」《中國文學
　的美感》，頁66。

33 陳義芝主編：「推薦林文月」，《林文月精選集》，（臺北市：九歌出版社，
　2002年）。

要方式，這一點在二○○四年出版的《人物速寫》中可為證明[34]。是以，在昔日同時考上臺大中文系與師大美術系的選擇中，林文月雖然最終決定以文學作為一生的職志，但事實上她對繪畫與素描的熱情，以及視覺藝術講求布局、結構的思維，一直影響著她的美學視野。

至於「擬古」與「翻譯」，則是涉及「再創作」所引發的文化、語言、形式等美學問題的討論。《蒙》序特別提及與林以亮（宋淇）交換秘密「新書」《擬古》的昔日情景，暗示著作者對此書的看重與期許。《擬古》的確是林文月散文書寫過程中，極重要的一本書，與日本古典文學的譯作，皆可視為「限制式書寫」的兩型，各自又延伸至不同的屬性。《擬古》一方面使我們看到（舊有傳統）文學形式的重要，所謂「古今興懷之由，其致一也。」那是一條通向亙古永恆情感的「林中路」，因為「形式」中的情感，本來就是「人性」對話、相互瞭解同情的基礎；另一方面，譯作則是以「情思」之掌握為基礎，在原作的既有語文形式外，表現出另一種新的語言形式。林文月雖謙稱自己沒有學過翻譯，但從其一貫嚴謹，追求最貼

---

34 《人物速寫》〈致M.N.──代跋〉：「我寫作的人物對象，必然是曾經十分關心過，也曾仔細觀察過的，因而在鋪詞搆文時無法抽離自己，時或不由得投入參與。這大概與觀察人物的方式或角度有關。好比在一面大鏡前，你去看一個人。你所看到的是這個人物的實體，以及鏡中的這個人物；而鏡子又映現這個鏡面所能包容的人物周遭另一些人，甚至於在一旁觀察人物的你自己；更由於方向角度的些微調整，人物與觀察人物的你自己的主客地位，則又隨時可以轉換變化，於是，你看到你所要觀察的人物對象，彷彿也看到那人所觀察的觀察者你自己。」（臺北市：聯合文學出版社公司），頁164。

近原作的翻譯立場，其所憑藉的便是廣博和精深的知識，而以
實際譯作回應了蘇珊‧桑塔格（S. Sontag）對翻譯的禮讚：

> 這裡所說的翻譯，是更大意義上的選擇活動。它是某些
> 個人所從事的專業，他們是某種精神文化的傳遞者。深
> 思地、謹慎地、靈巧地、虔誠地翻譯，是衡量翻譯家對
> 文學事業本身的忠誠的一個精確尺度。（〈世界作文印
> 度──聖傑洛姆文學翻譯講座〉，頁195）

「我在表達世界的過程中表達了我自己」[35]，自我論述，其實
即是一種自我詮釋，學問、書寫、翻譯、評論，亦只是個人性
情的展現與揭露。林文月擁有顯赫的家世，集美貌與才情於一
身，但其對生命的態度，卻是將一切成就歸之於努力與認真，
而非才氣與家世，在銘刻「聞多素心人，樂與數晨夕」的悠悠
時光中，以謙虛淡定的態度寫出文學自畫象。《蒙娜麗莎微笑
的嘴角》雖非學術論文，卻是林文月學思歷程的整體回顧，並
用嚴謹的考證功夫與一絲不苟的嚴明精細，將學術論點與詳實
資料如織錦般「織入」文中，而以「風行水上，自然成文」[36]
之態談文藝、道創作、說翻譯、論學術，交織成其文學志業的
特殊風貌，而具現了一種「讀中文系的人」的典範與格局。

---

35 保羅‧里克爾（Paul Ricoeur）著，翁紹軍譯：《惡的象徵》（*The Symbo-
  lism of Evil*）（臺北市：桂冠圖書公司，1993年），頁13。
36 陳義芝：〈推薦林文月〉，《林文月精選集》，（臺北市：九歌出版社，2002
  年）。

參　論林文月《人物速寫》的觀看方式與抒情意境

一　前言──從卡爾維諾之「輕」談起

　　二〇〇四年出版的《人物速寫》收錄一九九七至二〇〇三年發表之作品，包含以人物為主的九篇散文與代跋〈致M.N.──代跋〉所構成。從所「速寫」的對象而言，是追記生命行旅中因緣際會所結識的學生、醫師、友朋、護佐、作家、學者、藝品店員等人物群像，但書寫親朋故舊實即從生命長河的時空廣角書寫自我生命，故此書雖以「人物速寫」為名，表象寫的是他人，但書寫「方向角度的些微調整」，實以特殊的「觀看方式」回顧平生離合悲歡，並側寫學者的志業與寂寞、潤物無聲的師生之誼、至親傷逝的無聲之悲、母女伴遊的親子神怡之情、以及對普世女性深陷情愛掙扎卻承受誤解，或刻苦為學卻早慧早凋之九曲命運的深思諦視。十篇散文雖各自獨立，然所謂「三十輻而共一轂」，實可視為作者中年過後追憶哀樂平生，並對生命議題提出扣問的一首長篇抒情詩。

　　「觀看先於言語」[1]，每一種觀看方式，其實都對應著一

1　約翰‧伯格（John Berger）：《觀看的方式》（*Ways of Seeing*），（臺北市：麥田出版公司），頁10。

種美學立場。約翰・伯格（John Berger, 1926-）《觀看的方式》
（*Ways of Seeing*）指出：

> 我們只看見我們注視的東西。注視是一種選擇行為。這
> 個行為將我們看到的事物帶到我們可及之處。接觸某樣
> 事物就是與它產生關係。我們注視的從來不只是事物本
> 身；我們注視的永遠是事物與我們之間的關係。（麥田出
> 版公司，頁11）

本書所採取的速寫方式主動規避了僅是「直視」人物的角度，
作者特標以「鏡象」為喻，透過「鏡」之「涵攝／反映」、「主
／客」並置及出入「虛／實」等雙重特質，嘗試以另一種看似
「疏離」實則更為圓通靈動的觀看方式相互轉進，來掌握人物
並抒寫自我。書末〈致 M.N.──代跋〉一文，即頗有夫子自
道針腳之意：

> 我寫作的人物對象，必然是曾經十分關心過，也曾仔細
> 觀察過的，因而在鋪詞摛文時無法抽離自己，時或不由
> 得投入參與。這大概與觀察人物的方式或角度有關。好
> 比在一面大鏡前，你去看一個人。你所看到的是這個人
> 物的實體，以及鏡中的這個人物；而鏡子又映現這個鏡
> 面所能包容的人物周遭另一些人，甚至於在一旁觀察人
> 物的你自己；更由於方向角度的些微調整，人物與觀察
> 人物的你自己的主客地位，則又隨時可以轉換變化，於
> 是，你看到你所要觀察的人物對象，彷彿也看到那人所

觀察的觀察者你自己。(《人物速寫》，頁164)

事實上，「感受的方式，也是觀看的方式」[2]。一如「體物觀心」，體物與觀看的方式，於外呈現為謀篇構章的語言形式，於內實則深切透露出觀看者內在的價值尺度。《人物速寫》不採具體「直視」而改以虛靈的「鏡象」來掌握速寫的人物，不免讓人想到伊塔羅・卡爾維諾（Italo Calvino）《給下一輪太平盛世的備忘錄》第一講以「輕」、「重」對比，拈出「輕盈」的文學價值，並以柏修斯（Perseus）斬下蛇髮女妖魅杜莎（Medusa）頭顱的神話故事所進行的文學闡釋。他指出：

> 我有時候會覺得整個世界都在硬化成石頭：這是一種緩慢的石化過程，儘管因人因地而有程度差別，但無一生靈得以倖免，就好像沒有人可以躲過蛇髮女妖魅杜莎的冷酷凝視一樣。唯一能夠砍下魅杜莎腦袋的英雄是柏修斯——他憑著長出翅膀的涼鞋，而得以飛行。柏修斯從不直接注視蛇髮女妖的臉，而只是去看她映現在青銅盾牌的形象。……為了砍下魅杜莎的腦袋，而不讓自己變成石頭，柏修斯憑藉最輕盈的東西：他靠風，他靠雲，他只盯住間接視覺呈現的東西，也就是鏡面所捕捉的映像。我忍不住要把這個神話視為一個寓言，它喻示詩人與世界的關係，一個寫作時可以遵循的方法上的啟示。（頁16）

2　蘇珊・桑塔格：《重點所在》，（臺北市：大田出版社），頁182。

借助神話的隱喻，卡爾維諾建議文學家應拋開「直視」的角度，以一種「間接」曲折的方式看待世界。因為「柏修斯的力量在於拒絕直接觀視──不過，他並不是拒絕去觀看他自己命定生活其中的『現實』；他隨身攜帶這個『現實』，接受它，把它當作自己的獨特負荷。」（Calvino，頁18）換句話說，作為一種文學採取的方法，作者必須與對象保持一種迂迴的距離，以避開直視的沉重所帶來的制約，改由透過鏡象的虛靈與轉折來觀看並「只盯住間接視覺呈現的東西」來掌握目標。

以「輕逸之美」表「沉重之思」，作為一種審美方式，實與古典文學中的「含蓄」美典有暗合之處。一如《詩經》小雅〈采薇〉本是表現戍役之苦的詩，但其名句卻是末章的「昔我往矣，楊柳依依；今我來思，雨雪霏霏」將「倫理經驗為美感觀照所融攝而轉化為美感經驗的形象化表現」[3]。所謂「以哭泣為哭泣者，其力尚弱；不以哭泣為哭泣者，其力甚勁，其行乃彌遠也。」[4]而此對「輕」的提倡，實出於對「重」的珍視。

林文月的散文書寫一向予人「含蓄」溫厚之感，修辭細膩節制而饒富澀味，追求平淡雋永是其理想。然正如張瑞芬在〈溫州街的書房──論林文月散文〉中直指林文月後期散文已不復之前「只寫好的一面」，而逐漸轉向沉重與嚴肅：

> 林文月的後期散文，尤其以《回首》與《人物速寫》，
> 內裡意念翻騰，波瀾時興，較之早年作品，顯已不同。

3　柯慶明：〈梁啟超、王國維與中國文學批評的兩種趨勢〉，收入《現代中國文學批評述論》，（臺北市：大安出版社），頁170。

4　《老殘遊記》〈序〉，（臺北市：聯經出版公司），頁1。

　　　　雖然她的表達仍然含蓄淵雅，不敢逾越分寸。（張瑞
　　　　芬：《五十年來臺灣女性散文——評論篇》，臺北市：麥
　　　　田出版公司，頁142。）

　　生命存在的沉重而出之以輕盈的態式來承擔，是一種審美方
式，更是一種文化理想。文學，本來就是一種曲折的藝術，藝
術最大的奧秘在於隱藏。情感的描寫，留白的感染力往往更勝
於一覽無遺。而且「每一種文明都有它自己渴望去認識的東
西，也有它盡力迴避，寧願視而不見的東西」[5]。「含蓄」美典強
調「以少總多」、「言有盡而意無窮」，運用「意在言外」的方
式，追求「不著一字，盡得風流」的美感，實是「生命的沉重
寓於色相的輕盈」[6]之文化修養的體現。也是我們理解林文月
散文書寫的一條進路。
　　　歷來關於《人物速寫》的討論，或討論其運用「對話」來
速寫人物的語言藝術[7]，或以短篇幅扼要點出其「傾聽與交談
間的節制深情」[8]、「樸素的華麗」[9]、「優雅的由來」[10]之人格

5　宇文所安：〈斷片〉，收入《追憶：中國古典文學中的往事再現》，（臺北
　　市：聯經出版公司），頁94。
6　黃繼持：「動靜一如，生命的沉重寓於色相的輕盈，更顯東方美學之丰姿」
　　（古蒼梧：《備忘錄》〈序〉，（香港：牛津大學出版社），頁xi。
7　陳伯軒：〈筆端的會話／繪畫——論林文月散文人物書寫的語言藝術〉，
　　《靜宜人文社會學報》2007年2月，頁77-98。
8　石曉楓：〈傾聽與交談間的節制深情——林文月《人物速寫》評介〉，《金
　　門文藝》第3期（2004年6月），頁18-19。
9　徐國能：〈樸素的華麗〉《聯合報》B5版，「讀書人書評花園」，2004年5月
　　23日。
10　蔡振豐：〈優雅的由來——林文月「回首」、「人物速寫」讀後〉，《聯合文
　　學》第20卷第7期（總235期），2004年5月，頁26-27。

與風格，至於董橋則是撩開英文字母命名的薄紗，直指真人真事底蘊的抒情性。他說：

> 這本新書裡篇篇以英文字母為題目的九篇速寫，寫的是她交往的特殊人物，一經匯集在《So Green》的潑彩封面之內，雨後人生清淡的信息瞬間竟都凝成深情的翠微了。（董橋：〈林文月速寫的人物〉，《甲申年記事》，香港：牛津大學出版社，頁102。）

「悲歡離合總無情，一任階前點滴到天明」，《人物速寫》一改之前多寫縈懷不去的臺大師友鴻儒，轉而關照生命浮光掠影中萍水相逢的他鄉之客，加上其筆法的「簡澹無心」，確有「而今聽雨僧廬下」老炭文火式的平靜淡定。然一如董橋所說的這些真實的生命軌跡「一經匯集在《So Green》的潑彩封面之內，雨後人生清淡的信息瞬間竟都凝成深情的翠微了」。其抒情意蘊一如歸有光對亡妻的無邊思念，寫出來的卻是「庭有枇杷樹，吾妻死之年所手植也，今已亭亭如蓋矣。」以「枇杷晚翠」之「常」，對比表現「樹猶如此，人何以堪？」之「無常」的永恆天問。

林文月教授歷來許多著作皆由其夫婿郭豫倫先生設計封面，一如《飲膳札記》〈後記〉的自道語：「多年以來，我每有新書出版，他已經成為封面設計的義工，責無旁貸，而他自有從抽象畫演變出不落俗套的本事。」琴瑟和鳴之情盡在其中。而後其夫婿因病亡故，林文月於二〇〇四年少見地一次出版《人物速寫》、《寫我的書》、《回首》三本書，並寫道：

> 三十多年過去了，時間似悠悠又匆匆，而人事變幻莫
> 測。二○○四年春季，我出版三本書，豫倫既已無法為
> 我設計封面，遂採用了《郭豫倫畫集》內的三幅作品
> 「So Green」「Joyance」「Drifting」為我新書的三本封
> 面，算是又一次小小的紀念畫展吧。(《寫我的書》，頁
> 193)

「此中有真意，欲辨已忘言」，不僅是一種語言表達的美感，
更是一種以曲達的書寫方式、感物理念所完成的文化理想。本
文試圖討論的即是《人物速寫》所採取的觀看美學與抒情意境
的關係，並以此突顯林文月散文書寫之獨特性。

二　靜水流深──語不涉己，若不堪憂

　　林文月是一位對寫作有高度自覺的作家，從〈散文的經
營〉自道其散文觀開始，其後推出的《飲膳札記》、《擬古》、
《人物速寫》、《寫我的書》諸作，雖所寫範圍仍以親友故舊、
歡愁傷離之感為主，但其觀看視角、書寫策略已逐漸轉向。大
抵而言，是由早期「主觀式」的以「我」為中心的抒情寫物，
逐漸轉向以「客觀」題材之「物」（他者）為座標來側寫人
生，此觀看方式的逆轉，實頗有「語不涉己，若不堪憂」，類
似從水晶球看人生的疏離況味。這些作品雖略見「同質異構」
之處，唯其力求「形式」新變的企圖不可忽視，故何寄澎先生
以「散文體式的突破與創新上的成就卻是斐然可觀」許之。
　　首先，《人物速寫》就篇名設計而言，特將所寫人物的真

實姓名皆為之隱去，改以英文字母縮寫命名，削減了實體的重量，而充滿了小說「虛構」的符號性。作者選擇姑隱其名，固可視為含蓄／輕逸的考量，但另一方面，其對速寫人物行誼背景精確的輪廓描繪，主角之實有其人，幾近呼之欲出，亦營造了「剪影[11]」的趣味。一如〈F〉一文，寫的是德裔美籍學者傅漢思（Hans Hermannt Frankel），〈L〉即捷克漢學家（布拉格查理斯大學中文系主任）羅然（Olga Lomova），當然，獲得大多數人讚賞寫得最成功，並被選入多本散文選本的〈A〉，即是作者的日本女性友人秋道太太（Akimichi）。是以，本書中人物就像花體簽名或姓名縮寫，並不只是虛構的符號，近於一種「不存在的存在」而同時具有了生命氣息的喜怒哀樂，以及虛／實模糊的多層次美感。

《人物速寫》採取近於小說的手法，可視為游移於散文與小說模糊地帶的設計，持守一種較為疏離的距離，並出之以「對話」的方式，寫實地呈現事件的客觀與人物談吐，盡量不作主觀的判斷，而把判斷留給了讀者，引發更多的思考。此書寫方式實與本書內容有密切的關係。張瑞芬〈生命的行旅〉曾援引福克納「內在衝突是好文學成立的必要條件」之語，點出「林文月後期的散文作品，尤其《回首》與《人物速寫》之於前作的意義，恐怕多少必須由這樣的角度去體會。」[12]

由於《人物速寫》寫作視域，逐漸轉往人性的深沉與幽

---

11 剪影（法語：Contre-Jour，意思為逆光、背光）是攝影技巧的一種，即利用逆光造成的亮度及黑暗之間強烈對比，讓主體呈現出黑暗的輪廓，以有別於一般讓主體清晰可見的照片。

12 張瑞芬：《狩獵月光》，（臺北市：聯合文學出版社公司），頁56。

微，其寫作對象亦從熟悉的親友故舊、師長鴻儒轉向萍水相逢
的學生、醫師、護佐、藝品店員等他鄉之客，並試圖捕捉住生
命偶然碰撞之際的詩意瞬間及餘波蕩漾的深情迴旋。徐國能曾
以「機遇之歌」來比喻《人物速寫》的格調：

> 林教授在《人物速寫》中，透過其特有的細緻筆調，舒
> 緩而又精確地譜寫了八章機遇之歌。這些曾與她促膝一
> 時或僅擦身而過的身影，也許只是人生旅程中偶然的一
> 瞥，但林教授的筆法有若浮雕，刻畫了在歲月的光影
> 中，那些一閃即逝的笑紋淚影，以及他們背後的人生故
> 事。這些故事或許沉重，或許輕盈，但皆足以成為人性
> 與感情的隱喻，發然深省，耐人回味。（〈樸素的華
> 麗〉，《聯合報》B5版，2004年5月23日）

例如〈J.L.〉寫的是與三年前教過的一位異國學生的短暫重
逢，但在文字留白處鋪寫的，卻是一代代以學術作為志業的
「師者」皓首窮經的虔誠身影，及薪盡火傳的永恆形象與寂
寞。其中非常細膩的一段是作者舊地重遊在等待學生到來的空
暇中，環睹陳舊斑駁的教員休息室，為懸掛在牆上的學者照片
擦拭灰塵的描寫：

> 以前在這個休息室喝茶或沖咖啡，匆匆坐十分鐘便趕赴
> 教室上課，並未特別注意這十餘幀照片；今天因為等待
> 稍稍遲到的學生，得以走近一一端詳。他們都是傑出有
> 貢獻的學者，皓首窮經，令人肅然起敬。這個學校，這

個學系以他們為榮，所以將他們的照片排列出來，他們
的著述在圖書館內、在出版社裡、在許多教授和學生的
案前。

十幾張大小不十分一致的相片排列得並不十分整齊，而
且顯然都有些灰塵。反正 J.L. 尚未到，我走過去把那些
特別歪斜的幾張整理扶正；索性從皮包內取出紙巾擦拭
玻璃框架上的灰，但也只能擦拭整理下面兩排。我退回
沙發上再端詳。彷彿正有一種莫名的寂寞湧上心頭時，
J.L. 跨進了休息室。（《人物速寫》，頁8）

「情不孤起，仗境方生」，面對「吾生也有涯，而知也無涯」
生命的限制及時間橫絕一切的空漠，學術終只是「得失寸心
知」的個人寂寞事。但林文月並未將此「寂寞」的自我情緒順
勢蔓延，反而以 J.L. 的到來，適時宕開一筆戛然而止。並自然
轉進人物速寫的正題。

蒙塵的照片、學者的獻身看似與 J.L. 無關，但此實為草蛇
灰線預留伏筆。在 J.L. 歷經學術追尋的期待、失望、質疑、徬
徨，並因師長春風化雨潤物無聲的身教言教而重拾自我信心
後，這些似乎被遺忘的照片，串起了時空的斷裂，猶如「典型
在夙昔」般，靜默地展示了對於後代學人提攜勉勵的神聖意
義。因為「每一張令人敬佩的容顏，都印證他們畢生對學術的
努力追求。」[13]「高山仰止，景行行止，雖不能至，心嚮往
之。」這應也是作者對 J.L. 的期許及生命意義肯定的所在。

---

13 《人物速寫》，（臺北市：聯合文學出版社公司），頁14。

　　所謂「意以曲而善托，調以杳而彌深」[14]，《人物速寫》寫生命之轉折與領悟、情感的沉重與幽微，往往節制而含蓄。例如〈Ａ〉、〈Ｇ〉同寫不倫之戀中的情慾、道德、悔恨與糾葛。前者乃透過作者友人 Ａ 的自我訴說，逐步揭露一段甜蜜與痛苦並陳的黃昏之戀；後者則是由同事 Ｇ 講述母親上一代，緣於人事錯忤而導致二女同事一夫的憂傷故事。面對爭議性的題材，人世的無奈、情緣的流離、內心的騷動不安，林文月並未出之以簡單的道德批判，而是以傾聽者的角色，歷歷如繪之筆呈現事件的始末，給予「同情的瞭解」，雖不著判斷語，但判斷實已隱然其中。此觀照方式，一如蔡英俊所云：

　　　　所謂「不著判斷一語」即是以一種超越的態度去面對客觀事物的存在，盡可能不以個人主觀的意見或判斷介入對於客體的描述或呈現。這種絕緣孤立的觀照方式，當然就是審美活動的特性，而由是而來的對於對象事物的專注以及不具目的的關心，也自然就是審美經驗特質。（《中國古典詩論中「語言」與「意義」的論題──「意在言外」的用言方式與「含蓄」的美典》，頁314）

　　此中特別值得一提的是〈Ａ〉中一段幾近性虐待的露骨描寫，但作者並未將此題材處理成高溫燃燒的情慾小說，相反的，讀完後只感到同情與悲憫。蔡振豐分析指出：

---

14 蔡小石：《拜石山房詞》〈序〉，《百部叢書集成》第8冊（臺北市：藝文印書館，1968年），光緒許增校刊影印本。

對人性的同情及觀照如何不流於污蔑及絕望，這完全取決於寫作者平時觀看世界的視角，而不是刻苦修辭之技巧。試看〈A〉文中聽聞事件的情緒收放，當寫作者看到 A 與 H 教授在偷情過程下「上臂青紫斑斑盡是瘀血痕跡」時，「在開放著冷氣的冰店裡感到反胃，不克自禁地顫慄起來」。這樣的情緒在〈A〉文中並未被漫延開來，而以一節前往宵山祭時 H 教授「用雙手將 A 和我頭互撞」之「劇痛如裂，眼淚幾乎落下」的訴說作結。這種寫法可以是技巧，也可以是寫作者平日對世務的演出，二者感動於人的力量不盡相同。如果讀者無法感受到寫作者含蓄的表達自己，並且盪開中斷其激情，就無法真正跳開對 H 或 A 的譴責，而凝視於 A 的歡愉、甜蜜、矛盾、自責與痛苦，從而能超越是非，同情並欣賞這類人間際遇的傷痛，理出人性缺陷中可親的一面。（〈優雅的由來——林文月《回首》、《人物速寫》讀後〉，頁27）

所謂「溫柔敦厚，詩教也。」內斂克制的修辭策略，並非指向情感的偏枯冷漠，或逃避道德判斷的鄉愿，而是一種「若得其情，則哀矜而勿喜」、「超越是非」[15]之後方得以俯視眾生相的

---

15 「超越是非」並非「沒有是非」，一如王鼎鈞先生所云：我終於發覺是非是有層次的，有絕對的是非，黨同伐異，誓不兩立。有相對的是非，公說公有理，婆說婆有理，此亦一是非，彼亦一是非。還有一個層次：沒有是非，超越是非。老祖父看兩小孫子爭糖果，心中只有憐愛，只有關心，誰是誰非並不重要。（〈技與道——從「關山奪路」談創作的瓶頸〉，《桃花流水杳然去》，（臺北市：爾雅出版社），頁377。）

慈悲與深情。畢竟「每個生命都是一個深淵，當你俯視的時候，都會令人覺得暈眩。」[16]情感的纏縛、命運的無端、錯忤的遇合，從來都不是簡單的道德條例所能衡斷的。又如〈G〉所講述的是友人父母上一代的家庭風雲，G的母親原是美麗並受高等教育的書香世家女，父母千挑百選方嫁得門當戶對的留日醫生，新婚三月卻因丈夫一場意外成為寡婦，在先後見棄於夫家亦不容於娘家後，飽嘗辛酸過著大半生沒有名分的如夫人角色，亦無一語自道的抑鬱人生。〈G〉最後透過姨母追悼亡姐的一生，而對女性九曲的命運提出疑問，並道出事情始末：

> 「丈夫忽然生急病死了，是她的過失嗎？」（〈G〉，頁84）

> 「你阿母的故事，她一輩子都默默沒有對你們幾個孩子說。她知道你們為了這事不能原諒她，甚至於懷恨她。唉，可是，她這一輩子也真是可憐喲！你們要原諒她。現在阿姐已經過世了，姨媽也衰老了，如果今天不告訴你，她的事情永遠不會得到你們同情的。」（〈G〉，《人物速寫》，頁82）

> 「阿姨現在想一想，真是心疼哪。阿姐的命也真苦，好好的嫁了一個人，三個月就守寡。那份家庭教師的工作是住在人家家裡頭，男主人又是從前曾經傾慕過阿姐的

---

16 畢希納（Karl Georg Büchner）：《沃伊采克》（*Woyzeck*）。《畢希納戲劇集》，（臺北市：唐山出版社，2000年）。

人。男人和女人的事啊，旦夕處久了，產生感情，甚至有進一步的親密關係，也是很自然的。」（〈G〉,（《人物速寫》，頁87）

「諒解」是對人性脆弱的體諒，它超越了道德與是非，它比責備、批判都難，而近於宗教情懷，也唯有諒解才能解開情感的纏結。一如〈G〉結尾的作者自道，同樣不著判斷語，但卻是「不著一字，盡得風流」：

> 我在黑白影像的 G 的身影面龐中看到未曾見過的 G 的母親。那位屬於上一個世代的女性，也有 Modigliani 肖像中的憂鬱朦朧眼神。她的故事如同黑白默片的古老電影，一幕幕在我眼前捲動過去；如此陌生但卻如此清晰。」（〈G〉，頁88）

〈A〉、〈G〉將二段不倫戀情，寫盡當事人的羞恥、掙扎、悔憾、甜蜜貪歡與無端命運擺弄下九曲的一生。然在歲月悠悠，命運展示其全部樣貌後，所有的是非與糾葛都有了各自的安排，隨著年華的老去、生命的退場一如「落了片白茫茫大地真乾淨」，敘述者將其昇華為「人生有情淚沾臆，江花江水豈終極？」遍及人事的無窮哀感，留下的只是「歡愁無涯涘」的無盡感喟。

董橋曾以「炙熱之餘的矜持、放逸之餘的拘執」[17]點出林

---

17 董橋：〈林文月速寫的人物〉，收入《甲申年記事》，（香港：牛津大學出版社），頁102。

文月《人物速寫》的修辭風格，是頗有見地的。事實上，創作
的方法是由作者的信念所決定。所謂「濃盡必枯，淡者屢深」
[18]，林文月筆下的敘述平白和緩，簡明深邃，即使處理生命至
痛時刻，也顯示極大的謙抑與低迴。而此正是本書最引人入勝
之處。例如〈J〉表象寫的是丈夫郭豫倫先生的看護 Judy，實
則為一紀念亡夫的哀悼文。林文月曾在訪問中自道：

> 〈J〉，寫一個很重要的人，要用一個很特別的格調來寫
> 他」「表面上看起來很像是在寫 J 的故事，其實不是，
> 我是在寫我很不敢寫，很不願寫，又想不寫不行的，一
> 輩子要寫的一篇文章。你很珍愛的一個人，你反而不捨
> 得他太多的……（哽咽聲）在別人面前，尤其是他晚年
> 的已失去了昔日的光采的樣子，我一定要想一個特殊的
> 方法，輕輕的他出現了，但對我來講他出現是很重要
> 的。（2013年5月22日行政院文化獎第31屆得主訪問稿）

親人傷逝，至悲無淚。林文月在〈J〉中並沒有直寫醫病過程
之細節轉折與痛失人生伴侶的內心悲傷。反而留白、靜默、
「以不哭為哭」的方式，透過「幾度抑制諱避，談話的內容終
究還是回到離去的人」、「心底，驟然遂生一種抽痛的感覺」[19]
來表現語言與情感的連繫，正以如此曲折而神秘的方式彼此召

---

18 司空圖《二十四詩品》〈綺麗〉：「神存富貴，始輕黃金。濃盡必枯，淡者
　　屢深。霧餘水畔，紅杏在林。月明華屋，畫橋碧陰。金樽酒滿，伴客彈
　　琴。取之自足，良殫美襟。」，（臺北市：金楓出版公司），頁68。
19 〈J〉，《人物速寫》，頁94。

喚著。畢竟，一個重要的人消失後，其實是更多的事物留了下
來。一如當一家人團聚時，對缺席者無邊的哀思便漫延開來。
此中的表現手法實如司空圖《二十四詩品》〈含蓄〉所云：

> 不著一字，盡得風流。語不涉己，若不堪憂。是有真
> 宰，與之沉浮。如淥滿酒，花時返秋。悠悠空塵，忽忽
> 海漚。淺深聚散，萬取一收。

針對「含蓄」的審美表現方式與意涵，蔡英俊先生有一段非常
精彩的闡釋：

> 「含蓄」的手法其實是出自一種清澈樸素的表現方式，
> 猶如經過滲漉的純酒以及經過盛夏的秋氣；更重要的，
> 這種清澈樸素的狀態不是自為清澈樸素的，而是經過了
> 一段飽和濃密階段之後的沉澱淳蓄，然後才得以顯現出
> 來，因此是有著厚實的基礎並且飽含無比的生命力。基
> 本上，這兩句即是以具體的意象一方面表明了創作手法
> 上「以少總多」所內蘊的一種技巧，而在另一方面卻也
> 同時顯示了一種寓厚實於樸素的審美典式。（《中國古典
> 詩論中「語言」與「意義」的論題——「意在言外」的
> 用言方式與「含蓄」的美典》，頁222）

「寓厚實於樸素的審美典式」，實為本書書寫方式最動人的所
在。以飽滿的情感作為支撐，卻出之以樸素冷靜的修辭，以凝
而不放的用情方式，表達沉鬱的內心情感，而後始見境界。一

如〈J〉最後一段是：

> J 用三隻手指按著丈夫頸邊的脈搏，宣布：「他過去
> 了。」然後，看看手錶，告訴我們：「四時十八分。」[20]

面對親人永訣、死亡永不可逆的絕對哀痛，作者並未出之以聲
嘶力竭的啼哭，只是靜定地寫下這特殊意義的時間。其心境一
如臺靜農在〈傷逝〉中所言：「分明生死之間，卻也沒有生命
奄忽之感，或者人當無可奈何之時，感情會一時麻木的。」[21]
相同的，〈C〉透過一位醫者之死，提出「人為什麼要生呢？
既然終究會死去。」的悲傷之問，寫出死亡之促不及防與殘
酷，並將全文收束在「死亡未必浪漫，也並不哲學」的領悟語
中。林文月以簡勁的收尾方式，指出了死亡無可迴轉的絕決。
畢竟，死亡便是永遠的失去，留與生者的只是無邊的哀傷，深
沉而絕望。

　　「激流不能為倒影造象」，基本上所有的藝術語言，都在
嘗試把瞬間化為永恆。沈德潛說得好：「情到極深，每說不
出」、「蓋一說出，情便淺也。」[22]面對人生至悲、傷逝至痛之
感，「靜穆」地記下親人告別世間時刻，並非無感於現實，而
是痛定思痛後的豁然與自尊，亦是中國式的靜態「悲劇」精神
的呈現。

20　〈J〉，《人物速寫》，頁104。

21　《龍坡雜文》，（臺北市：洪範書店），頁124。

22　《說詩晬語》，收入《清詩話》，（臺北市：木鐸出版社），頁526。

三　澹中藏美麗，虛處著功夫

　　《人物速寫》所採用的抒情形式，從對象的選擇、情節的鋪寫、布局謀篇的筆調，大抵而言實以冷靜客觀的描寫取代熱情擁抱的主觀介入，排除濃墨重彩主題集中之刻寫，著重細節的捕捉與表現，於虛靈中醞釀烘托情思意念之轉折變化。其書寫美學追求的是「細膩」而非「精彩」，更好的說法可能是「細膩中見深刻，平淡中見精彩」，是以林文月雖以介於散文與小說中之文體並運用大量「對話」來摹寫人物以彰顯說話者的心理與個性，但事實上仍是近散文而非小說式的人物刻畫。關於二者的區別，樓肇明先生有一段精簡的說明：

> 在我看來，散文和小說之間的最大區別，不在於小說可以寫人物，散文不能寫人物，而在於小說的要求和準則是個性和共性均為飽滿的典型，而散文中的人物往往只是類型。如果將人物性格比之為雕塑，則前者為圓雕，後者為浮雕；前者，特別是其中的主要人物須是批評家口中的「圓形人物」，後者往往只是「扁形人物」。所謂類型，並非就是臉譜。散文中的人物仍須是活生生的形象，只不過不像小說中那樣須具有多重的性格刻畫，個性的全面顯露罷了。（〈散文美學隨筆〉，《第十三位使徒》，頁82）

小說式的人物追求飽滿立體深刻，近「圓雕」；而散文式的人物不重全面性的刻畫，只擷取最具表現力的片段突顯人物神

韻，近於「浮雕」。更重要的是，散文式的人物，最終表現的
其實是作者氣韻與觀看美學的展現。一如樓肇明所云：

> 寫人物的散文仍然是散文，它不能採用小說情節結構，
> 製造懸念的辦法，而只能採用自然情緒的結構去布局和
> 謀篇，人物形象是在作者一定情緒作用下完成的。（〈散
> 文美學隨筆〉，頁84）

> 中國有一句古詩「月照波心一顆珠」，拿來比擬散文中
> 的人物形象和作家情緒之間的聯繫，頗有相似之處。朦
> 朧的月光，溟濛的水氣和廣闊的湖面，是作家的情致與
> 人物性格交融在一起的寫照，那天庭和波心中的一輪明
> 月，就是被凸現出來的人物精神了。寫人物的散文，在
> 一些抒情高手的筆下，還往往是某一理想和信念的寫意
> 畫。（〈散文美學隨筆〉，《第十三位使徒》，頁84）

換句話說，「那些人物落筆之初只見忽明忽暗的線條，再經淡彩
一一渲染，染出的卻是她的內蘊氣質投射到別人身上的光和
影。」[23] 例如〈A.L.〉寫的是母女同遊弗洛倫斯的馨怡「家
族」之旅，其中巧遇的 Mario Buccellati 藝品店女店員
Alexandra，其解說藝品時自然流露的高雅審美品味令人印象
深刻，並深得林文月讚許「猶如上了一堂美學課」。A. L.說：

---

23 董橋：〈林文月速寫的人物〉，《甲申年記事》，頁102。

這菸盒子，看著並不起眼，但這層表面是由無數細孔鑿
出來的，每一鑿痕都是師傅的工夫啊。這樣做的用意在
於避免銀器本質的過度閃亮，使東西看來含蓄一點，再
則是不至於太光滑失手掉落。（〈A.L.〉，頁148）
粉盒，是女人極隱私的東西。別的人，最多只能瞥見它
的外表……其實，從前的人是不作興在大庭廣眾之前撲
粉塗口紅的。而這一款的設計，即使持有的人也只能在
打開使用的時候，才能看得到裡面的奧妙。這種審美觀
不是為了向他人炫耀，完全是屬於自我的賞覽。
（〈A.L.〉，頁150）

此段雖是 A.L. 所發表的個人美學觀，但透過作者的著意鋪寫
與認同，折射回來的卻是與林文月含蓄謙抑的審美理念莫逆於
心的最佳註腳。一如作者對店內銀器精工之讚美：

櫥櫃上方的聚光燈顯然經過專業的設計，照射在每一件
飾物之上，鉅細靡遺玲瓏浮突卻不耀眼刺目。Mario
Buccellati 的金工設計以精密細緻的功夫聞名。一枚看
似尋常的白金戒指，端在手上仔細觀賞，其造形、弧
度、工質，自有別於凡常之物。有一對訂婚用大小不同
的白金戒指，極其秀美悅目。乍看似滿嵌良質碎鑽，實
則由於金屬的戒面經過特殊雕鑿，受到光線折射時造成
的效果。稍稍轉換角度，便瞥見閃耀的剎那，較諸真鑽
的鑲嵌，似又多一層含蓄之美。工藝至此，已神乎其
技，令人歎為觀止。（〈A.L.〉，頁144）

肯定匠心巧運，突破材質本身的限制，追求「曖曖內含光」之
美，皆與林文月的為文之道相呼應。畢竟，藝術就是不怕麻
煩，流暢來自於苦思，巧奪天工的極致是欲達到渾然天成。
「看似最自然流暢處，正是作者最花心血處，凡藝術文學莫不
如此。」[24]透過 A.L. 的優雅解說，通篇迴盪的卻是作者「同聲
相應」的審美意趣。一如董橋所云：

> 那是去過《Under the Tuscan Sun》裡的 Tuscany 之後寫的
> 弗洛倫斯老店小令，筆調醇香猶如她們母女在歐拉妃旅
> 館小陽臺上夜啜的紅酒，時而呈現歷史的倒影，時而蕩
> 起品味的漣漪。(〈林文月速寫的人物〉，《甲申年記事》，
> 頁101)

旅遊經驗的浮光掠影，總是因「萍水相逢，盡是他鄉之客」，
沒有太多的人事糾葛而顯得輕盈空靈。在觀覽選購的過程中，
緣於作者女兒專業又好奇的提問，使 A.L. 從原本職業性的禮
貌冷漠到溫婉誠懇的專業介紹、主動致贈已不再販售的店內藝
術品精美圖鑑，並遞上他日可供連絡的名片，無聲轉變中所洋
溢的人情之美，構成了此次行旅見聞中美好而溫馨的回憶。但
〈A.L.〉最觸動人心、也是最出人意表的，卻是在作者為女店
員 A.L. 誠意所感而拿出隨身攜帶，裝有已故夫婿骨灰的鼻煙
壺之際，Alexandra 從容坦然地一句：「我可以借看一下嗎？」
林文月非常細膩地描寫 Alexandra 的動作表情：

24　〈A.L.〉，《人物速寫》，頁146。

> Alexandra 絲毫沒有戒懼嫌惡地伸出手，我將鼻煙壺放
> 在她開展的手掌裡。她一隻手托著，另一隻手轉動著鼻
> 煙壺，從不同角度仔細欣賞，不放過壺底和頂蓋，一邊
> 嘖嘖稱奇。（〈A.L.〉，頁157）
> 「我曾經從照片裡看過鼻煙壺，可從來沒有這樣子拿在
> 手中近賞過。今天真是一飽眼福。謝謝你！」她小心翼
> 翼交還給我，並囑咐：「帶著這麼精巧寶貴的東西旅
> 行，你可要小心收藏好。我希望你先生也還滿意我們店
> 裡的一些東西。」（〈A.L.〉，《人物速寫》，頁157）

語言是人與人之間隔閡的根源，也是心與心相應溝通的橋樑。
A.L. 最後的一句：「希望你先生也還滿意我們店裡的一些東
西。」實已超越金錢買賣的關係，表達了對逝者的尊重，真誠
而溫暖。而文末以「鼻煙壺」所開啟的簡淡中有無限深意的對
話，也將母女攜父親骨灰同遊弗洛倫斯之旅，拔高到「親愛而
離居」的抒情意境，拂過一層無言的「憂傷以終老」的感傷
情調。

　　至於〈L〉寫的是布拉格查理斯大學中文系主任羅然
（Olga Lomova），此文始於書信往來的學術邀約，結束在作者
收到寄自遠方布拉格的一本圖文並茂的「捷克六朝詩選」：

> 精緻的詩選，便是由她專注的筆記和我臨行前日討論的
> 結果匯集而成。書翻到中間部分，又看到 L 用中文書寫
> 的一張字條：「今天出版社送給我第一本你的書。我很高
> 興，馬上寄給你。」看著字條和三張照片，摩挲著我所

> 看不懂的捷文六朝詩選的書，我彷彿又回到晚春的布拉
> 格查理大學，背後感到有熙暖的陽光照射著。（〈L〉，
> 《人物速寫》，頁66）

其中誌記的是短短二個月如飛鴻雪泥般，異國客座講學所衍生
的純然學術情誼與「猶記風吹水上鱗」的記憶。淡然而美麗。

在作者最初印象中，L 只是若干年前「依稀記得有一位東
歐的女性漢學家來參加會議，但關於她的姓名和為外貌，卻已
經淡忘了。」[25]是以文中作者細寫與 Lomova 初見時的記憶與
形象，例如 L 因主持會議耽擱，而後匆匆趕到，透過作者之
眼，看到的是「一頭顯然在風中疾行而致散亂的金髮，在腦後
隨便地挽個鬆鬆的髻」[26]的歐洲女子：

> 匆匆，是她微亂的髮髻，是她鼻尖上的汗珠，和言談之
> 際無法抑制的喘息，顯然，她是快步從會場趕到我放下
> 行李的住所來的。（〈L〉，頁51）

具體細節的呈現，往往個性亦在其中，L 坦率誠實、平易自然
的性情，不言而喻。其後 L 接待過程所自然展現的禮貌與親
切、生活應物的隨性與俏皮、與家人相處的溫柔與覷睒、上課
任事的節儉與認真，使原本陌生的人物形象逐漸具體起來。
最傳神的一段是：

25　〈L〉，《人物速寫》，頁51。
26　〈L〉，《人物速寫》，頁52。

（L）節儉的習慣，在許多生活的細節上看得出。譬如上課之前，她絕不開天花板上的日光燈，我認為稍嫌幽黯的大教室有礙視線；有些歉疚，但每次都是在進入教室之後去開那兩排日光燈；偏偏有時開了也不亮。「讓我來。」L 走過來，用力在兩個開關上敲擊：「要這麼用力，才能開亮的。你還不習慣吧。」我確實是尚未習慣。一個古老的大學，兩個或者更多失修的開關。但是燈亮了就好了。至少我和大家閱讀電腦處理的講義比較不吃力。（〈L〉，頁57）

董橋自道《人物速寫》中「最喜歡書中那篇寫布拉格查理斯大學中文系主任的〈L〉」[27]：

偏愛這篇沒有悲歡沒有離合的〈L〉，我偏愛的其實是通篇的空靈撐起了萬頃的信念：兩位獻身學術獻身教育的學人敲擊著古老學府裡失修的開關，心心念念的只是「燈亮了就好了」！（《人物速寫》，頁103）

「偏愛這篇沒有悲歡離合的〈L〉」正反襯了《人物速寫》中其他九篇皆是生命離合之感的沉重。而撐起通篇空靈的萬頃信念，實即「託身已得所，千載永不移」對中文學術的熱誠。是以〈L〉雖淡淡觸及校系老舊的設備、行政招生的遠憂、系所經營的永續與存廢……，但這都不是立刻可以解決，故也是可

---

27 董橋：〈林文月速寫的人物〉，頁101。

以暫時放下的事了。徐國能〈樸素的華麗〉曾指出：

> 書中往往僅給予讀者一個可茲懸念的片段，這片段並非
> 人事的頂點或高潮，而多半是高潮後的餘波，在輕微的
> 蕩漾裡讓讀者從中自己去體會其中況味如何。（2004年5
> 月23日《聯合報》B5版）

人生實難，環境的限制、未來的變數皆非人力當下的熱情奉獻
或深謀遠慮所能計量，一句「燈亮了就好了」，頗有「靜故了
群動，空故納萬境」之勢，萬般的無言感喟皆在其中了。

四　「敘事如畫」與「篇終接混茫」

　　林文月對於筆下人物的處理，除了以「敘事如畫，抒情如
訴」的具體事件與人物對話的細膩鋪寫外，亦多著眼於細節背
景的勾勒與前後的布局，這些看似或可省略的背景描寫，頗近
於電影鏡頭畫面的呈現手法，在質實的人物與情節之外，往往
虛靈地形成底層脈絡，達成烘托呼應之效。例如〈J.L.〉寫的是
與三年前教過的一位異國學生的短暫相會，但文章的經營卻從
遠處著手：

> 疾步走過暑期中依然熙熙攘攘的校園大道，幾乎目不斜
> 視，只注意到一個白髮清癯的黑人手持一本舊聖經，對
> 著不重視他的大眾講道。我也無暇重視他，因為我正趕
> 赴一個約會。（〈J.L.〉，頁7）

此段看似寫實的客觀描寫，實則以電影鏡頭的效果，提供一種
場域與氣氛。教師現身校園自非為授課而來，「疾步」、「目不
斜視」的匆匆身影，與暑假校園因舉辦各式活動的自在與喧囂
恰成對比，因為，作者正「趕赴」一個三年前教過的學生的
「約會」。此段雖無一語涉及作者個性，但連接後文所述，作
者因擔心臨時找不到停車位而提早出門，「在空無一人的這間
休息室等待三年前教過的學生 J.L.」，靜默地烘托出一個準時
守諾的師者形象。其後耐心「傾聽」J.L. 學業追尋的徬徨、孤
獨與無意被觸動的心聲淚痕，並給予溫暖踏實的建議、指引與
鼓勵，而使學生重拾信心。非常特別的是，林文月以極優美的
夕陽畫面作為速寫的結束：

> J.L. 並不知道我的心事。夕陽照在她流淚過的面龐上。
> （〈J.L.〉，頁14）

此一「淚水」與「夕陽」交織的「停格」畫面，實為一種意象
化的處理。夕照之光溫暖明亮而不刺眼，與晶瑩的淚水交相掩
映，一如生命雨過天晴的隱喻。類似的表現手法亦見於〈J〉：

> 夕陽最後的璀璨把 J 滿面的淚痕，映照的剔透。（〈J〉，
> 頁100）

速寫人物卻以「敘事如畫」之筆布局烘托，而以「人事」／
「自然」並置的畫面告終，不著判斷語，以表現出無沾無礙，
似悲似喜的生命感悟與無窮意境，正如詩人沒有把詩的意義限

定在一個層面上，我們從詩領會的東西才更多，而有餘味無窮之感。又如〈F〉，原題為〈秋訪〉，寫的是作者拜訪業已退休，因病在家休養的德裔美籍學者傅漢思（Hans Hermannt Frankel），其文章開頭乃是一派從容飽含綠意的閒筆：

> 今年全球的氣候都異常，九月底美國東北部的氣溫仍像盛夏。新港（New Haven）的樹，無論城裡郊外，竟沒有一葉轉紅。車抵 F 教授位於北港（North Haven）的樸實屋前時，午後的豔陽正照耀著滿園翠綠。（〈F〉，頁133）

所謂「一切景語，皆情語也」[28]。「樸實屋前」、「午後豔陽下的滿園綠意」可能是寫實，但亦可視為「屋如其人」氣韻的投射與隱喻，因為屋內女主人是年近九十高齡的「民國才女」，人稱「合肥四姐妹」中四小姐的張充和先生。首先，林文月透過看見女主人「雖然白皙但有些粗糙」的操持家務的手，含蓄地表現了獨力照料病人起居、承擔生活雜務等等人生面對老境的諸多無可奈何。作者細膩觀察亦見於男主人的生活一隅：

> F 教授原來已經坐在客廳裡。……我覺得有些尷尬，便走過去和他握手。F 教授沒有起身，「對不起，我不太方便站起來。」他以流利的中國話說，伸出溫暖而柔軟的雙手。溫暖，是因為在有些燠熱的陽光照射的屋內他

---

28 滕咸惠校注：《人間詞話新注》，（臺北市：里仁書局），頁70。

穿著多層衣服，柔軟，可能是他已經有多時靜坐不做事
的緣故吧。（〈F〉，頁133-134）
我想起若干年以前在另一個學會的場合相遇時，他對我
說的第一句話竟是：「我下個學期就要退休了。」沒有
寒暄前提的孤單的那句話，似乎意味著當時他最介意焦
慮的事情。（〈F〉，頁136）

〈F〉雖寫一位以學術為志業的嚴肅學者，晚年的行動不便及
退休生活中的無言落寞。但透過作者的造訪，學術話題的重
提、昔日學生高足的成就，來自學術的肯定、認同與延續，卻
成為晚年病中最大的心靈安慰。文章的結尾以「秋陽安靜地照
射著那一園綠色[29]」首尾呼應，留下生命向晚中的永恆綠意。

「秋陽」是林文月喜愛的意象，也曾讚美過劉大任「秋陽
似酒」之書名取的如此之美。其本人亦有〈秋陽似酒風已寒〉
一文，獨抒個人生命情調。文學意象，往往是作者抒情意境的
隱喻，關於「夕照之光」，方瑜先生有一段極好的詮釋：

夕照之光，實在非常特殊，既眩人眼目又柔和溫麗。絕
非正午白熱灼亮的強光，也不像月色清冷幽寂，是一種
既顯露又掩飾的光，所有事物，映照其間，都會憑添美
感。因而特別適合懷舊感傷的依戀，又最能反襯生死的
激越。（〈落日〉，收入《陶杯秋色》，臺北市：正中書
局，頁31）

───────────────

29 〈F〉，《人物速寫》，頁138。

生命的本質是悲欣交集，對於文章的結尾，林文月往往運用
「篇終接混茫」的方式，以造成「曲終人不見，江上數峰青」
一種悠遠、惘然、不盡之感。一方面有助於讀者反觀自照的沉
思，而不至於給情感太大的負擔；另一方面亦將敘事提高到抒
情的境界，餘韻無窮。

　　《人物速寫》十個姑隱其名的人物，訴說的多半是摻和著
淚水以及直探生命信仰與終極的故事。「莫道桑榆晚，為霞尚
滿天」，作者在現實生活中發現虛幻與人世滄桑，但卻又以有
情之眼，努力在無端中看見生命的真實，肯定生命的意義，所
謂「靜閱滄桑亦有情」，實為本書所完成的抒情意境之所在。

五　結語

　　《人物速寫》十篇散文，寫的雖是環繞自身周遭的人物，
但由此輻射出去的眾生相亦是作者對生命思索的真實軌跡。
《人物速寫》雖以「人物」名篇，但從附錄「作品發表注記」
可發現：〈J.L.〉原題〈校門口的交談〉、〈C〉原題〈一位醫生
的死〉、〈F〉原題〈秋訪〉，可知作者成書原非單為記人而作，
其書寫旨趣實欲透過追記生命行旅中短暫遇合的身影與人物對
話，嘗試捕捉住心靈碰撞所激起的可茲紀念的詩意時空。而此
看似平淡卻雋永的特殊時刻，被林文月名之為「現實稀有的寧
靜一隅」，實即作者最珍視的美好記憶，亦是文心顯現的永恆
瞬間。

　　從「體物觀心」的尺度而言，林文月的人物速寫雖已不再
是「只寫好的一面」而探及死亡的巨大與虛無、人在死亡面前

的無助與平庸、學者的失落與寂寥，生命普遍的寂寞與脆弱。唯作者雖懷至哀之情，卻能做到「哀而不傷」，出之以節制淡定之筆，沉鬱／空靈互為表裡，欲語還休，而非鋪張揚厲的語不驚人死不休，故能化生命的沉重為沉實的輕喟和料峭的溫煦，整體而論，仍是一派學院風華，少了煙火氣的濁重，呈現的是淡雅的水木清華。此種抒情意境，與其說是美學意義上的著意克制與設計，毋寧更是倫理範疇內對於生命諸多必然限制的懂得與慈悲。

回首與傷逝，仍是林文月抒情的主調。對抗人間生離死別、聚散離合之歡愁的方式，除了透過書寫銘刻記憶化「人生無常」為「人生有常」，以證明往事並不如煙之外，更是以寓沉重於輕盈的「觀看」方式，俯視命運的巨大杳渺難測，重新審視人倫道德、尺度與判斷。將悲哀提升為悲憫，情感提升為情懷，並昇華出獨特的審美意境與生命領悟。

肆　林文月《文字的魅力──從六朝開始散步》的學術與藝術

一　前言

　　二〇一六年出版的林文月《文字的魅力──從六朝開始散步》，為近年若干新作加上部分舊作的精選集[1]。內文分為輯一「而今現在」、輯二「落櫻平安朝」、輯三「六朝微雨」，各輯所收錄的文章，大抵依次分別為散文、譯事、學術三個面向。書前並冠以〈文字的魅力〉一文為全書代序，頗有自道文學興味所在之意。此序文原為二〇一〇年作者獲贈「中華民國斐陶斐榮譽學會第十五屆傑出成就獎」的感言，林文月先生以「三種文筆」獻身文化志業，對於其終身成就回顧，卻不見對「文學」當下處境與前景的堂皇高論與呼籲，而是始於對「文字」思接千載神秘力量的肯定[2]，從追溯童年因歷經中、日戰亂而

1　例如本書輯三〈手跡情誼──靜農師珍藏的陳獨秀先生手跡〉、〈《清畫堂詩集》中所顯現的詩人的寂寞〉二文，原皆收錄於《寫我的書》（原題為〈陳獨秀手稿〉、〈清畫堂詩集〉），唯《文字的魅力》之書背文字介紹以「此次集結多年來未曾輯印的眾多文章」，應為誤植，特此說明。

2　林文月〈文字的魅力〉一文，特別強調「透過文字，當初一個人的想法、

「自然地具備著雙語能力」，其後選擇進入臺大專攻六朝文
學，並因一九六九年至京都研修一年開啟比較文學的視野、無
心插柳地走上翻譯日本文學經典的學思生涯。最後以簡要端直
的結語自道：「回首自己的大半生，日日所關心喜愛的無非是
文字的掌握。文字的魅力多麼大！」[3]這篇近於學思歷程的回
顧，已不同於「我的三種文筆」分述一己研究、翻譯、創作的
相互轉換與融合，而是透過中、日文字的舉例詳說，分析文字
背後的文化縱深與幽邃，直指一切文學的根柢，還原為對人類
創造「文字」的禮讚。

　　著眼並推崇「文字」的魅力，看似平淡無奇，實則耐人尋
味。畢竟，在一個崇尚數位、影像橫行的年代，對文字的禮
讚，未嘗不啻為是對文學語重心長的另類呼籲。而且「魅力」
一詞，不同於「美」或「美感」，更指向一種神秘性、吸引
力、無法窮究的力量，道盡作者對文字的臣服、迷醉與讚嘆。
但從林文月後期出版的作品而言，二〇〇四年的《人物速寫》
主要追記生命行旅中「萍水相逢」的他鄉之客，表象寫「他
人」實則以鏡象寫自己；二〇〇六年的《寫我的書》則嘗試以
「書」為主體，透過每一本「書」的取得因緣與流轉的記憶，
折射了人生的相遇與離別；到了二〇一六年的《文字的魅力》
遂聚焦於「文字」的討論。此中轉變，似乎可以看到林文月創

感情，卻變成千百年後、千萬人的感動和記憶。既不是圖畫、攝影，也不是
唱片、音符，而能夠就在白紙黑字之間就傳達了無所不包括的極豐饒的內
容；文字的力量豈不神奇！」《文字的魅力》，（臺北市：有鹿文化事業公
司），頁2。

3　《文字的魅力》，頁10。

作與文學關注，逐漸從創作主體「我」抽離，向客觀之「物」（書、文字）轉向的趨勢[4]。雖然「人」終究才是文學關心的所在，但此種觀看方式的轉變，不再將一己置於寫作的核心，透過距離、疏離化的效果，試圖從「物」的角度來反觀自我，而使文章有了疏離化的層次及深邃的況味，亦可視為作者求新求變的努力。

　　本書就內容屬性而言，並非純粹的散文集。事實上，將不同屬性的文章合為一編，早在林文月先生一九七八年出版的《讀中文系的人》已有先例，該書即包含：散文創作、文學論著、比較文學論文三個部分。此類綜合性的選集，實與林文月以教學研究為職志，復以創作翻譯遣興的特殊生活形態有關。相較於《飲膳札記》、《擬古》、《人物速寫》、《寫我的書》一類有主題連貫的散文，似乎更能見出林文月先生以創作、學術、翻譯樹立文壇的獨特性，以及此「三種文筆」中相互轉換、彼此交織不可分割的關係，也是討論林文月先生學術視野與文學成就很具代表性的一本書。

　　輯一「而今現在」，內容多元。收錄的主要是林文月先生近年來的學思隨筆與生活感興，如〈最初的讀者〉重新省思創作的根源，指出文章一旦完成，「作者的身分便即刻轉成讀者的身分，我是我文章最初的讀者。」[5]，〈記〈翡冷翠在下雨〉〉則猶如作者自道針腳，說明昔日撰寫〈翡冷翠在下雨〉一文，從題目的安排、謀篇、構章、結尾的作者意圖與為文用心，可

4　何寄澎曾以「體式突破」讚許林文月對寫作的努力。〈林文月散文的特色與文學史意義〉，《林文月精選集》，（臺北市：九歌出版社），頁20。

5　《文字的魅力》，頁19。

視為林文月先生的文學觀〈散文的經營〉實例示範。至於〈山笑〉則是睡前因一張雅緻書籤的觸發而沿波討源「披覽群籍」，歷經一次愉快的失眠而作，頗有小品的情味，亦是生活興味的真實剪影。〈畫布上的文筆〉則是為蔣勳《此時眾生》所作之序，指出作者以「留白」的方式來寫生命中最珍貴的一段記憶，此亦為林文月抒情的特色所在；〈敬悼塞翁〉是對僅一面之緣的《源氏物語》英譯者塞登史氏克（Edward G. Seidensticker）過世消息的隔海致哀；〈巨流河到啞口海的水勢〉則是對齊邦媛教授晚年鉅著《巨流河》的迴響；〈漫談京都〉是細述京都的人文景觀與回憶，以及其後來「無心插柳」踏上日本古典文學翻譯的因緣。「輯一」除上所述緣於生活各有因緣而寫就的散文外，最特別的是收錄了舊作〈記一張黑白照片——懷念莊慕陵先生〉。此文原收錄在二〇〇四年出版的《回首》，此處重新收錄，除了顯示林文月先生對此文的重視，選文上的新舊並置，也交錯出一個打破時間界限的時空——「不須計較與安排」幽微地呼應了輯目的標題「而今現在」更為深廣的時空悠悠之感。

輯二「落櫻平安朝」，主要是以博學而詳說的方式，羅列實例，縱談譯事之甘苦所得及翻譯猶如「他山之石」得以別具隻眼發現「文學」新問題的價值。其中〈祝老同學的生日快樂〉、〈諸行無常　盛者必衰——鄭譯《平家物語》讀後，是為鄭清茂先生《奧之細道》、《平家物語》而作，內容除了對鄭譯「匠心獨運」的譯筆「以他枯淡的文言文呈現了芭蕉翁的俳文精簡古雅風格。至於《平家物語》的翻譯，為了配合複雜多變化的原著文體，他用簡潔的白話，時則斟酌摻入淺近的文言

文，使細心的讀者於閱讀之際，既容易瞭解，又能體會到內裡
的古趣。」[6]加以肯定外，更多的是書寫「老同學」懷人憶往
的溫暖情誼。本輯中還少見的收錄了林文月先生以日文寫就的
學術論文〈中国人の立場より見た白氏文集と平安朝文學〉。
更完整地呈現了作者對平安文學的研究成果。

　　輯三「六朝微雨」，所收錄的主要是學術性的論文與演講
[7]，除了包含早期多篇以六朝詩、人、文學史等相關論題為主
卻未收錄於他書的學術論文外[8]，其餘則如本書副標題所
示──「從六朝開始散步」，恰是林文月先生以六朝文學研究
為起點，非經刻意安排，猶如「散步」行吟自然衍流開展的研
究成果。以「六朝微雨」為輯三標題，「微雨」二字，意象頗
美，或亦含「微雨從東來，好風與之具」之意。「風與雨的美
麗像人生的美麗，風與雨的飄忽像生命的飄忽，都是那麼一種
不能確知從何處來，又將消逝於何處的過程。」[9]尤其〈手跡

6　《文字的魅力》，頁75。

7　全書四四七頁，輯一、輯二，共一七○頁。輯三，學術演講與論文部分，
　　占全書超過一半以上甚多，而未及三分之二。故本書實以學術性為主。

8　如〈潘岳、陸機詩中的「南方」意識〉（1992）、〈關於文學史上的指稱與
　　斷代──以「六朝」為例〉（1996）、〈康樂詩的藝術均衡美──以對偶句詩
　　為例〉（1991）、〈讀陶潛〈責子詩〉〉（1994）。

9　柯慶明：「自然景象往往不只是可欣賞而已，更具有一種引導人們認識其
　　自身在宇宙中的地位的啟示性。它往往進入一種「念天地之悠悠」的冥
　　想。陶淵明也就在這種「天地長不沒，山川無改時」的情境中認識了人的
　　有限性。這裡的「微雨從東來，好風與之俱」顯然是富於觸發性的：風與
　　雨的美麗像人生的美麗，風與雨的飄忽像生命的飄忽，都是那麼一種不能
　　確知從何處來，又將消逝於何處的過程。……經由自己生的生涯與抉擇中
　　得到一個明智的結論：「不樂復何如？」──除了努力地去享有一種樸實
　　而豐富的生活，在心安理得的和諧中感到快樂，還有什麼是生命的更真實

情誼——靜農師珍藏的陳獨秀先生手跡〉、〈《清晝堂詩集》中
所顯現的詩人的寂寞〉兩篇長文，原收錄在二○○六年出版的
《寫我的書》。前者實為追記臺靜農先生晚年最後懸念，並彰
顯長者風義的散文；後者則是特意不設注釋，以步趨鄭騫先生
講學風格，為「鄭因百先生百歲冥誕國際學術研討會」而作的
學術論文。此二篇長文曾被張瑞芬教授指出為《寫我的書》中
「最稱壓卷」的代表、「不但文章特長，也象徵了二人在作者
心中的分量。」[10]此處重新收入《文字的魅力》，春風化雨、
昔往輝光的悠悠感思盡在不言中。

　　本書的特色，除了各輯「標目」優美詩意外，「而今現
在」、「落櫻平安朝」、「六朝微雨」編排次序亦隱隱呈現作者學
思歷程回溯的視野。編排的方式雖依三種文筆分類，但以「創
作」為始、「學術」最後，頗有以讀者閱讀效果由淺入深的考

　　地把握？……（樂夫天命復奚疑）只是在這首詩裡我們所見到的不但是對
　　於天命的樂於信守，更是在信守中生活的快樂了。」（〈論兩首序詩〉，《境
　　界的再生》，（臺北市：幼獅出版公司），頁161-162）

10 張瑞芬：「《寫我的書》最稱壓卷的，殆屬〈陳獨秀自傳稿〉和〈清晝堂詩
　　集〉這兩篇。」〈非關「寫我」〉，收入《狩獵月光》，（臺北市：聯合文學
　　出版社公司），頁138。〈陳獨秀自傳稿〉和〈清晝堂詩集〉原是收錄在
　　《寫我的書》中的篇名，《文字的魅力》中將此兩篇題目分別改為〈手跡
　　情誼——靜農師珍藏的陳獨秀先生手跡〉、〈《清晝堂詩集》中所顯現的詩
　　人的寂寞〉重新收入。值得注意的是，「輯三」所收錄的是學術論文或演
　　講，但林文月卻將〈手跡情誼〉這篇散文置於其中。其用意不得而知。且
　　此文從一個非常特殊的事件切入，不直寫臺靜農的學術、對早年臺大中文
　　學風的奠定之功、亦不談他的書藝成就、學生對他的愛戴。而是寫臺先生
　　晚年因搬家以為遺失的心中至寶——陳獨秀先生早年相贈的自傳手稿，直
　　至住院晚期仍掛心牽念，最終更帶著遺憾辭世。此稿原是被臺先生自己慎
　　藏於租借的保險箱中，在整理遺物時方赫然出現，由此牽引出一份珍藏一
　　生，無法公開，卻純粹而深刻，不以被牽連「引禍」而易交的知遇情誼。

量。而且，在文章之外特別收錄了作者與一雙兒女的作品朗讀及昔日師友、親人珍貴的照片、素描、畫作與攝影……等影音圖像資料，與內容文字形成一種「對照」的關係。桑塔格《論攝影》說得好：

> 凡照片都是消亡的象徵。拍照片便是參與進入另一個人（或事物）的死亡、易逝，以及無常當中去。通過精確地分割並凝固這一刻，照片見證了時間的無情流逝。[11]

林文月以文字記錄生活，銘刻生活，抵抗的便是時間之流的銷蝕。此書編輯設計的精心構思，呈現生命開展及轉折的歷程，融合創作、翻譯、學術、攝影、親子朗讀 CD 為一冊，並非來自美編的考量，而是一種深有寓意的形式，它本身就是作者一生學思生活不容分割的證明。也是本文據以討論林文月先生文學視野的切入起點。

關於林文月的「三種文筆」，歷來多著重在散文成就的肯定[12]，而略於「譯事」、「學術」的討論。其譯作雖普遍得到

---

11 蘇珊・桑塔格（Susan Sontag）：《論攝影》（臺北市：麥田出版公司，2010年），頁26。

12 林文月散文特色的討論，早期最具代表性的評論之一，並得到林文月許為允當者，當推何寄澎先生〈真幻之際・物我之間——論林文月散文中的生命觀照及胞與情懷〉（1987）及〈林文月散文的特色與文學史意義〉（2002）二文。尤其後者，從「思想性」、「抒情性」、「記敘性」三方面兼含內容討論林先生作品的特質，並拈出「題材的新變」、「體式突破與風格塑造」、「風氣的先導」作為其現代散文史上傳承與開拓的定位。此研究觀點，亦開啟了後來許多研究者從演進與創發的角度來討論林文月散文特色的學位論文。因與本文論題無直接相關，茲不列舉。

藝文界的讚美[13]，但直至目前筆者僅見朱秋而〈生花妙筆游於譯──謹談林文月先生日本文學翻譯的特色與貢獻〉[14]以論文形式討論之。內容大抵是節錄原文段落，以豐子愷、周作人的譯文與林譯對照，肯定林文月在譯文情韻幽微處的細膩與和歌特殊形式的創體，且能在翻譯外，增添導讀、註解、要事年表、古代日本畫片，甚至自繪插圖以助讀者理解，故以「生花妙筆」譽之。

　　至於學術、文學批評的面向，林文月早期學術研究以六朝文學為主，其學術成果固常為論者所引用，但筆者卻未見任何專著或單篇論文討論其學術觀點。唯柯慶明先生《現代中國文學批評述論》（1998），綜論政府遷臺後中國文學批評的研究趨勢，在「復興基地的發展」階段，史傳批評、境界說、新批評……紛起的流派中，指出「林文月一直是位站在史傳批評以及舊詩傳統立場的說詩人」[15]，然柯書成於一九九八年，《文字的魅力》中多篇論文的進路與旨趣，已非上述所能概括。

　　事實上，林文月雖以散文名家，但其對於文藝的「創作」、「欣賞」與「批評」是非常有自覺的，且深具理論反省意義。只是她通常不是以理論形式出之，而是散見於零星的散文

---

13 何寄澎曾讚譽林文月翻譯的「精準」：「她在日本古典文學名著的翻譯上，在整個華人世界可能是無出其右。假如說它（日文）是八個音節的話，你就會發現林老師翻譯成的中文，一定也是八個字，八個音節。」（2019華文文學星雲獎訪談）、董橋《文林回憶錄》：「在英國認識的一位日本專家中文很好，日據時代在臺灣生活過，他說周作人的日文修養肯定沒有林文月高深，林文月翻譯的《源氏物語》他覺得是最有原文神韻的譯文。」（香港：牛津大學出版社），頁88。

14 《臺大東亞文化研究》，第5期，2018年。

15 《現代中國文學批評述論》，（臺北市：大安出版社），頁98-99。

中，如早期〈散文的經營〉自我創作觀的揭露；《文字的魅力》
中收錄的〈記〈翡冷翠在下雨〉〉，則猶如自道針腳，為其創作
觀「散文的『經營』」作了最佳示範。至於審美、批評準則的
提出，如《飲膳札記》〈釀冬菇〉以宴席菜餚搭配論雅俗：

> 一桌酒席之中，此類精致的菜餚以不超過兩樣為宜，否
> 則高潮迭起，反而不見高潮。這與寫文章的布局，或繪
> 畫構圖，衣飾穿著，乃至人生許多事務同理，總要有些
> 疏落低調，才能襯托精華中心，否則徒然堆砌鋪張，令
> 人眼花撩亂，反嫌庸俗。[16]

《人物速寫》〈A.L.〉則透過藝品女店員 Alexandra 的美學觀，
表達一己「同聲相應」的讚許：

> 看似最自然流暢處，正是作者最花心血處，凡藝術文學
> 莫不如此。

> 這菸盒子，看著並不起眼，但這層表面是由無數細孔鑿
> 出來的，每一鑿痕都是師傅的工夫啊。這樣做的用意在
> 於避免銀器本質的過度閃亮，使東西看來含蓄一點。

> 我們的特色是要克服困難，達到物質本身所能達致的極
> 限。[17]

---

16 林文月：《飲膳札記》，（臺北市：洪範書店），頁124。
17 林文月：《人物速寫》，（臺北市：聯合文學出版社公司），頁146-151。

林文月的散文藝術，以語言自然素樸，而情韻豐饒見長。歷來譽之者，如何寄澎之：「似質而自有膏腴，似樸而自有華彩」[18]，陳義芝：「風行水上，自然成文」[19]、凌性傑：「清水出芙蓉，天然去雕飾」[20]，皆指出其自然含蓄的特質。唯其「自然」實有其縝密精微的文字「經營」在其中。

本文以「林文月《文字的魅力——從六朝開始散步》的學術與藝術」為題，一方面是想透過學術與藝術的對舉，突顯其學問與生活相涵融的特色，畢竟藝術的品味與學術的視野，亦是性情與文化修養的自然流露。另一方面，因本書雖為合集，但輯三的論文實占全書一半篇幅以上近三分之二，輯二雖是以自剖口吻談譯事之省思，唯其討論之嚴明精細實不遜於學術論文，換句話說，翻譯雖非學術研究，但林文月確實是以學術研究的嚴謹在面對譯事，更何況本輯中還少見的收錄了林文月先生以日文寫就的學術論文〈中国人の立場より見た白氏文集と平安朝文學〉。至於散文創作所展現的文字素樸自然，卻情韻豐饒之美，以及在她力主翻譯須貼近原著風格的立場下，譯者必須背離自我書寫習慣，所展現的駕馭文字技巧，實皆是「穠麗之極，而反若平淡，琢磨之極，而更似天然。」[21]藝術精神的展現。以下則分別以「史傳批評的承揚」、「說『文』解『字』」、「生活的藝術與生命的學問」三部分。討論其學術特

---

18 何寄澎：〈林文月散文的特色與文學史意義〉，《林文月精選集》，頁22。

19 陳義芝：〈推薦林文月〉，《林文月精選集》，頁11。

20 〈清水出芙蓉，天然去雕飾——《文字的魅力·書評》〉，《聯合報》2017年2月11日。

21 王世貞：〈書謝靈運集後〉，吳文治主編：《明詩話全編》，（南京市：鳳凰出版社），頁4546。

色與轉向,「淡中藏美麗,虛處著功夫」的文字藝術,及涵融學術與藝術以「語文所安」為生命安頓的人生藝境。

二　史傳批評的承揚

　　所謂「史傳批評」是指以梁啟超「歷史傳記法」為基礎的文學批評觀,即利用作者之生平家世、時代思潮、交遊師承、行旅經歷……等歷史傳記的背景以解詩的一種批評觀。它承孟子「頌其詩,讀其書,不知其人,可乎?是以論其世也。」的觀念,主張作品雖為作者「情動於中,而形於言」的產物,而其情思所感又必受當時社會政治觀念所影響,故欲正確掌握作品內容與作者的情感,勢必從瞭解背景時代著手。就批評觀念而言,史傳批評的優點,偏重「作者」及其情感的掌握,而略於作品美感「意境」的闡揚。此亦是其與以王國維為代表的「境界說」較大的分歧。

　　林文月先生早期的六朝文學研究,始於「知人論世」的傳統。如柯慶明先生曾指出「林文月一直是站在史傳批評以及舊詩傳統立場的說詩人」[22]、「始終重視以詩論人,以人解詩」。《文學的魅力》輯三,收錄了林文月一九九一至二〇一三年的十篇論文(含專題演講),依序分別是:〈八十自述〉(2013)、〈關於文學史上的指稱與斷代——以「六朝」為例〉(1996)、〈潘岳陸機詩中的「南方」意識〉(1992)、〈讀陶潛「責子」詩〉(1994)、〈康樂詩的藝術均衡美——以對偶句為例〉

22　《現代中國文學批評述論》,頁98。

（1991）、〈不能忘情吟──白居易與女性〉（1993）、〈手跡情
誼──靜農師珍藏的陳獨秀先生手跡〉（2005）、〈《清晝堂詩
集》中所顯現的詩人的寂寞〉（2005）、〈我所不認識的劉吶
鷗〉（2011）、〈從《雅堂先生家書》觀連雅堂的晚年生活與心
境〉（1997）。此編排方式打破了發表時間的先後順序，而是以
〈八十自述〉為首的回溯視野，依論文內容時代先後排定，最
後以討論林文月的外祖父〈從《雅堂先生家書》觀連雅堂的晚
年生活與心境〉結束。此十篇論文寫就的背景或各有因緣，但
仍可看出林文月論學旨趣之特色與轉變。且討論範疇已不限於
早期的六朝文學，更重要的是其研究的方式與關注的重點，亦
在「以詩論人，以人解詩」的基礎上，兼含對「文字」的重視
與推敲，「形式」純藝術性的討論，甚至在一九九三年退休後
所撰的多篇論文，內容兼有散文之筆，敘悠悠往事，交誼感
思，更是林文月早期論文所未曾見的情形，實頗有「晚期風
格」[23]不欲墨守學術成規，以「出位之思」重新反思學術論文
之理性範界與意義。

（一）「知人論世」與「洞明練達」

　　所謂「史傳批評」，借用柯先生《現代中國文學批評述
論》的說法，他分別標舉梁啟超與王國維為近代文學批評中

23　薩依德（Edward Wadie Said）曾指出，歷史中有一些偉大的藝術家，當其
　　人生漸近尾聲之際，作品和思想往往打破過往成規，將圓融收尾的可能性
　　打壞，涉及一種刻意不具建設性的、逆行的創造，以生成出一種新的語
　　法，這新語法，我名之曰晚期風格。（參《論晚期風格──反常合道的音
　　樂與文學》，（臺北市：麥田出版公司），頁84-85）

「史傳批評」與「境界說」的代表人物，並主張此兩種觀點是
最合於研究傳統詩學的典範：

> 史傳批評與境界說雖然都受過西方學術的洗禮，但在基
> 本上卻是最吻合於傳統中國文學批評與詩學研究的主
> 流。前者承孟子知人論世之旨，劉勰釋名章義、敷理舉
> 統之義，最合乾嘉漢學的精神。後者承孔子「興於詩」
> 之義，詩序情動風化之說，劉勰的擒風裁興之論，鍾嶸
> 《詩品》序的獨標興義為「文已盡而意有餘」，嚴羽的
> 興趣、入神之意，以至王士禎的以神韻成宗派，雖然闡
> 說之偏重容或有差，但其歸趨主旨皆有合於傳統的心性
> 之學，頗具宋學精神。因此兩者義歸於辭章之際，雖然
> 一則或偏考據，一則或近義理，但終究是中國傳統學術
> 精神的自然開展。[24]

林文月論人說詩往往建立在詳實的時代、史實、作者、版
本……等資料的基礎上，與作品交相印證，互為詮解，其早期
的學士論文《曹氏父子及其詩》、碩士論文《謝靈運及其詩》皆
是研究成果的代表。此外，「在透過史傳的背景來作人格與風
格的解說之餘，她更進一步的討論了六朝的遊仙詩、田園詩、
山水詩、宮體詩等詩體的特質、發展、及形成的背景。」[25]關
於此部分的學術專著，主要見於《澄輝集》[26]（1967）、《山水

24　《現代中國文學批評述論》，頁93-94。

25　《現代中國文學批評述論》，頁99。

26　《澄輝集》原由臺北市：文星書店，1967年2月出版。1983年2月臺北市：
　　洪範書店重印，書名《澄輝集：古典詩詞初探》。

與古典》（1976年，臺北市：純文學出版社）、《中古文學論叢》（1989年，臺北市：大安出版社）三本專著[27]。

　　本書四篇與六朝文學相關議題的論文中，〈關於文學史上的指稱與斷代──以「六朝」為例〉、〈潘岳陸機詩中的「南方」意識〉兩篇，大抵延續林文月史傳批評的模式，雖然前者是討論文學史的議題，指出「文學史的斷代，未必與歷史的朝代興亡一致」[28]，在援引大量歷代詩評與政治史實相互舉證參照後，並得到如下的結論：

> 文學的發展與演變，往往有其自然的順應趨勢，並不因朝代的開始而開始，亦不因朝代的終結而終結；有時甚至亦不因政治的分裂便形分裂。文學的發展與演變，有如流水，行於當行，止於當止，與歷史上的政權改易或分割並無絕對的關係。[29]

其在「文變染乎世情，興廢繫乎時序」的觀念上，進一步指出文學史的流變與政權興替交纏中的獨立性。唯此篇論文最特別的是林文月在結論特意援引若干英、日漢學的諸家「分歧」的說法，並概括出一個「確而不定」的結語：「以上所舉古今中

---

27 林文月的學術根源始於六朝文學的研究，人與詩，是其重點，雖亦有〈蓬萊文章建安骨──試論中世紀詩壇風骨之式微與復興〉、〈關於文學史上的指稱與斷代──以「六朝」為例〉、〈洛陽伽藍記的冷筆與熱筆〉一類涉及文學史議題或專書的論文，但終是少數，其學術研究的重心仍是：詩與詩人。

28 《文字的魅力》，頁209。

29 同上註，頁208-209。

外各種書籍中所用的『六朝』，雖然不一定十分精確，但凡涉獵中國文學的人都一定有共識，而不會有任何疑問；這便是文學史上所謂的『六朝』。」[30]頗能見出論學之圓通允當。至於〈潘岳、陸機詩中的「南方」意識〉，則是「發現與『南』字相關之詞義或觀念，頗不乏其例，且足以形成潘、陸詩的特色」[31]故題目聚焦於潘、陸詩文中出現的「南」字，並援引豐富的史傳考證、推敲作者心跡，尤為特殊的是多方參證日本漢家學的研究成果，剖析潘、陸二人詩中看似相近的「宦遊與離思」情懷下，「南方」一詞對二人實有全然不同的指涉與涵意：

> 在陸機的詩文中，「南方」係指與中原山川遙隔的吳國。
> ⋯⋯他始終以東吳世冑之後裔為榮。然而吳既亡滅，男

30　〈關於文學史上的指稱與斷代──以「六朝」為例〉：「日本人研究中國文學之歷史已久，當有不同的觀點：故《大漢和辭典》於『六朝』條下云：『三國吳以下，都健康之六國，吳、東晉、宋、齊、梁、陳。文學上則概稱魏晉，經南北朝，至隋。』故野狩直喜《支那文學史》第四編為六朝文學，範圍始自建安文學，止於北朝文學。森野繁夫《六朝詩の研究》上溯自建安，下至於初唐四傑。美國學者Burton Watson: *Chinese Rhyme-Prose Poems in the Fu Form from the Hanand Six Dynasties Periods*（Columbia University Press, 1971）收自宋玉、賈誼以降，至江淹、庾信之賦，其中王粲、曹植是建安文人，潘岳是西晉文人，嚴格說來也並不合於此書子題中所標示的 "Six Dynasties" 一詞。至於美國另一位學者Albert E.Dien 所編 *State and Society in Early Medieval China*（Stanford University Press, 1990），在內容上言之，雖應屬於史學或政治社會史學類的書，但其序言中竟也言其所謂 "Early Medieval China" 係意謂著 "*t*he Period *o*f division between the Hanand the Tang" 或 "the Nan-pei ch'a*o*" 或 "Six Dynasties Periods"，有時探究甚至尚須及於隋、唐時代。」《文字的魅力》，頁209-210。

31　同上註，頁214。

兒欲建「跨州越郡」的功業，政治權力邊陲的故鄉卻不
是適宜有志者居留的地方。事業功名的嚮往，遂令「南
方」徒然成為陸機後半生精神上一種既甜蜜又悲辛的浪
漫情懷所繫之地：事實上，他的行跡一直與心願背道而
馳。於是，故鄉乃成為詩人日夜懸念的美麗的地理空
間：「南」字便也成為既美麗又哀愁的字彙，反覆地出
現在其詩章中。[32]

「南方」之於出身貴冑的陸機是魂牽夢縈的「故鄉」；而對於
出身寒微、望塵而拜的潘岳，則是代表「權力中心的洛陽」：

他所稱的南方，在文字上看來似乎山河遼遠，實則在地
理空間而言，是一河之隔的洛陽。雖然，潘岳的家鄉鞏
縣也在黃河南岸，但對於熱衷功名的詩人而言，鞏縣在
其心目中遠不及洛陽意義重大；因為洛陽是出身微寒的
他所賴以攀附的王侯顯貴麇集之地，洛陽才是他衷心切
盼的希望所繫的城邑。[33]

潘岳與陸機同為太康詩壇上的兩大詩人，歷來文學批評多相提
並論，或以江海小大為比喻。如鍾嶸《詩品》：

謝混云：「潘詩爛若舒錦，無處不佳；陸文如披沙簡

---

32 同上註，頁253。
33 同上註，頁254。

金，往往見寶。」嶸謂益壽輕華，故以潘勝。翰林篤論，故歎陸為深。余常言陸才如海，潘才如江。[34]

潘、陸二人雖皆列上品，但潘以辭采華美勝場，唯就內容思慮實不若陸機深廣。兩家各有所長之餘，鍾嶸轉以詩人才學論高下。林文月此文則不以其才學深淺、或品德優劣為討論對象，而專就現存兩家詩篇中共同屢次出現之「南」字相關詞彙為研究中心，復參考史傳、及其他文類作品，逐步析究二人個別對於「南方」所指空間、意識、心態之曲折與異同，而歸結出處於政治權力鬥爭漩渦之中，文士們不克自主地捲入利害衝突間，終致罹禍殺身之永恆悲劇。此篇論文的學術旨趣，一方面承續林文月以史傳為主的研究方式，另一方面，亦揭示如何透過作者用「字」的慣性為觀察點，連結其生平遭遇出處進退，回溯推敲文心之幽微與寄託[35]。

　　〈從《雅堂先生家書》觀連雅堂的晚年生活與心境〉則是在《青山青史——連雅堂傳》之外，林文月以學術論文形式，呈現「連雅堂一生為文儒書生，著述編書雖亦可得稿費報酬，

---

34 汪中選注：《詩品注》，（臺北市：正中書局），頁99。

35 將作者慣用的字詞，與其人格命運相連結的討論，亦見於林文月〈讀陶潛〈責子詩〉〉：「值得注意的是，末句之中所用的『且』字。且，是暫時之意，其語氣較為保留退卻，不帶積極性質；此與陶潛詩中每常出現之另一字『聊』（姑且，暫且之意）合觀，可以體會詩人處於動亂之世，以能退而求其次，自我寬慰，不強求挺進，故能避居田園，以六十三歲壽終。至於同一時代的另一詩人謝靈運，詩中喜用『徒』、『竟』、『空』字，予人以一種強烈冀盼之落空感受，而其人剛愎自視甚高，且不諳進退之時機，終致四十九歲遭棄市之酷刑，從有意或無意間的遣詞用字，或者也可令讀者窺見作者性格的罷。」《文字的魅力》，頁265。

但生活始終不富裕」[36]的形象。尤其晚年生活清苦，多方託覓
一文史工作而不可得，爾後依附出嫁女兒生活的鬱悒不適，甚
至有「諸多不便，即欲寫一信而不能」[37]的抱怨。歷史或對連
雅堂其人與其後人有不同的論斷[38]，但林文月此文則透過第一
手資料的家書，纖毫畢呈連雅堂身處家國多事之秋的經濟窘境
與矛盾心境。例如「許久以來拒絕震東寄款的雅堂，為了應付
月須百元之家費。至此，可能逼於現實，也不得不接受兒子援
助，心情之鬱恨，不難想見。」[39]「屈居臺南的最後幾年，每
有『臺灣實不可居』之歎，而對於歸國定居寄以熱望；未料，
歸國之望既已實現，到上海居住一個月後，又因內在與外在之
因素而復見『上海實不可居』之嘆了。」[40]

　　但亂世流離的困塞，並未因此使連橫懷憂喪志，即便身處
民生艱難、國家飄搖之際，仍猶不忘對獨子前程的殷殷托付與
終生牽念的家國關懷。其臨終語可謂「最後的高音」：

　　　臨終告諭其子震東：「今寇燄迫人，中、日終必一戰，
　　　光復臺灣即其時也。」又當時蘭坤已懷身孕，故亦告

36　《文字的魅力》，頁424。

37　同上註，頁438。

38　今日介紹林文月多以「家世顯赫」視之，指其為《臺灣通史》連雅堂的外
　　孫女、黨國政要連震東為其親舅，國民黨前主席連戰為其表弟，前臺北市
　　長黃大洲為其妹婿。其中，連家政經地位雄厚，亦為社會所熟知。但〈從
　　《雅堂先生家書》觀連雅堂的晚年生活與心境〉一文，所突顯的卻是連橫
　　以一介清貧書生，仍不忘民族情操與愛國之心的文人形象。

39　《文字的魅力》，頁439。

40　同上註，頁439。

以：倘為男孫，即取名為「戰」。此中寓有自強不息，及克敵制勝，光復故園，重整家園之意。[41]

林文月在論文的結語寫道：

> 其人其書，已然家喻戶曉。至於其詩文專著，也得到推崇與肯定。所謂「青山青史各千年」，顯然已經成為事實了。不過，由於《雅堂先生家書》的出版，我們可以在此八十餘封的書信中觀察到，連雅堂晚年在物質生活上十分艱困，心情上又處於有志不獲聘的焦慮中，而鬱悒未舒。雖然他始終沒有因為窮困或不順遂而放棄理想懷抱，並且也仍然研讀著述不已，企圖以其餘年保存臺灣，甚至於整個中國的文化；然而，事與願違，讀此《家書》，委實令人不得不為之感嘆惋惜！[42]

雖有壯志未酬的遺憾，卻也因家書中所保存的生活瑣事，而使連雅堂的形象更為鮮活、親切，於平凡中見偉大的真實性。其傾一生心血，以著史撰編文書為職志，實寓司馬遷〈報任少卿書〉「文王幽而演周易，仲尼厄而作春秋」的「發憤之作」之意。另外，尤值注意的是，此文雖有學術的嚴謹，著重討論連雅堂晚年的生活與心境，但卻特詳於版本來源出處，甚至對資料外觀、保存狀況、紙張、字跡、行距……亦詳為記錄。例如：

41　同上註，頁443。
42　同上註，頁444。

《雅堂先生家書》共計二五五頁。第一頁至第九十二頁
為鉛印八十七封書信；第九十三頁至第二五五頁為家書
原件影印，其墨跡清晰，信箋上之花紋及邊印字體亦可
辨認。[43]

雅堂寄與子女之信，多為簡短扼要，從附錄之原跡影印
觀之，悉以毛筆小楷書寫於稿紙或信箋，筆跡清楚，一
絲不苟；其書於稿紙者，則一格一字，尤為整齊，甚少
塗改。書寫家書而如此方正整潔，或者亦可想見其人之
人格與個性了。[44]

此或為一般學術論文所忽略不取，但林文月的討論不僅在家書
文字所傳遞的「父親教子愛子之深情與期許」[45]的內容，更從
「家書」的具體書寫形式，以至於文字本身、書寫的紙張載
具、後人保存之敬謹，去還原雅堂父子兩代人之間，流動在
「家書抵萬金」中更無形的情感與見證。所謂「言為心聲，字
為心畫」，由書寫形式的「方正整潔」而想見其人之人格個性，
此實已從史傳批評的視野向外擴展至「文字」魅力的討論了。

（二）「知言」與「文字」藝術的重視

史傳批評的研究進路與歸趣，乃透過文本的閱讀分析與作
家生平史實參證，最終指向對「人」的理解[46]。然透過客觀文

43　《文字的魅力》，頁419。

44　同上註，頁422。

45　同上註，頁422。

46　史傳批評著重對「人」的掌握，而遠於作品美感「意境」的闡揚，這也是

獻而能把握此一作家「不共」與「真」最獨特的生命形態，則
有賴於研究者「知言」的見識與修養。一如臺靜農先生所言：

> 要知古人行事既成陳跡，其精神狀態已成定型，再不因
> 時會動盪而有變易，那他表露於其詩文中的，正如水落
> 石出一樣明顯。雖然水落石出，但能辨別那曾被沖激成
> 的斑駁奇趣，卻又看後人的識見如何了。識見是基於博
> 學與深厚的人生體驗，是以後人看前人，往往有深淺廣
> 狹的不同，即因各人的修養不同之故。[47]

林文月的學術研究，一方面承乾嘉考據之學，掌握詳密的版本
校讎、時代政治歷史、作者經歷交遊……等客觀資料為論析的
基礎；另一方面亦不偏廢對「文字」的細膩討論，除了重視語
言形式的美感外，更兼以「世事洞明，人情練達」的個人涵
養，能不為表象文字所囿，深得「知言」之旨，展現了對作者
人格性情的深刻洞察。例如陶淵明的〈責子〉詩始自「雖有五
男兒，總不好紙筆」的無奈，終於「天運苟如此，且進杯中
物」自遣，表面上是陶潛依次數落未能上進的兒子。但林文月
〈讀陶潛〈責子〉詩〉一文卻以其鍊達的人情理解，穿透文字
表象，勾勒出詩人慈愛幽默的父親形象：

其與「境界說」基於理論分歧點的「不可共量性」。另外，宇文所安
（Stephen Owen）《中國文論：英譯與評論》討論中國文論，特以「視其
所以，觀其所由，察其所安，人焉廋哉。」為開篇第一則，指出對「人」
的興趣始終是中國文學的核心，也是很有見地的安排。

47 〈詩人與詩〉序，《龍坡雜文》，（臺北市：洪範書店），頁189。

「阿舒已二八，懶惰故無匹。」……但在父親眼中，此
兒不如自己所期盼的勤勉好學，故而責他懶惰，且又加
重語氣道：在此方面無人可與匹敵。這種語氣，令讀者
感受做為父親陶公的失望與無奈；另一方面又微妙地傳
達只存在於父子之間的親暱感情。[48]

陶公之五子是否真的「愚且魯」已非解詩的重點，掌握文理中
無語的舐犢之情，寓愛於責的語調，方為知言的解人。林文月
說詩的精彩處，除了對人情的掌握外，更在於細膩辨析詩人
「文字」的匠心獨運，直指此詩隱含「詩人配合數字的遊戲心
態」如：

「雍端年十三，不識六與七。」……對於這一對年十三
的孿生兒，詩人改由不習數學的角度責之，故稱「不識
六與七」。禮、樂、射、御、書、數，稱六藝，為儒家
教育之基礎，而份與佚竟雙雙不識六與七，此與俟之不
愛文術同為不用功的證明；至於其中所含誇張的語氣，
亦與儼之「懶惰故無匹」近似。至於獨取六、七而不稱
其他數字，「七」字蓋為諧韻而設，以「六」字與之相
配，固是六、七相連之便，更巧妙者，六與七之和數，
正是此對孿生子的年紀一十三。於此可見詩人配合數字
的遊戲心態。讀者自不必執著文字而真以為份、佚果如
此愚騃不堪。[49]

---

48 《文字的魅力》，頁261。
49 同上註，頁262。

所謂「說詩者，不以文害辭，不以辭害志。以意逆志，是為得之。」（《孟子》〈萬章上〉）林文月直指不論是「不識六與七」或是下一句的「通子垂九齡，但覓梨與栗。」，獨取「六、七」、「梨、栗」皆有音韻上諧韻、雙聲之巧妙趣味，斷非寫實[50]。且陶公對稚子的責備，實當以「誇飾」的修辭視之，而非蠢笨不堪的「寫實」，並據此詩所表現出的「亦莊亦諧」、又莫可奈何，兼含遊戲之筆與誇張語氣的詩趣，而得出陶潛素將生活中的薄嗔淺喟皆寓於詩，故乃一「極有人情味詩人」[51]的論斷。

在漢語裡，某一字詞、典故，因文化的縱深，往往可以引起豐富微妙的聯想。林文月的文學研究，在知人論世的基礎上，對作品文字語詞的掌握，便頗得「知言」之妙，而能「識曲聽真」掌握詞中情感真意。例如〈不能忘情吟──白居易與女性〉中，白居易因妻子楊氏授封為「弘農縣君」，故以〈妻初授邑號告身〉「弘農舊縣授新封，鈿軸金泥誥一通。我轉官階常自愧，君加邑號有何功？花箋印了排窠濕，錦標裝來耀手紅。倚得身名便慵墮，日高猶睡綠窗中。」一詩表慶賀兼揶揄之意。林文月分析道：

50　「『通子垂九齡，但覓梨與栗。』……在眾多食物中，詩人特取『梨』、『栗』二字，『栗』為諧韻之用，至於取『梨』以相配，蓋取二字又有雙聲效果。在此，作者復顯露其巧妙而富於文字遊戲的寫作技巧。」同上註，頁262。

51　「雖然陶潛素以其高風亮節受後代讀者崇敬，其詩更以樸質自然見稱，但偶有遊戲之作，如〈止酒詩〉二十句中每句用一『止』字，寓思想襟懷於妙趣，可見其人未必日日正襟危坐，乃是極有人情味的詩人。」同上註，頁262-263。

妻子能獲得「鈿軸金泥」的弘農縣君通告，為夫的白居易心中分明是與有榮焉，乃有此作；卻故意諷刺道：做為男人的我，每次轉官階之際都常覺得慚愧的，而妳婦道人家乍得加封號，究竟是憑了那一椿功勞啊？尾聯更是極盡揶揄之能事，說楊氏有了封號，錦襟裝花牒，便十分神氣起來，從此「憑勢」慵墮，日頭高升了，猶不肯起床做家事！夫妻之間能如此隨意開玩笑，愈發地可以想見二人平日感情融洽，無拘無束的一斑。[52]

正所謂「一本正經的距離，胡言亂語的親密」，夫妻間隨意出現的輕鬆調侃，亦是生活怡然和諧的寫照，若據表面字義徑將視為樂天對妻子「憑勢」懶惰的指責則實大煞風景。透過林文月的「知言」，亦使在文學史以標舉「諷諭」著稱、領導新樂府運動針砭時政的詩人白居易，有了在日常生活的音語笑貌及常人的血肉情感。

〈不能忘情吟──白居易與女性〉討論白居易生命中的「女性」，包含母親陳氏、妻子楊氏、女兒金鑾與阿羅、家妓樊素。林文月將說詩的面向從政治處境、仕途挫折轉向私領域的情感，乃是為了獲得詩人形象更全面的瞭解[53]。因為：

---

52 同上註，頁319。

53 事實上，從詩人與「女性」關係著手，以求得詩人更完整親切的面貌，亦見於林文月早期發表的〈潘岳的妻子〉一文，其結論亦耐人尋味：「在美姿容與卑下品格之外，透過潘岳的深情詩文與詳密的資料考證，得到的卻是潘妻楊氏：樣貌事跡渺不可知。（潘岳）既深愛妻子，復譁莫如深，潘岳的這種心態，乃亦成為千古不可測知的另一個謎了。」《中古文學論叢》，（臺北市：大安出版社），頁121。

史料往往是詳於一個男子的公共生活面；卻忽略其私生活方面。因此，我們可以藉由史料得知：古代的某一位文士出身於何等門第，步過什麼樣的仕途，時則榮達權傾一時，或時則困躓左遷……然而，一個人的一輩子難道就只有政治、仕宦、友誼、黨仇而已嗎？一個人的年幼時期，做為一個完整的人，其生活應是更多面的。譬如，在父母家人對他的影響如何？青年時期其情感生活如何？又婚姻生活、親子關係是否和諧融洽等等。包含了這一切，我們才能看到一個真正有血有肉的男子。但史官們向來忽略這一點，因而他們筆下的人物，便常常只見嚴肅冷漠的面孔外表，使讀者難以感到其人性與親切感。[54]

林文月立足於史傳批評的傳統，治學矜慎，深忌穿鑿，不做過多詮釋。但說詩卻往往出之以通達的人情瞭解，頗得「談言微中」之旨，亦不刻意將古人理想化而曲意粉飾，寧求其近於人情。「歸結到一種重要的基本態度，即一方面重視傳統的存在，一方面仍須保持獨立探究的精神。」[55]

---

54 《文字的魅力》，頁307-308。
55 柯慶明《現代中國文學批評述論》，頁99。事實上，對於傳統的成說與判斷，林文月亦是非常勇於指出其不當的。例如丁福保：《全漢三國晉南北朝詩》〈緒言〉：溯自建安以來，日趨於豔。魏豔而豐，晉豔而縟，宋豔而麗，齊豔而纖，陳豔而浮。」常為人所引用並作為論述依據，但林文月則論證其不當：「東晉的詩一方面發揚了正始的『明道』，另一方面又擴大了『仙心』，遂令曹氏父子以來一改民歌素樸面貌之遊仙詩愈形華麗絢爛，至郭璞筆下，而終於呈現『豔逸』的風格。所謂『逸』者，係指詩中充滿飄飄凌雲之仙氣，至於所以『豔』者，實由於華美的仙境所造成之效果。

　　至於《康樂詩的藝術均衡美——以對偶句詩為例》，則是林文月「以詩論人，以人解詩」的基礎上，進一步轉向「形式」純藝術性討論的代表。此篇雖仍以謝靈運《宋書》本傳之史料作為論析作品文意的基礎，但其討論的重點，實更著重於作品形式的藝術性，而非作者的人格與情感。後世評詩者多以「謝五言如初發芙蓉，自然可愛」對比顏延之的「錯彩鏤金」、「雕繪滿眼」為康樂詩之成就，但林文月取其詩中對偶句為例，概分七類：（一）朝夕對，（二）方向對、（三）山水對、（四）數字對、（五）色彩對、（六）視聽對、（七）典故對，逐一舉例分析討論，以證明所謂「自然可愛」，並非未經雕琢，更不同於鍾嶸《詩品序》「觀古今勝語，多非補假，皆由直尋」的即目所見語。例如「視聽對」中的「蘋萍泛沉深，菰蒲冒清淺」：

　　「蘋萍」是兩種大小略異的蕨類植物，「菰蒲」則是兩種草木植物。此二詞不僅在字形上同屬「艸」部首，在聲韻方面，「蘋萍」為雙聲，「菰蒲」為疊韻。再者「沉深」與「清淺」均屬「水」部首，而前者為疊韻，後者為雙聲。又上、下二句之中間第三字「泛」與「冒」都經過詩人別出心裁之選練遣字，所謂「句中眼」是也。遂令此二句十個字，一絲不苟，呈現黼黻女工一般精緻

郭璞遊仙詩中的景象，與謝靈運筆下的山水，其實已頗為接近：故與其將郭璞詩的『豔』歸入上舉丁福保所稱晉代之『豔而縟』，不如歸於宋代之『豔而麗』為宜。〈關於文學史上的指稱與斷代——以「六朝」為例〉，《文字的魅力》，頁201。

華麗之旨趣。[56]

此藝術之美感，實來自形式，而非作者的情感，亦未必與詩意內容有關。透過對漢字特殊形、音的嚴謹掌握與安排，呈現了整齊又變化的對仗關係，而如王世貞所言，「穠麗之極，而反若平淡，琢磨之極，而更似天然。」[57]故為藝術均衡美之極致也。林文月總結道：

> 儘管對康樂詩分析的結果，顯示出如此嚴謹的技巧結構，但其中佳句俯拾即是，如「白雲抱幽石，綠篠媚清漣」、「池塘生春草，園柳變鳴禽」、「雲日相輝映，空水共澄鮮」……等，均是傳頌千載，令人賞愛不已。這正是詩人藝術造詣之高妙處，使用技巧而不露雕鑿痕跡，反而自然可愛。[58]

所謂「篇法之妙，有不見句法者、句法之妙，有不見字法者。此是法極無跡，人能之至，境與天會，未易求也。」[59]此藝術觀實可與林文月〈散文的經營〉所強調「行雲流水一般自然」[60]、「為作者苦心經營的結果」並觀，也可作為林文月雖

---

56 同上註，頁297-298。

57 同上註，頁305。

58 同上註，頁304

59 王世貞：《藝苑卮言》卷一，《歷代詩話續編》中，（臺北市：木鐸出版
社），頁961。

60 林文月〈散文的經營〉：「我們時常聽別人稱讚一篇好文章為：如行雲流水
一般自然。但文章如何能像行雲流水一般自然無滯，那無疑是作者把文章

是一位立足史傳批評的學者，對於作品藝術性及文字的重視亦不偏廢的見證。

（三）出位之思

〈《清晝堂詩集》中所顯現的詩人的寂寞〉（2005）與〈我所不認識的劉吶鷗〉（2013），是林文月自臺大退休（1993）後，於學術研討會發表之作。或許是時空身分的變異，對論文的意義有更圓通的理解，是以林文月特意不遵循一般學術論文的規範，在一貫嚴謹的學術討論外，兼以散文之筆，敘悠悠往事緬懷感思，這是林文月早期論文所未曾見的情形。例如：

> 我還記得走廊外一片林木蓊鬱的後院，夏日午後有蟬鳴伴合著師生的談話，也記得那院子裡有一棵蓮霧樹，產纍纍的青白色大粒蓮霧，清甜而脆實，與一般市場上水果攤所賣粉紅色棉花似口感迥異，我從來沒有在別處吃到過那種美味的蓮霧。有時同學三兩相約去探望老師，遇著蓮霧盛產的季節，清瘦的師母往往會端一盤新摘的果子請老師和我們分享，有一次還揣一袋讓我帶回家。[61]

此段師生閒談共享水果的往事，無關學術思辨，卻有無言的溫

寫成如行雲流水一般自然的結果。文章之所以自然流暢，其實與文章之所以雕琢造作一樣，都是通過作者經營安排所致。自居易的詩『老嫗能解』，姑勿論其真實性如何，但傳說中樂天一改再改至老嫗能解而後錄，便知樂天詩的淺白易曉並非天然本成，而是作者苦心經營的結果。」（《午後書房》〈代序〉，（臺北市：洪範書店），頁2-3）

61 〈《清晝堂詩集》中所顯現的詩人的寂寞〉，《文字的魅力》，頁365。

馨及師生「和樂且湛」的情誼。又如：

> 卷六有〈代棺中人語〉並序……此詩後注文，在編集時
> 因百師加了一些字：「此詩出句依唐人平仄遞用法。合用
> 屋沃二韻。不押韻之字亦皆用入聲，使每句句尾非平即
> 入，不雜上去，似可增加悠揚澀咽之致。」這令我想起
> 往日上課時老師講解詩詞的情形。他對於古人的篇章，
> 不特精細說明內容情思意境，又同時分析其匠心技巧，
> 使我們掌握作品之佳妙，以及其所以佳妙之道理。[62]

此段保留了鄭騫講學的精妙及點出詩中音韻技巧與情感相渾融
的藝術境界。雖無學術的分析，卻有學術的洞見。由於此文是
鄭因百先生百歲冥誕國際學術研討會發表的論文，故林文月特
以「步趨」鄭騫講學論詩的精義與方式來撰寫：

> 因百師多年又曾撰〈詩人的寂寞〉，我最早在《從詩到
> 曲》讀過，印象深刻，其後收入《景午叢編》（臺灣中
> 華書局印行，一九七二年）。這篇一萬字左右的文章，
> 以「千古詩人都是寂寞的，若不是寂寞，他們就寫不出
> 詩來」起筆，舉實例暢論魏晉南北朝、唐、宋詩人的寂
> 寞心情及其詩作，全文沒有考證，甚至也沒有注解，卻
> 細細分析個別作家所以寫成這些寂寞詩篇的背景和原
> 因，既富道理，又富感情，有因百師上課時講詩的特

62　同上註，頁379。

色。故而想到以老師的文章解老師的詩篇，寫此〈《清
畫堂詩集》中所顯現的詩人的寂寞〉一文。本文擬步趨
〈詩人的寂寞〉，亦將不設注釋，唯詩集作品數量浩
瀚，為了查閱方便，僅在所引詩篇、詩句或注文之後標
出其頁碼。[63]

紀念師長，寓感情於形式，特以相同形式復現其音容笑貌，以
對鄭先生表達最深致敬，或可視為《擬古》的學術論文代表。
林文月在論文結尾以「值此百歲冥誕之前夕，學生不揣才疏識
淺，恭謹撰成此文，兼述悠悠追思」[64]，並不為符合學術論文
體例而刪削個人情誼之抒情文字，以期完整呈現撰寫的初衷，
實為其性情的具體展現。

　　相類似的情況，亦見於二〇一三年劉吶鷗國際研討會的開
幕演講──〈我所不認識的劉吶鷗〉。此文從「テロ」Taro
（恐怖分子）テロリスト（英：terrorist）一個外來語說起，
連結到幼年聽到劉燦波（劉吶鷗的本名）在上海被刺的消息、
父母親惶恐神色引發的一連串當時懵懂、零碎的家族記憶。此
文饒富興味的是命題的本身即可看出林文月的坦白與敘述立場
的尷尬。以「不認識」來點題，是因當時年幼，不願強作解
人；但劉燦波與林文月的父母交往密切卻也是不爭的事實。
「年少的我怎知自己的足跡踏印過的那個地方，早些時間曾經
是另一個臺灣人劉吶鷗常常駐足之處？更怎麼知道劉吶鷗就是

---

63 同上註，頁350-351。
64 同上註，頁391。

劉燦波呢？」[65]而今的恍然明白，卻已是親友凋零，實有「當時只道是尋常」的無盡惘然。

　　在故舊情誼之外，林文月討論的重點，並不涉及劉吶鷗的摩登前衛與影藝各方面的特殊才華，甚至是佻風浪行。而是聚焦於劉吶鷗日記與文集，討論其文字特色：

> 閱讀他人的日記，原本是可供研究其人生活及時代背景，甚至滿足讀者偷窺欲望的好途徑。但是，我今天透過劉吶鷗的日記所要討論的不是其內容，而是承接我前面的關於其文字特色的問題。創作與論文或翻譯，都要考慮或警覺到讀者的存在，日記則是屬於較私密性的，比較不需要多費心思去咬文嚼字，也不會太注意修飾，所以更能直接透視寫作者的文字特色。[66]

故意忽略文字內容，只討論文字特色，應是有見於劉吶鷗的書寫往往多種語文（中、日、英、法、外來語……）自由的交雜出現，「施蟄存形容劉氏『寫一封信好像是日本人寫的中文信』」[67]。但對此所造成的語意理解困難，林文月通達的指出：

> 在日記裡劉氏大兩使用外來語，書寫之際，時則原文，時或日文的音譯，沒有一定的規則；甚至有時更以片假名取代普通日文……這種多變化而隨興使用各種語文的

65　同上註，頁396。

66　同上註，頁411

67　同上註，頁408。

情形，一方面說明了劉吶鷗具有多種語言能力，同時也因為寫日記本來就是一己的私事，不必忌諱他人怎樣讀、如何理解的問題，故而心裡怎麼想，便怎樣寫，自自在在；不像在《文學集》裡需得時時刻刻意識到中文讀者存在的問題。[68]

甚至進一步從正視與肯定的角度，直指「劉氏往往是會興之所至地混合使用中、日、臺、英、法等多種語文的。對於外人而言，這樣的文章並不容易讀，有時甚至不太通順，然而其中卻非常真誠坦白地顯現出劉吶鷗其人來。」[69]或許文字書寫的初衷是在忠實表達自我而非求得解人，是以面對劉吶鷗日記、文集中的隨興表達，林文月並不以優美通順的標準指摘其非，而是體諒其置身於一個因戰爭陷於文化交替的時代，人失去了理所當然以母語表達的權力，為環境形勢所逼必須不斷學習新的語言的生存困境。故對於文字混搭出現的情況，能寬容的看待。尤其最特別的是論文的結語：

> 我讀劉吶鷗的文章，卻十分受到感動。我一方面為他對文學、藝術投注的熱情所感動；另一方面也透過他的文字──被那些奇異的、不容易懂得、甚至不通順的、「劉吶鷗式」的中文所感動。我努力地閱讀著、分析著，動用我自己所認識的一些語文，試圖去了解他所要

---

68 同上註，頁415。
69 同上註，頁416。

表達的那些意象與原意。於是我逐漸明白了。我明白了
他的文章想要表達的那些意思，明白了他當年以極短時
間習得的中文努力要表達的那種努力。……臺灣在百年
之間，經過兩度政治的變化，老百姓的語文，也不得不
隨著歷史現實，由中語文，而日語文；復由日語文，而
中語文。對於劉吶鷗而言，從日文而中文，為期只有
一、二年的時間，在這本一九二七年的日記裡，雖然有
多種語文混合使用的情形，同時也有少數篇章完全以日
文呈現，畢竟絕大部分是以中文成書。我在他的創作、
翻譯、評論和日記的字裡行間，看到一位形跡看似「浪
蕩」，實則內心勤勉堅毅，追求一個夢的人物。這是我對
於我所不認識的劉吶鷗的一點認識。[70]

其表達形式或許是破碎的，但隱藏在不圓熟的文字底下，林文
月看到了「他當年以極短時間習得的中文努力要表達的那種努
力」。故以「形跡看似『浪蕩』，實則內心勤勉堅毅」許之，因
其文字保留的正是個人意志不斷與命運抗衡的真實軌跡。

　　林文月立足史傳批評而後走向對「文字」藝術的多元討
論，進而豐富了史傳批評的視野與內涵，其退休後更以通達
的態度，不拘執於論文的體例，將嚴謹的學術討論與抒情的
感懷並置，以「出位之思」為學術研究的創新精神作了另一種
示範。

---

70 同上註，頁417。

三　說「文」解「字」

　　林文月早期為一立足史傳批評的學者，著重「以詩論人，以人解詩」，對「人」的關懷是其文學旨趣所在，而此書特標以《「文字」的魅力》為書名（而非「文學」的魅力），復又撰〈文字的魅力〉一文作為全書代序，從肯定「中國的文字，在表達感情思想之外，不是繪畫，但有形象視覺的美；不是音樂，卻富抑揚聽覺之勝，是世界其他國家的文字所不及的。」[71]乃至文法上單複數、動詞主、動不分的模糊，也因「曖昧」反而更能表達詩的多義性。並重新標舉「文學的媒介是文字」[72]，多篇論翻譯的文章，更是在內容之外特別標舉語言本身的美感與趣味，進一步將談學論藝的重心轉向美感形式、文字「技藝」的討論，直指創作的本源，實具窮本溯源之意。

（一）「技」與「藝」

　　林文月作為一位古典文學傳統的說詩人，其對於文學本質的理解，仍是源自〈詩大序〉「情動於中而形於言」的觀點，認為文學乃作者內在情感直接轉化為語言的結果，情感的「真摯」是其最重要的本質，也是構成文學感人力量的根源。但文學的書寫，終究無法永遠停在「自然而然」的階段，而不可避免走向「有意表現」的自覺，甚至是更繁複的文學問題的考量。林文月在〈最初的讀者〉即透過一次演講的讀者提問，指出「預設讀者」的問題：

71　〈代序　文字的魅力〉，《文字的魅力》，頁6。
72　〈最初的讀者〉，《文字的魅力》，頁16。

　　文學的媒介是文字。透過文字，寫作者將其感情思想保存下來。感情思想雖然是抽象的，但每個人其實都是藉由自己所熟悉的語言在感受、在思考，然後將其定型於自己所熟悉的文字裡。我一向以為寫作就是這樣的。自己心中有話要講，不得不講，便藉由文字表達出來了。直到近半年，有一位年輕的讀者問我：「妳寫文章的時候，有沒有**預設的讀者**，妳的讀者結構是什麼樣的人？」這倒是我沒有想過的；或者應該說，我在寫作之前，或寫作之中，很少想這問題。　但是，認真反省，我真的從未想過「讀者結構」的問題嗎？倒也彷彿未必然。[73]

並進一步借此反省自己的「三種文筆」，基於不同的「讀者結構」所進行的修辭策略的調整。而得出：改寫世界名著的青少年讀物「遣詞、設句、行文」應「避免艱深晦澀」[74]；日本古典文學翻譯則應「注意文字盡量貼近原著的風格」，使不諳原文的讀者也能欣賞原文的氛圍與感動，因為「不同國家的文學作品，各有各的異同情調，其實正來自不同的文字趣味」；「寫散文，其實是在跟自己交談」[75]則無須預設讀者結構。

　　由以上得知，文學的閱讀與欣賞，雖是心靈的情感活動，重視的是「真誠」的「以心感心」；但是書寫與創造，終須面對的永遠是形式的「技巧」表現。散文，雖是跟自我內心交談

---

73 同上註，頁16。
74 同上註，頁17。
75 同上註，頁17。

的心聲，但所謂「修辭立其誠」，「誠」涉及到情感的「真」
「偽」，原本屬於哲學的討論，但在作品中卻仍轉為「藝術」
表現的問題。一如孔子云：「辭達而已矣」，意指修辭不應過
度，其目的在達於作者內心「情動於中」的狀態。「達」是指
「達於作者的內心」，「而已矣」則指修辭適度即可，勿過度之
意。同樣的，林文月的散文一向被譽為「風行水上，自然成
文」、「清水出芙蓉，天然去雕飾」，不尚華美雕飾，以追求自
然為目標。但這並非純任性情的信手隨筆，而是苦心「經營」
的結果。例如其〈記〈翡冷翠在下雨〉〉一文，即從命題、選
字、設色、構思、謀篇多方面，展示為文之用心。尤其「題
目」的 Firenzn 不取常用的「佛羅倫斯」，而選用「翡冷翠」，
最能說明林文月對「文字」的考究與品味：

> 我這篇文章的題名選擇了一般人較少用的「翡冷翠」，
> 是想在表達譯音所指示的地名之外，又喜歡這三個字在
> 視覺上所呈現的美感。……雖然這三個字的中文讀音可
> 標出近似義大利文 "Firenzn" 的發音，但是其中「翡
> 翠」一詞，難免會讓我們的腦際閃過羽毛斑紋華麗的翡
> 翠鳥；甚至還會想到晶瑩溫潤的翡翠玉吧。而一個
> 「冷」字，則似又將這些瞬間的聯想凝聚成為華美矜持
> 的品味來。在做文學的翻譯之際，除了注意「譯詞」與
> 「被譯詞」之間的讀音的精準（或近似）之外，運用中
> 國文字的這種特殊「視覺效果」也是很有意思的。[76]

---

76 〈記〈翡冷翠在下雨〉〉，《文字的魅力》，頁23。

「翡冷翠」之譯名始自徐志摩〈翡冷翠的一夜〉，但林文月在此文中，完全不提及此事與詩，或許是為了避免繁雜，而刪削無關支線。至於不用「翡冷翠游記」為題，乃因「翡冷翠在下雨」近於現代詩的語法，更為「活潑別緻」[77]頗具意象美。且當天下雨亦是「寫實」，雨天，雖不朗麗，但卻適合以「慢」的意趣，俯仰神遊，時空交錯，發思古幽情。且「多了一個『雨』字，使文章的發揮可能會有其獨特性；當然，同時也產生了其侷限性。『雨』必須貫穿全文中。」[78]是以，此文末尾以「有一滴雨落在錶面上。」意象化的句子，戛然而止。就布局而言，與題目的雨迴環相扣，錶面顯示的是臺北時間，與翡冷翠的時空與歷史，雖分屬為二，但一滴雨滴落的瞬間，卻像時空偶然交錯的疊合。此瞬間，或許只是心頭一蕩，但卻是豐富渾然的一片，「欲辨已忘言」難以訴諸文字，餘味不盡。

　　林文月的散文以「記述」見長，而略於感吟，故其對旅遊經歷觸發的內心感動的描寫，非常節制，甚至有意模糊。如自道站在翡冷翠街頭，「周遭被高大雄偉而又無處不精雕細琢的大理石屋宇、殿堂、臺塔圍攏著，面對那種震撼人的美」、「譬如說百花聖母瑪莉亞教堂四周無數的大理石像，以及不留一片空隙的精雕細琢的圖紋，如何來形容才恰當呢？」[79]她只用「嘆為觀止」來形容，其理由是：

　　　　文字所能傳達的終究是有限，在此用實筆不如用虛筆，

77　同上註，頁24。

78　同上註，頁24。

79　同上註，頁28。

我借助於「嘆為觀止」這個成語，讓讀者去想像。[80]

林文月也承認「『嘆為觀止』，四字終嫌抽象」[81]，但模糊乃是來自精確。伊塔羅・卡爾維諾（Italo Calvino）說得好：

> 他（里歐帕第）呼籲我們能夠品嚐曖昧與不確定之美。他所要求的是以高度的精確與細密的凝住觀照每個意象的構成，注意細節的精密定義，注意對象的選擇，注意照明與氣氛，凡此種種都是為了達到某種程度的模糊。……推崇模糊的詩人只可能是個講究精確的詩人，一個能以眼、耳以及敏捷、準確的雙手抓住最細微感受的詩人。由於對不定性的追求變成對一切多重的、豐饒的、無數微粒所構成的東西的體察。[82]

一句「嘆為觀止」，戛然而止的「留白」，不做極貌以寫物的曲盡形容，反而給讀者留下無法形容的極致美感。且透過留白，宕開一筆，沖淡文字密度，則在細膩嚴謹中另有疏朗之美。文學創作有許多不可說的層次，言談過多分析過細，有損作品渾融自然之美。但作者創作企圖與遣辭用心的覺知，亦是深入掌握文學美的重要關鍵。

---

80 同上註，頁28。

81 同上註，頁28。

82 《給下一輪太平盛世的備忘錄》「第三講　準」，（臺北市：時報出版公司），頁88。

（二）追求「原著本色」到「藝必窮極」

　　林文月對「文字」的重視與討論，亦展現在她對日本古典文學的翻譯上。尤其在文字傳達思想、情感、意義的功能外，特別強調不同文化、作者所表現出來的語感與腔調，並認為：

> 這國的文學，那國的文學；這人的文學，那人的文學，各不相同；打動讀者心的，除了原著的內容，豈不就因為各有不同的風格方式嗎？如果翻譯者沒有注意到被譯者個別之間的細微差異，而一律只做到譯文的通順，就不算理想的「翻譯」了。（〈平安文學的中國語譯〉，《文字的魅力》，頁86）

事實上，此觀點余光中亦有相近的看法：「原文的『地方色彩』（local color）就是譯文讀者的『異國情調』（exoticism）正是翻譯文學的動人之處；如果一律加以『消毒』，就太可惜了。」[83]首先，她區分了日文與中文先天特質的差異：

> 日文與中文基本上的差異是在於「標音字」和「表義字」。例如：「鶯」、「櫻」，在漢字都是一字，而日文得用「うぐいす」、「さくら」四字、三字的「平假名」。「平假名」在視覺上給人的感覺是柔軟的；而漢字（尤其繁體字）則方方正正，一字一字令人覺得嚴謹。所以把原本柔軟的日文轉換成中文，在閱讀時那種柔軟的、

83　〈譯話藝譚〉，收入《井然有序》，（臺北市：九歌出版社），頁279。

纖纖綿綿感覺的文章，在外觀上，自然就會給人簡短堅
硬的印象。這原是雙方文字在先天結構的差異使然，無
可如何；不過，在翻譯之際，有時我會盡量選擇視覺上
較柔的文字，也隨著原著的文筆使用較長的句法。[84]

並指出「適度的『異國情調』正是外國的文學作品所以能引發
讀者愉悅情趣之所在處。」[85]由於林文月主張翻譯必須貼近原
作氛圍為理想，是以除了「說什麼」的內容之外，特別強調
「怎麼說」的語言表現[86]，故「譯者不應把作者的『話』，按
自己的方式『說』出來」而是應盡量抑制自我；「在讀懂那原
著的內容之外，還需要具備敏銳的感受力，體會作者文章的特
色。」[87]林文月此觀點，實近於司空圖「辨於味，而後可以言
詩矣」（〈與李生論詩書〉）及胡應麟「文章自有體裁，凡為某
體，務求尋其本色，庶幾當行」[88]的「本色」觀。指向的都是
對原作「風格」的掌握。換句話說，翻譯須具備的不只是閱讀
內容的能力，更在「欣賞」「形式」的功力。例如「先讀那原

84　〈平安文學的中國語譯〉，《文字的魅力》，頁86-87。
85　〈關於古典文學翻譯的省思〉，《文字的魅力》，頁119。
86　〈八十自述〉：「譯者所要負責的，不只是原著作者：『說什麼？』而且：
　　『怎麼說？』譯者的位置，應該是在原著作者，和譯者讀者之間。他工作
　　的目的，是替不能閱讀原著的讀者，把文字轉換成為可以讓他們閱讀的另
　　一種文字而已；譯者不應該把作者的『話』，按自己的方式『說』出來。
　　文學作品翻譯之目的，是在介紹不同國家的不同文學藝術，甲、乙、丙、
　　丁，各有所不同，不應該把不同國的文字都變成自己所熟悉的面貌。」
　　《文字的魅力》，頁186。
87　同上註，頁186。
88　《詩藪》〈內編〉卷1，（臺北市：廣文書局），頁81。

著，辨別出其滋味，而後努力依那種滋味轉變成譯文」[89]，只是林文月除了沿用古典詩學中的「滋味」（鍾嶸）來代表審美風格外，更以抽象的「聽」覺為喻，直指風格的神秘性「首先要有敏銳的耳朵，不僅能夠看懂文字的內容，並且要能夠聽出作者說那些話的方式。」[90]這段話說得平易，但如朱光潛所說「欣賞之中都寓有創造」：

> 寫在紙上的詩只是一種符號，要懂得這種符號，只是識字還不夠，要在字裡見出意象來，聽出音樂來，領略出情趣來。誦詩時就要把這種意象，音樂和情趣在聲調中傳出。這種功夫實在是創造的。[91]

這段話雖針對誦詩而發，卻指出一切文學「欣賞」雖以掌握形式美感為基礎，而其中實有讀者創造的事實。就翻譯而言，亦近於「取熔經意，自鑄偉辭」。林文月雖自謙從未接受過翻譯訓練，亦不援引理論術語來增加專業聲勢，但事實上，其對翻譯的要求極為嚴明精細，從文字之聲音、長短、輕重、色澤、字形、句式、腔調、節奏……幾致難以言說的精微考究，實已近於詩的討論層次。何寄澎曾讚譽林文月翻譯的「精準」：

> 她在日本古典文學名著的翻譯上，在整個華人世界可能是無出其右。假如說它（日文）是八個音節的話，你就

89　〈八十自述〉，《文字的魅力》，頁187。
90　〈平安朝文學的中國翻譯〉，《文字的魅力》，頁87。
91　〈附　替詩的音律辯護〉，《詩論》，（臺北市：國文天地出版社），頁308。

會發現林老師翻譯成的中文，一定也是八個字，八個音節。[92]

文章的節奏，不獨是音樂性的美，它實際上就是以語言的形態，模擬內在情感世界的律動，作者透過語言的輕重疾徐，將音與義化為一體。是以譯作句式長短的斟酌，在林文月追求「理想的翻譯」的目標下，是必須盡可能貼合原作的。例如《枕草子》的首句：「春はあけぼの」，為了貼近清少納言簡勁的語氣，林文月不採周作人較口語鬆泛的譯法「春天是破曉的時候最好」，在「春天，以曙時為最佳妙。」、「春，以曙為佳春」的斟酌中，最終譯為「春，曙為最。」[93]甚至譯文中的語尾助詞都在其細心的考量之內：

> 日本人在日常語文中使用語尾助詞以表態之習慣，似較我國人為多，若為求國人閱讀之認同而逕為之省略，則原文韻情味盡失；而況，三書的作者均為平安時期上流社會之女性，她們筆端所大量出現的「的」、「呀」、「嗎」、「啦」……等詞，正是作品文字的特色與魅力所在。[94]

除此之外，林文月亦自道其為貼近原作風格所做的一些文字設計，例如為增添中文的柔軟連綿感，「譯文有時不避諱拉長句

92　二〇一九年華文文學星雲獎訪談。
93　《文字的魅力》，頁125。
94　〈關於古典文學作品翻譯的省思〉，《文字的魅力》，頁120。

式，而未予逕自剪裁成為比較簡潔的中文句式」[95]，如：

> 一般做乳母的人對自己從小撫養帶大的孩子總是有一種
> 偏愛，覺得與眾不同的，何況這位乳母所撫養帶大的是
> 源氏之君這樣稀世的人物呢！（《源氏物語》上冊，頁
> 63）

又或為表現《源氏物語》、《枕草子》、《和泉式部日記》皆由散
文與和歌交織而成的古雅之感，便「故意在白話的譯文中，偶
爾散布一些比較淺近的文言文，以增添古典的趣味」[96]，如：

> 胡枝子，因色澤頗深，故以枝莖柔弱，霑著朝露而在風
> 中一片披靡者為最可貴。牡鹿尤其好之，而習於近暱，
> 更令人產生好感。（《枕草子》，頁76）

> 約莫過了兩天，親王乘坐女用牛車來訪。以往從未嘗在
> 白晝裡相會，故而十分靦腆，可是又不便害臊躲起來。
> 乃想到，倘使果如親王所言，有朝一日真的遷移其宅，
> 也不能老是這麼羞澀不前，遂只得勉強挪移出迎。（《和
> 泉式部日記》，頁116）

風格雖為抽象感受，但純賴文字技巧來表。林文月特意選用
「霑」、「披靡」、「牡鹿」、「靦腆」……一般白話較罕用的辭彙

95　同上註，頁119。
96　同上註，頁121。

及「約莫」、「未嘗」、「倘使」……一類含蓄的轉折語氣，營造出優雅雍容的韻味。此皆是譯者為追求貼近原作風格所作的書寫策略的調整，其中隱藏的是譯者背離自我書寫風格，展現駕馭文字的轉換能力，亦是林文月讚許「文字魅力」的另類所在：

> 文字的魅力在文字本身，更是在它們「被使用」的領域內所展現的特色和功能。以我個人的經驗而言，最常寫作的對象有：文學研究、文學翻譯及散文創作三種。每一種工作都以文字為基本，然而在「使用」文字的態度上確有分別的：文學研究的文字，務求其順暢達意，避免迂迴晦澀，以讀者能夠清楚掌握其旨為宗；散文創作的文字，視其內容而定清約或華飾之匹配準則，不妨彰顯作者的個性特質；文學的翻譯，則恰與創作相反，須得看文字且聽文字，盡量抑制自我，唯原著之風格特性是遵循。[97]

正所謂「良馬之妙，在折旋蟻封；豪士之奇，在規矩妙用。若恃才一往，非善之善也。」[98]林文月的「三種文筆」分屬三種風格：學術論文，追求的是客觀清晰，不故作曲折搖曳，亦不矜才使氣，避免繁雜失統；散文則近於「因情立體，即體成勢」，在形式內容配合中，樹立自我風格；譯文之美，則須自我斂抑，唯原作風格是尚，展現的是以「如真」追求「傳神」

---

97 〈代序 文字的魅力〉，《文字的魅力》，頁10。
98 陸時雍：《唐詩鏡》，四庫全書本，頁492。

的藝術成果。一如《孟子》云：「由射于百步之外也，其至，爾力也；其中，非爾力也。」（〈萬章〉下）林文月的三種文筆追求的是如「六轡在手」的藝術，而非雕琢辭采之巧，故讀之彷彿不著力，其正是以節制之筆，表現為各自恰如其分的分寸感，即「其中，非爾力也」。此正是「法極無跡，人能之至」的藝術展現。

四　生活的藝術與生命的學問──「語文」所安

　　文學作為一種志業（Beruf），來自於獻身[99]。林文月先生以六朝文學研究為發端，而後以無心插柳之姿走上散文創作及日本古典文學翻譯，成就日後知名的「三種文筆」。其雖謙稱「因此每一種都寫得不多」，但從早期陸續得到：中興文藝獎章、時報文學獎散文類推薦獎、臺北文學獎、金鼎獎、國家文藝獎……等，以至近年屢獲中、日頒發的終身成就獎項如：全國最崇高的文化榮譽獎項──第卅一屆行政院文化獎[100]（2012），日本人間文化研究機構「第三回日本研究功勞賞[101]」

---

[99]　韋伯〈學術作為一種志業〉：「Beruf」（vocation calling）一字則譯作「志業」、「使命」、「職業」、「去從事某事的召喚」等。在德文中，「Beruf」是一個很普通的字，一般用來指我們所謂的職業，不過因為馬丁路德譯基督教聖經時，給這個字提供了強烈的基督教背景，強調「奉神所召去從事某事」，因此它有強烈的價值意涵。（《學術與政治》，（臺北市：遠流出版事業公司），頁308）

[100]　同年度另一位得獎人為書法家董陽孜女士。

[101]　日本交流協會說明，「日本人間文化研究機構」是二○○三年日本政府將原本各自獨立的國立歷史民俗博物館、國文學研究資料館、國立國語研究所、國際日本文化研究所、綜合地球環境研究所、國立民族學研究

（2013）、日本交流協會的「旭日中綬章」[102]（2014）、第九屆全球華文文學星雲獎「貢獻獎」（2019）等皆是針對其畢生耕耘學術、創作與翻譯卓越貢獻的肯定。

　　二〇一三年臺大文學院舉辦「林文月先生學術成就與薪傳國際學術研討會」[103]，並以〈八十自述〉為主題開幕演講。「八十」之數，彷彿已老，但她一路寫來卻全然不見老年心境的感喟，而是一生學思歷程的回溯與縮影，自道「藉此機會談一談，這樣的生活方式裡我自己覺得比較值得紀念的一些事情」[104]。其所謂「值得紀念的事」，實已散見於早期散文中，因其本來就是用散文「記述生活」。但林文月仍是以念茲在茲之心，不厭其詳地自述從出生於上海日本租界，因而習得日文說起，以及日後走上教學研究、翻譯、創作的因緣、轉折與甘苦，最終指向對「文字」的肯定：

> 我曾經寫過這樣的幾行字：「我用文字記下生活，事過境遷，日子過去了；文字留下來，文字不但記下我的生活，也豐富了我的生活。」在使用文字書寫論文、散文

所等六個機構統合而成，於二〇一〇年在YKK（日本吉田工業株式會社）的協助下設立「日本研究功勞獎」，此項獎章主要表揚與日本相關的文學或語言、歷史或民俗、民族、文化、環境等的海外研究者。二〇一三年十二月十日林文月於東京受獎並發表得獎演說。

102 此次獲得贈勳的另一位學者是東華大學榮譽教授鄭清茂先生。

103 「林文月教授八十回顧展」開幕儀式時，林文月的大公子郭思蔚笑稱母親之所以能成功，除了是追求完美的處女座外，另外她也是個非常「三心二意」的創作者：「母親的三心就是專心、耐心、恆心，二意則是在意與不滿意。」或亦可為本文論點的註腳。

104 〈八十自述〉，《文字的魅力》，頁172。

　　和翻譯之間，我享受到各種文體書寫的愉悅和滿足感；
　　並且也體會到三種文體交互影響的美妙。[105]

亦即「三種文筆」所成就的讀書、教書、寫書、譯書的「『語文』所安」人生，而其跨足中、日文學，兼融生命與學問、生活與藝術相互浹洽的風雅之美，更成為「非典型」的中文學者的典範。

（一）勤靡餘勞，心有常閑

　　《文字的魅力》以「從六朝開始散步」為副標題，直指林文月學術根由始於六朝文學研究；但以「散步」喻一生治學寫譯的衍流開展，則頗有夫子自道的興味。回顧從學者走上「三種文筆」的文學人生，林文月認為並非自己矢志追求的筆直道路，其中充滿不可預測的因緣，而終歸於「命運」的安排[106]。

---

105 同上註，頁192。

106 林文月曾自道翻譯《源氏物語》的因緣：「紫式部在《源氏物語》裡，屢次藉書中各種人物，使道出：『一切都是因緣命定』因緣？命定？難道許多事情就這麼不負責任地委諸因緣命定了事嗎？在我初執譯筆的時候，心中頗有些困惑不以為然；然而經過五年多來日夕與紫式部筆下的人物為伍，參與她所展現的世界，我發覺自己竟然被這位千年前的女作家說服了。如今，環視這人生、這世界，許多不可思議的歡愁體驗——事情的開始、發展、結束，甚至有時沒有結束的結果——這一切一切的無可如何。我們除了用「因緣命定」來解釋，還有什麼更好的途徑去分析呢？曾經不只一次給人問起過：你為什麼翻譯這本書？在不同的場合，對不同的問話者，可能做過不盡相同的答覆。而現在譯完全書，在提筆為這最後一冊的單行本寫序文時，我卻寧願說：「一切都是因緣命定」。為什麼會懂得一些日文？為什麼會去京都住一年，並且遊遍了紫式部筆下的那許多地方，也經歷過《源氏物語》中的種種節令行事？為什麼後

一如她自剖：

> 我並不是一個很有野心的人，也未必是一個很有計畫的
> 人；說實在的，我的所做所為，幾乎都是出於一種被動
> 的安排。假如說在過去的歲月裡自己有一些什麼成績的
> 話，大概是由於我至少有一個優點，那就是：如果我答
> 應了別人什麼事情，一定會如期實現，而且盡力做好。
> 拖延時間是我所討厭的，敷衍了事也是我所不習慣的，
> 對人對事誠懇認真，是我的原則。[107]

由此可窺見林文月詮釋生活的方式，其一，相較於強調個人
「意志」抉擇的主動與支配，她寧以謙抑的態度肯定「命運」
的存在；其二，對於自身的文學貢獻與成就，她不矜伐己功，
謙稱只是乘勢而為，認真盡力完成。然事實上，不論是學術研
究的嚴謹矜慎，或是以「游於藝」自許的創作、翻譯，其貞定
於當下之事全力以赴，實是一貫的立場。最具代表性的便是在
教學研究家務既有負擔外，以五年半時間，每月約二萬字的譯
文，完成《源氏物語》在《中外文學》的連載，從未拖欠過一
期的壯舉。「其後的生活，委實是緊張逼迫的日日」[108]，林文
月在〈八十自述〉中寫道：

來又會偶然寫一篇與此有關的論文？……這些單獨個別的事情，也許都
可以冷靜客觀地分析說明，可是，這些事情的湊巧的聯貫，則非我所能
詮釋，只好相信冥冥之中或真有一種什麼力量的安排了。」〈回顧與自
省——關於《源氏物語》中譯本〉《聯合報》第12版，1979年1月5日。

107 〈持續的認真〉，《交談》，（臺北市：九歌出版社），頁193。

108 〈平安朝文學的中國語譯〉，《文學的魅力》，頁78。

　　除了教書和家務以外，生活的重心便是做這個工作。我
　　的書桌基本上是由譯事的組合構成……只要稍稍有空，
　　我便坐下來面對這樣的書桌，能寫幾個字就寫幾個字，
　　能寫幾行就寫幾行，像一個攀登高山的人，我不敢向上
　　望，只能看眼前當時的情況，一步一步用心爬。[109]

時間的長期持續，是非凡毅力的證明，《源氏物語》五十四帖
的巨帙與期刊定期出刊的時限，使翻譯猶如「夸父追日」般，
是一場對手強大又分秒必爭、刻不容緩的時間競賽，「能寫幾
個字就寫幾個字，能寫幾行就寫幾行」，道盡的是聚沙成塔、
滴水穿石之功。唯其漫長的過程，持續的專注與緊繃的壓
力……種種的艱辛細節，竟無一語自述，僅用「從未拖欠過一
期」交待，其自許與欣慰之情實溢於言表。林文月素以優雅、
美麗、才情聞名，但卻以「勤奮恆毅」[110]自許，正如她自道
「我只是沒有到處去宣揚自己的辛苦而已。沒有人能夠輕易做
好事情的」[111]，或許，這便是優雅的由來[112]。
　　無心插柳地走上日本古典文學翻譯之路，雖帶來生活的忙
碌，但同時也帶來誤解與質疑，《源氏物語》出版後「我往往
被誤認為是日文系的學者」、「一個教中國文學系的教員，翻譯

109　《文字的魅力》，頁184。
110　「透過勤奮恆毅的長處，甚至急躁多慮的缺點，我時常在自己的言行舉
　　　止中記憶母親的往事細節。」見〈白髮與臍帶〉，收入《午後書房》，頁
　　　91。
111　〈J.L.〉，《人物速寫》，頁14。
112　唐諾：「真正的典雅同時也是尊嚴，最不能做的事就是自傷自憐。」(《盡
　　　頭》，(臺北市：印刻出版社)，頁60。)

日本的古典文學，似乎是有些不可思議的」[113]，〈八十自述〉：

> 由一個中文系的人翻譯舉世公認為深奧困難的《源氏物
> 語》，真的是奇怪的事情嗎？同樣的問題聽多了之後，
> 林自己都覺得奇怪、懷疑起來。我想到，或許我再翻譯
> 另一本同樣是古典，同樣深奧困難的，而且更重要的是
> 還沒有譯為中文的書，就可以做為無言的證明，也可以
> 證明給自己看了。[114]

此段平易的敘述，幽微地呈現林文月「不服輸」的傲氣，故在
《源氏物語》譯竟後主動翻譯當時尚無中譯本的《枕草子》，
即是對自己能力與外界質疑無聲的證明。其後更譯出平安文學
「鼎足」的《和泉式部日記》、樋口一葉《十三夜》、在原業平
《伊勢物語》……等，自然地將翻譯置入研究、創作的書寫韻
律中，一如早期雖以「教學和研究，是最重要的責任和目標，
但是由於養成使用散文創作的筆，以抒發某時某地感懷的習
慣，無意之間生活忙碌，卻豐饒了起來。」「反而體會到研究
與寫作的相輔相成之樂。」[115]林韻文亦曾指出「學問與生活」
的交相滲透是林文月的特色：

> 用心作學問、認真過生活，將對生活情感的真摯融入學
> 問的研究，又將書案中精粹的智慧反餽到生活，遂成就

---

113 〈八十自述〉，《文字的魅力》，頁186。
114 同上註，頁186-187
115 同上註，頁180。

其林文月獨到的人文風采。[116]

柯慶明先生亦曾以〈我所不知道的林文月先生〉一文，指出林文月文藝美感的「兩面性」：

> 林文月先生善於素描，這是我們早都知道的。我所不知道的是她亦長於工筆的仕女畫。用她所教的「陶謝詩」一課為喻，素描是她的陶淵明一面；仕女圖是她的謝靈運一面。她的散文亦時有陶令的疏朗韻致，而平安朝文學的譯筆則頗多謝客的緻密華美。我以前並不太相信一人而可以有冷筆熱筆之分，如林先生論楊衒之的撰寫《洛陽伽藍記》，我現在卻看到了文學與繪畫的一律。林文月先生在文藝美感的兩面性，則是我以前所不知道的……[117]

大抵，林文月從事翻譯時，有任重道遠的毅力，近儒家；對生活卻有詩意的曠達，近道家。而「三種文筆」所成就的是林文月沉浸在學問與藝術中的自信與自得。正所謂「和平地工作，曠達地忍耐，幸福地生活。」[118]其雖以創作、翻譯為嗜好，正反映出並不刻意以「文學家」、「翻譯家」自居的閑適態度。

---

116 〈追憶生活之美好——論林文月的散文寫作〉，《臺灣文學研究學報》第4期，頁90。

117 《臺灣現代文學的視野》，（臺北市：麥田出版公司），頁331。

118 林語堂：《生活的藝術》〈第五章　誰最會享受人生〉「一　發現自己：莊子」，（臺南市：大孚書局），頁119。

「散步」的風姿意態近於莊子的「遊」，一如「乘物以遊心」，林文月不預設生命的目標與行進方向，而是盡情享受流連文字之美，體驗「俯仰終宇宙，不樂復何如？」之樂。其學術研究的理性客觀，及文藝生活的感性聲調，融合而成的一種獨特的生命境界。在「優遊不迫」的通達的表象下，實有著嚴明精細的本質。而「優遊不迫」不僅是詩歌風格，乃是以精神意志撐開的暢適、自由揮灑空間，圓滿自足的一種生命型態[119]。

（二）藏修息游──文章千古事，得失寸心知

《禮記》〈學記〉：「君子之於學也，藏焉，修焉，息焉，游焉。」林文月始於六朝學術研究而游藝於散文、翻譯。其治學特色，在於蒐羅版本史傳資料之詳實，作為一己論斷的支撐，並多能引述日、英漢學家研究成果，參照比較，褒貶之間，情理自見。而且其解說方式言簡意賅，並不多做發揮，形之於文，亦不作搖曳生姿狀。有時遇到特殊情況，無法作明確論斷，則採商量口氣，或以疑問收尾，亦見其談學論藝之謙遜與通達。誠謂「仁義之人，其言藹如也。」（〈答李翊書〉）

林文月雖自道以翻譯遣興，但其翻譯追求的目標，並不滿足於「意譯」的一般層次，而是以專業讀者或文學研究者為考量，竭力追求「理想的翻譯」。例如她曾委婉道出傅雷譯作的「同一性」：

---

119 柯慶明先生：「『優遊不迫』與『沉著痛快』不僅是詩歌風格，亦可以是生命型態。前者自足於內，近智；後者無懼於外，近勇。都是以精神意志撐開的暢適、自由揮灑空間。」此段話出自柯老師的Facebook，並無出版。以此誌記。

> 高中時期，我讀過不少傅雷翻譯的西洋名著。他的譯筆
> 生動而流利，可是讀多之後，總覺得好像是一個作者的
> 文章；或者也可以說好像那些譯著就是傅雷自己的文
> 章。因為每個人的文章，總是不知不覺地會帶有他個人
> 的特性，要完全去這種自己的特性是不太容易的。[120]

含蓄委婉的批評中，進一步提出譯作當更細膩的處理「怎麼
說」的語言表現形式，以貼合原作的努力：

> 文學作品的翻譯者不僅需要深度了解原著的內容涵義，
> 並且同時也需要敏銳地感受到原文的表現方式，然後將
> 原著的內容轉換成為適度貼切的譯著文字。然而，**文學
> 作品的翻譯，幾乎是不可能完美的**。不同的文字代表著
> 不同的文化背景、時代因素、思維方式、言語旨趣。至
> 於文字本身則又有其侷限與擴張；而譯者自身對兩種語
> 言文字的掌握和涵養，遂自自然然表現於其筆下了。[121]

換句話說，譯作，只有「好」與「更好」的差別，而不存在
「完美譯作」。也因為如此，林文月的翻譯，除了掌握原意之
外，更注重不同作者說話的「個性」，進而延伸出插圖、註釋、
序文、要事簡表……等等以助讀者理解的「附產物」，皆是試圖
趨近「完美」的努力，也是「雖不能至，心嚮往之」的最佳註

120　〈八十自述〉，《文字的魅力》，頁187。

121　〈諸行無常　盛者必衰——鄭譯《平家物語》讀後〉，《文字的魅力》，頁
　　　75。

腳。林文月早期曾罕見的針對坊間對自己譯作的反應，抒發寂寞的心情：

> 書寫出來，是要人去讀的，書譯出來，也是要人去讀。然而，我等了許多年，沒有看見什麼評論的文章，未免感覺寂寞，偶爾聽見一些言不及義的浮泛恭維，覺得更寂寞。[122]

「文章千古事，得失寸心知」，批評者若無與譯者相近的學養，難免落於蚍蜉撼樹之譏。一如朱秋而曾指出「到目前為止，將林文月教授的翻譯討論得最為深入透澈，且具啟發性的文章大都是出自譯者的手筆。」[123]是以，對於譯作匠心獨運處的揭露，似乎也唯有賴作者的現身說法。〈關於古典文學作品翻譯的省思〉大抵是林文月對於一己的翻譯歷程最詳盡的自剖，亦兼含嚴肅的自省與批評。在此文的「後記」寫道：

> （以上，是）我譯三種日本古典文學名著的自我剖白。由於生長在特殊時空之下，我十一歲以前日語為母語；其後，一變而為中國人，又專攻中國古典文學，我自然而然地具備了中、日的雙語能力。不過，我並未在學院內接受專業的日本古典文學教育，也欠缺嚴格的翻譯訓練。促使我嘗試這既困難又寂寞的譯事，實出於對文學

122 〈予豈好辯〉，《交談》，頁97。
123 〈生花妙筆游於譯——謹談林文月先生日本文學翻譯的特色與貢獻〉，《臺大東亞文化研究》，第5期（2018年4月），頁92。

的崇敬與熱愛，我以卑微的才學，盡最大的努力，二十年來自我摸索著，完成了上述三書的翻譯。經過這些歲月，我終於體會到其中的甘與苦了。[124]

林文月在不同場合，屢次談及自己以小學五年級的日語基礎從事日本古典文學經典的翻譯，也特別強調未受過學院內日本文學或翻譯的專業訓練。藉此對比出自身學力與日本古典文學經典之落差。而此化「不可能為可能」的翻譯成果，所賴唯「盡力」而已。林文月以「甘」／「苦」，相表裡的二個字，總結二十年翻譯的心得，並不多作延伸或抒發。一方面符合其散文「簡勁」收尾的主張，另一方面翻譯的成果就是「甘／苦」最佳的證明，真正的辛苦與滿足，只能是「此中有真意，欲辨已忘言」。

　　長久浸淫於中國文化之學者、藝術家恆以其為人之性情胸襟之自然流露，互相涵攝。唐君毅先生《中國文化之精神價值》曾指出：

中國藝術之精神，不重在表現強烈之生命力、精神力。中國藝術之價值，亦不重在引起人一往向上向外之企慕嚮往之情。中國藝術之偉大，非只顯高卓性重要英雄式的偉大，而為平順寬闊之聖賢式、仙佛式之偉大，故偉大而若平凡，並期其物質性之減少，富虛實相涵及回環悠揚之美，可使吾人精神藏修息遊於其中，當下得其安

124　〈關於古典文學作品翻譯的省思・後記〉，《文字的魅力》，頁132。

頓，以陶養其性情。[125]

林文月對譯作的討論，不高懸理論，乃以一己翻譯經驗為起點，透過實際列舉，甚至援引其他譯本參照解說，多方思考推敲，以使讀者明乎所以，除避免空談之外，亦可對既有的翻譯理論提出若干補充或質疑。既深入亦有施力點，實為其治學態度之延伸；另一方面，其對文字上字斟句酌的縝密精微，時顯現「完美意識」，而其追求完美的意識就表現在對譯文的「不滿意」，並直言「沒有完美的翻譯」的結論上。此種書寫者兼含批評者嚴格眼光的態度，也將林文月的譯作提升至藝術的作品。一如高行健所云：

> 藝術家關注手下正在實現的作品的同時，還有一隻眼睛在觀看藝術家自己，有了這種自我意識的藝術家，便不僅僅是工匠。……換言之，有一段距離，讓自戀的熱情冷卻下來，開始冷靜審視自己在做的作品時，這冷峻的目光在挑剔藝術家的工作，審視、取捨與裁決，藝術家就在這第三隻眼的觀注下創作，從而超越了工藝的製作。[126]

而最能體現林文月「翻譯」的詩情的，應是譯竟後的感思：

---

125 《中國文化之精神價值》第十一章〈中國文學精神〉，（臺北市：正中書局），頁317。
126 高行健：〈觀點即意識〉，收入《論創作》，（臺北市：聯經出版公司），頁158。

無形中。我和那些書。那些作者。都建立起了超越現實
時空的認識與感情。因此每回譯完。都有一種只有我自
己才感覺得到的依依之情。有時候。不寫出那種感覺。
便彷彿無以休止。[127]

此心境類近於「送君者皆自崖而反，君自此遠矣。」[128]無言地
悵然，大抵只有虔誠於自己寫作使命的嚴肅者才會有此自然湧
現的唯心感喟。或許透過文學翻譯，林文月想傳遞的並不僅是
異國文學的交流感動，更是專注虔誠的人生態度。用心、嚴
肅、認真，在一個理論流行的時代，不免被視為空泛，但反過
來想，徒具技巧與理論的操弄，其實何嘗不是另一種空泛？後
人視為不凡的出身與家世，往往讓人以為其成事的關鍵是「天
生麗質難自棄」的秉賦才氣，但透過林文月的謙抑自剖，實描
繪出一個力求「曲罷曾教善才服」孜孜不倦、毫末不苟且皆全
力以赴「精益求精」的學者典型。

---

127 〈八十自述〉，《文字的魅力》，頁190。
128 《莊子》〈山木〉。愛德華・吉本（Edward Gibbon）自述寫完《羅馬帝國
　　衰亡史》後的心緒，亦有一段感人的文字：「我擱下筆。在陽臺和樹木遮
　　蓋的走道上漫步徘徊著。從這裡可以眺望到田園風光。湖光山色。空氣
　　是溫馨的。天空是寧靜的。月光的銀輝灑在湖面上。大自然萬籟俱寂。
　　我掩飾不住首次如釋重負以及由此可望成名而感到的歡欣。但是。我的
　　自豪之情迅即消沉。不禁悲從心來。想著我業已同一個伴我多年的摯友
　　訣別了。」

五 結語

　　林文月畢生致力於學術研究、寫作、翻譯，可謂獻身於文學志業，然所完成的身影卻是「游於藝」的散步風雅。回溯其始於六朝文學研究的起點，因至日本研修承應林海音女士邀約而開啟《京都一年》的散文創作，爾後以無心之姿走上翻譯日本古典文學之路，其「三種文筆」的衍流開展實非刻意安排，而是近於水流之遇山石曲折「隨物賦形」的結果，故其生命雖無「水無礙而瀉千里」的奔騰壯闊，卻特有「遇轉折而成萬姿」[129]的順應曲折之美。

　　就學術而言，林文月對史傳批評的貢獻在於深切掌握了作家的整體生命歷程與轉折，不作片段的切割，透過作品與生平的相互詮釋，掌握作家作品風貌與獨特性情的內在統一，使風格與人格相互輝映。其憑著敏銳的文學感性，虔誠謙抑的態度，以及對人生的深刻體會，通達包容，精心細讀作品，盡可能而醞釀出一些獨特見解。並在理性的分析上「以人解詩，以詩證人」回歸文字的討論，一方面直指文學的藝術性，另一方面由文字上溯作者，知人論世以意逆志，深得識曲聽真「知言」之致。至於晚期的文學關懷轉向文字的省思與分析，此或許與其作為一位譯者的立場，必須把讀到的文章感思化成具體

---

[129] 「水無礙而瀉千里，遇轉折而成萬姿」原為葉維廉詮釋蘇東坡：「吾文如萬斛泉源，不擇地皆可出。在平地滔滔汩汩，雖一日千里無難。及其與山石曲折，隨物賦形而不可知也。所可知者，常行於所當行，常止於不可不止，如是而已矣。」之語，《中國詩學》，（臺北市：臺大出版中心），頁173。

的文字有關，使其在下筆斟酌之際，特別重視文字的魅力。一如伊塔羅‧卡爾維諾（Italo Calvino）說：「世間的奧秘盡在書寫符號的組合之中。」[130]或許這是一切對文學的思考返本溯源後，殊途同歸的發展。

　　林文月曾自道：「每個人的一生都是一個完整的作品，所以每一日每一時刻，都是作品的部分過程。」[131]其由「三種文筆」為經緯與生活交相浸漬所織就的以「文字」為核心的「語文所安」人生，體現的既是「託身已得所，千載永不移」以教學研究為職志的欣然，亦是「生活的藝術」與「生命的學問」相互浹洽的藝術風雅。

　　大抵，翻譯家的林文月是嚴肅而認真，為追求理想的翻譯，留下許多未果的討論；學者的林文月則同是嚴肅認真外，另展現出理性分析與世事洞明的鍊達；至於散文家的林文月，則是真摯且深情矜持。三種文筆雖各有分殊，但共同的是皆源自對文學的熱愛，學識精深廣博卻語出平淡從容，實是學思游刃有餘的最佳註腳，亦是其對文學「永矢弗諼」之熱忱的最佳體現。

130　《給下一輪太平盛世的備忘錄》，頁43。
131　《作品》，（臺北市：九歌出版社），頁61。

伍　遇轉折而成萬姿
——林文月的人格與風格

一　前言

簡媜在一篇名為〈誤入散文「歧途」——簡媜談散文創作〉的訪談中，延續「文如其人」的角度，提出散文風格與人格氣質的密切性，並援引多位重要作家來舉證：

> 總的來講，散文首先會顯露作者人格的特質、氣質，第二是顯露作者情感的色澤。例如曾麗華的作品，我的感覺是銀灰色的，霧霧的銀灰色，隱匿得很厲害，感覺就像在路上撿到一百萬也不會哈哈大笑的那種人，而我是會哈哈大笑的那種人；楊牧的散文情感色澤則是高冷，杉木的顏色，余光中的就是暖色系了，亮度比較高；徐志摩則是煙波藍，無可捉摸；林文月的散文是古銅色，如天色已晚時，旅人經過一座豪宅，從精雕細琢的窗口流露出一點燈光，那點燈光看起來有些寂寞的樣子。在小說、詩裡，比較不能這麼完整、細膩去感受到作者情感的色澤，在散文裡面是可以的。[1]

---

[1] 自由時報，2001年6月19日，記錄整理：林麗貞。

簡媜以「情感色澤」為喻，指出「林文月的散文是古銅色，如
天色已晚時，旅人經過一座豪宅，從精雕細琢的窗口流露出一
點燈光，那點燈光看起來有些寂寞的樣子。」此段文字，雖近
於印象批評，然卻是一位專職散文創作者的獨特體察。林文月
散文世界的「古銅色」底蘊，大抵表現在以溫暖熙怡之情，娓
娓述說臺靜農、鄭騫、屈萬里、葉慶炳……等臺大師友博學鴻
儒所支撐起的一個時代的「昔往的輝光」，而筆法「典雅精
緻」直逼「精雕細琢」的美感風格，往往來自於文字的細膩鋪
敘、精細翔實，這是過份運用比喻、象徵、一類縟麗複雜的修
辭，所無法達成的效果。簡媜的點評，在歷來對於林文月散文
風格普遍以「風行水上，自然成文」、「其散文冰清慧美如其
人」[2]、「筆意清暢，風格醇厚」[3]、「清水出芙蓉，天然去雕
飾」[4]幾乎一貫以「自然清麗」的評價中，另指出林文月精緻
華美的「古雅」特質，實是別具慧心的見解。亦開啟了對於林
文月散文美感風格的另類思考。

　　筆者以為，形成風格固然有極為繁複的內外因素，然而一
個好的學者、作家、譯者，除了敏銳的觀察與覺知、文字修辭
的功力與學識素養外，或許更重要、更根本的是詮釋生活經驗
的能力。林文月先生曾自道以「文字記述生活」，唯其早年身

2　陳義芝主編《林文月精選集》，（臺北市：九歌出版社），頁11。

3　余光中評林文月散文：「筆意清暢，風格醇厚，寓人世的悲憫欣喜於平淡
　　之中，字裡行間輻射溫暖與智慧的光芒」。（成熟而深永的珍品——淺談
　　《交談》的風格特色，《交談》增訂新版）亦見《九歌雜誌》86期）1988
　　年4月。

4　凌性傑〈清水出芙蓉，天然去雕飾〉，《文字的魅力》書評，聯合報2017年
　　2月11日。

經戰亂，其文卻是將亂離的經驗化為成長環境的正面能量，並運樸素節制之筆寧澀勿流、化熟為生，追求自然蘊藉的風格。所謂「風格即人格」、「風格就是思考的方法和文學的品味」[5]、「風格是作家意志的特徵」[6]，一個作家詮釋自我生命歷程的方式，或許是形塑「風格」特殊性的因素之一，亦可作為本文討論的起點。

二　〈八十自述〉與林文月的「澀味」風格

二〇一三年臺大圖書館與中文系聯合舉辦「林文月先生學術成就與薪傳國際學術研討會」[7]，並以〈八十自述〉為主題開幕演講。此文一開始，林文月先生即將自述的主要脈絡設定在學思歷程的回顧，其首先自道：

> 1986年我曾寫過一篇短文〈我的三種文筆〉，回憶自己原本喜愛繪畫，而後卻選擇了握筆為文的生活。其後，

5　伊塔羅・卡爾維諾（Italo Calvino）：《給下一輪太平盛世的備忘錄》，（臺北市：時報出版公司），頁64。

6　蘇珊・桑塔格（Susan Sontag）〈論風格〉，原譯文為「風格是在藝術作品中作決定的原則，是藝術家意志的特徵。」《反詮釋——桑塔格論文集》，（臺北市：麥田出版公司），頁58。蔡英俊：《六朝「風格論」之理論與實踐探究》譯為「風格是作家意志的簽名」似更傳神。

7　「林文月教授八十回顧展」開幕儀式時，林文月的大公子郭思蔚笑稱母親之所以能成功，除了是追求完美的處女座外，另外她也是個非常「三心二意」的創作者：「母親的三心就是專心、耐心、恆心，二意則是在意與不滿意。」亦從親人立場的生活觀察中，指出一位成功的學者與作者，憑藉的實是勤奮不懈的堅持與自我要求的嚴格。

又寫過另一文〈我的讀書生活〉，自稱「以教書為職
業，寫作及翻譯為嗜好的人」，類似的話語也多次在各
種場合提到過，有時則是受訪時被動道出。到了現在，
我的習慣和生活大概不可能會改變了，所以想藉此機會
談一談，這樣的生活方式裡我自己覺得比較值得紀念的
一些事情。[8]

而其所謂「比較值得紀念的事」，大抵為從學術研究走上翻譯、
創作的「意外」轉折與收穫。其中，令人注意的是，林文月回
顧學思歷程的源頭，並非是以昔日捨師大美術系選擇進入臺大
中文系，爾後方踏上六朝古典文學研究的道路為起點，而是從
父、母親是道地臺灣人，自己卻「出生於上海市日本租界的臺
灣人」說起：

父親的籍貫是彰化縣北斗鎮，母親是臺南市人。但因為
中日甲午戰爭清廷敗績，一紙馬關條約改變了臺灣全民
的身份成為日本籍。父親在日本人設立於上海的東亞同
文書院畢業後，便於三井物產株式會社工作，我們雖是
臺灣人，卻隸屬日本公民。……我們家的孩子到入學年
齡，都很自然的被編入日本小學讀書。當時上海日本租
界裡為日人子弟所設置的小學共有九所之多（第九國民
學校係專收韓裔日人子弟）。我所讀的第八國民學校，
全校只有我和我的妹妹是臺灣籍，其餘皆是純粹的日本

8　〈八十自述〉，《文字的魅力》，（臺北市：有鹿文化事業公司），頁172。

人。我在這樣的環境出生成長，日常使用的語言是日本語，和家裡本地的女傭講的則是上海話，我們甚至也不怎麼會說臺語。[9]

這一段平靜的文字，客觀的交代歷史的巨變，並將國族、籍貫、身份認同的議題，指向童年因此自然習得日語的環境背景。而日語能力的俱備，實又與日後「三種文筆」的開展與成就，有千絲萬縷的關係[10]。

　　林文月一九三三年出生於上海日本租界，雖家境優裕，自道「沒吃過什麼苦」，但家庭的羽翼終究難敵戰亂世變。一九四五年太平洋戰爭結束，日本戰敗，林文月的身份瞬間從與日本同學一起跪聽天皇降詔的皇民轉變為戰勝國的臺灣人。然戰爭的勝利，所帶來的不是從此遠離戰火的平靜，卻是另一場親眼目睹驚心動魄的生活風暴。林文月〈八十自述〉寫道：

9　《文字的魅力》，頁172-173。

10　林文月於一九六九年獲推薦，赴京都大學研究一年，其後以客居日本之便，應純文學林海音女士之邀，而開啟《京都一年》的創作之筆。又因提交比較文學論文〈桐壺と長恨歌〉，而翻譯《源氏物語》，逐漸走上翻譯日本古典文學名著之路。於此可見，赴日研修，實是林文月學術之路的一大轉折，也影響了其後開展的面貌。關於林文月赴京都大學研修一事，她曾在多篇散文出提及，但〈八十自述〉中是寫的最詳盡的一次：「一九六九年的春季，中文系接到國科會來函通知，希望推薦一名教員赴日研究一年，條件為：（1）四十歲以下（2）副教授以上（3）通曉日語文者。系主任屈翼鵬先生要我考慮。他說：『仔細看了教員錄，系裡只有你一人合乎這個條件；如果你不去了，斷了這個管道，很可惜！』事情太突然，沒有多少時間讓我猶豫，我幾乎是為「大局設想」而簽下了合約。那年我三十六歲、副教授、有一兒一女，各為八歲及五歲。」《文字的魅力》，頁177-178。

> 我們生活在上海日租界的臺灣人，則旦夕之間由戰敗國
> 民變為戰勝國民，更是處在頗為尷尬的地位。左鄰右舍
> 的日本居民倉皇撤回日本，平時受日本欺壓的上海市
> 民，遂趁機掠奪他們遺留的財物。而我們身處其間，聞
> 所未聞過的呼嘯，見所未見過的亂象，亂民指著我們叫
> 喚：「東洋鬼仔的走狗！」居住於日本租界的臺灣人，
> 雖然名義上已改隸為中國國籍了；但我們的立場並不安
> 穩，父親決定攜家返回臺灣，我們只能離開上海了。[11]

當時舉家倉皇離開上海，乃因林文月的父親曾經服務於日本三
井商社，故被亂民辱罵為：「東洋鬼仔的走狗！」藉此尋釁。選
擇來到臺灣定居，與其說是回歸，實更接近避難。「民國三十
五年二月，船在黃浦江的寒霧中啟航。大家以為就像躲避上海
事變一樣，回臺灣是暫時的。」[12]孰知其後演繹的只剩前塵隔
海的故事。

　　令人好奇的是，林文月童年經歷喪亂，在其散文中常以
「同質異構」的方式一再書寫上海回憶與虹口公園、江灣路的
人事風景。例如〈說童年〉、〈江灣路憶往〉、〈記憶中的一爿書
店〉、〈上海故宅〉、〈回家〉、〈迷園〉……等，雖涉及戰爭、流
離、鄉愁、身份認同……一類國族議題，但多以童年的視角或
「問句式」的保留語態，指向悠悠天問。對照同時代的其他學
者作家詮釋自我生命的圖象，林文月回應時代命運的方式其實

11　《文字的魅力》，頁173。

12　林文月〈上海故宅〉，《午後書房》，（臺北市：洪範書店），頁85。

是非常特別的。例如從廈門渡海來臺，同樣任教上庠，講學域
外的余光中，則是自喻「藝術上的多妻主義者」，且撰〈從母
親到外遇〉：「大陸是母親，臺灣是妻子，香港是情人，歐洲是
外遇」以幽默才子口吻寫漂泊離散與鄉愁，並自許「漢魂唐
魄」、「龍族」傳人。林文月出生於上海，成長於臺灣。長期任
教於臺大中文系，其間赴日研修，歐、美客座講學，退休後定
居於美國。空間、身份的變換，並未成為其身份認同上的斷
裂，亦不言飄零之感。其在訪問中反而自道：「去到哪裡都一
樣。」[13]是以面對因戰亂所造成的生命不得不然的斷裂與遷
徙，並不見其與同一代人如白先勇對「家」的扣問及追尋：

> 臺北我是最熟的──真正熟悉的，你知道，我在這裡上
> 學長大的──可是，我不認為臺北是我的家，桂林也不
> 是──都不是。也許你不明白，在美國我想家想得厲
> 害。那不是一個具體的「家」，一個房子，一個地方，或
> 任何地方──而是這些地方，所有關於中國的記憶的總
> 和，很難解釋的，可是我真想得厲害。[14]

因其指向的「家」不是任何具體的地方，而是文化意義上「五
千年的傳統」[15]。亦無聶華苓《三生三世》扉頁的深沉絕痛

---

13 https://www.youtube.com/watch?v=nKjTbt883nA「文學家鄉 2」，林文月：
　　上海、臺灣、美國，去哪裡都一樣。
14 林懷民對白先勇的訪問稿〈白先勇回家〉，《驀然回首》，（臺北市：爾雅出
　　版社），頁167-168。
15 〈白先勇回家〉：「他說，臺北不是他的家，桂林也不是──都不是。不是
　　任何地方，而是一份好深好深的記憶與懷念。」、「白先勇只往回看……白

語：「我是一棵樹，根在大陸，幹在台灣，枝葉在愛荷華」道
盡生命的飄零與徹底的斷裂。

　　不直寫沉痛，並不等同於內心沒有哀傷。關於童年歷經的
世變亂離，林文月一方面以「人海茫茫，許多人和事都像過眼
雲煙似地消逝了，但有些甜蜜而微不足道的往事，卻能這樣子
教人懷念。[16]」將書寫的重點，轉向回憶中「可珍重的人事
物」；另一方面利用童年的視角，來呈現時代的圖象，無言的
哀感亦沉澱其中。事實上，以童年視角寫回憶，亦見於琦君、
林海音的憶往作品。從經營謀篇的考量而言，童年視角更是一
種修辭策略的選擇，既然是書寫童年的所見所感，若不回到童
年的眼光就不可能呈現當時的世界，不用童年的口吻便無法說
出當時的情感。就文章美感的表現而言，選擇以童年的視角來
呈現複雜、尖銳的問題，更可避免攙入成年眼光的判斷，使事
件停留在懵懂的階段，以「凝而不放」之效果達含蓄的美感。
例如〈江灣路憶往〉：

　　　　公園坊的學區也隸屬第八國民學校。我有一個同班好友
　　　植田玲子便是住在那裡面。她品學兼優，是人人佩服的
　　　模範生，常常都做班長。我的成績也跟植田玲子在伯仲
　　　之間，但是只能偶爾做副班長。我認為老師有點不公
　　　平，但是想不出原因何在？[17]

先勇知道他回不了家。——因為他想回去的「家」，正如計程車後，消逝
在夜黑中的長路；那些屬於中國輝煌的好日子，那——我們五千年的傳
統。」《驀然回首》，頁177-178。
16　〈記憶中的一爿書店〉，《林文月精選集》，頁50。
17　〈江灣路憶往〉，《擬古》，（臺北市：洪範書店），頁51。

作者品學兼優卻只能偶爾做副班長，當然是因為「支那人」的關係。對於殖民統治者的私心與歧視，林文月只以兒童的眼光與口吻寫出當時恰如其份的感受「我認為老師有點不公平，但是想不出原因何在？」若不用兒童的視角，勢必就不可避免須寫出「不公平」的原因。也會導致文章轉向國族論述的煙硝。〈江灣路憶往〉中更明顯的另一段則是日軍投降前夕，學童躲警報的過程中與日本士兵的對話：

> 每一個防空壕裡，除了學童，總有幾個軍人。我們很喜歡跟阿兵哥交談。一次，年輕的二等兵問大家的籍貫。

> 「我是東京人。」
> 「我是大阪。」
> 「熊本。」
> 大家自告奮勇地報告。
> 「你呢？」
> 他問我。我有些遲疑吞吐地回答：
> 「我是臺灣人。」
> 那二等兵先是一愣，大概一時弄不清楚臺灣是在日本的什麼地方吧；隨後，彷彿又若有所悟，卻變得異常冷漠，不再理睬我。
> 我像毛毛蟲嗎？我為甚麼跟大家不太一樣呢？我覺得羞恥、屈辱、憤怒；但是我一點反應都不敢有。

> 大概不出半個月，日本皇軍投降。軍隊消失了。我的同

　　學也一個個走了，東京人、大阪人、熊本人……。[18]

這段兒童與士兵的對話，是一個鮮明的對比，頗有以「天下之
至柔馳騁天下之至堅」的效果。雖然文字樸實無華、澄澈透
明，內底實充滿張力。兒童視角濾除了戰爭的敵對立場與臺灣
人被日本人歧視（或仇視）的事實，只剩懵懂心靈上的一抹陰
影。但殖民者以武力獲得的勝利又能有多久？事實上日本士兵
與臺灣人，皆是戰爭下的犧牲者。林文月未直寫對戰爭的批判
與譴責，只以兒童的眼光，感傷的筆調寫同學們的消失，表達
無盡的悠悠餘韻，隱而未言的是如「曲終收撥當心畫，四絃一
聲如裂帛」的殖民統治的結束。原來，這也是一種呈現戰爭的
方式。兒童視角，實即上帝的視角，超越於是非之上，只有悲
憫，沒有審判。以童年純真無邪之眼寫國族戰爭，是欲以超然
之眼呈現一個「歷歷如繪，滔滔流逝，無沾無礙，似悲似喜」[19]
的時代之感。林文月雖未如王鼎鈞《碎琉璃》直指：是「百萬
靈魂的取樣[20]」。但其作品所展開的圖象亦可視為一個時代的
縮影，而非僅是個人顧影自憐的哀傷。

　　關於幼年身經戰亂的經歷，林文月在《文字的魅力》多篇
文章中，進一步將其與日後因此走向翻譯日本古典文學之路作
一連結「我個人，所認識的文字，是和我的生長背景有很密切
的關係的。[21]」而企圖建構出一完整的生命脈絡。一如她自道：

---

18 〈江灣路憶往〉，《擬古》，頁59-60。
19 王鼎鈞《碎琉璃》序，（臺北市：爾雅出版社），頁10。
20 同上註，扉頁獻詞，（臺北市：爾雅出版社），頁5。
21 〈代序　文字的魅力〉，《文字的魅力》，頁2。

我其實是專攻中國中世紀文學研究的，退休以前，一直
都在臺灣大學教授中國古典文學，所以每常被人問及為
何研究中國文學而翻譯日本文學？簡單言之，我是太平
洋戰爭前，出生於上海的日本租界，小學五年級上學期
以前，受日本語文教育，戰後，我們臺灣人的身分依法
律改變為中國人，我的家庭也就離開上海遷回了「故
鄉」臺灣。我從小學六年級開始在臺北的老松國小改受
中國語文教育。換言之，十二歲以前是過日本語文的生
活，十二歲以後才學著使用中國語文過日子。當初在幼
小的心中，我得將中國語文轉換為日本語文，或是反過
來把日本語文改變成為中國語文才能生活的。當時並不
知那就是「翻譯」。是的，其實在蒙蒙未解何謂「翻
譯」的年少時期，我就得常常在腦中進行著翻譯了。[22]

並多次在不同文章中一再談及習得日語的因緣是「自然」的結
果。〈代序　文字的魅力〉：

我的父母都是臺灣人。我們生活在上海的日本租界。那
時候在法律上，臺灣人都隸屬日本公民，所以我的母語
是日本話、上海話和一點臺灣話。而我初習得的文字是
日本文字。……臺灣雖是我們的家鄉，其實是陌生的。
我們甚至於也不會講完整通順的臺灣話。令我特別不自
在的是，回到臺灣以後，當時讀小學六年級的我，卻得

---

22 〈平安朝文學的中國語譯〉，《文字的魅力》，頁78。

從注音符號開始學國語——中文。而教育局規定，在教
室內不可使用日文，所以老師是用臺語解釋中文的。這
兩種語文，是生長於上海日租界的我，所不明白、不習
慣的。[23]

置身於歷史巨變的洪流中，人其實並無能力自主選擇國籍。一
紙馬關條約，臺灣割讓給日本，一夕之間臺灣人全部變成日本
人，太平洋戰爭結束，日本戰敗，臺灣人又變成中國人。國籍
是一種外在身份的認定，人又該如何定義自己？林文月透過一
遍遍梳理自己的過往，將國族認同的議題，轉化成童年學習語
言的困境與契機來描寫：

克服困難的痛苦，卻意外地帶給我想像不到的收穫。從
小學最後的階段開始學習另一種語文，其實，並不是太
不容易，尤其當大環境、大趨勢如此時，更有不得不然
的推力助使，而前面五年的日本教育，到這個時候也頗
具基礎，不致隨便忘記。生於這樣特殊的時、空裡，我
倒是反而慶幸自己彷彿很『自然』地具備雙語的能力
了。[24]

此段自述不言歷史巨變、國族愴痛，但其背景是臺灣兩度政權
易幟的苦難記憶。但林文月只寫童年語言學習的困境與應對，

---

23 《文字的魅力》，頁2-3。
24 同上註，頁3。

將「不得不然」視為「自然而然」。內在是一種對生命無可奈何之全盤「接受」的姿態。最後以「慶幸」自己「自然」具備雙語能力來結束。一己的觀物、處世立場亦在其中。畢竟，國小五年的日文基礎，到具備日後撰寫中日比較文學的學術論文、甚至是翻譯《源氏物語》等日本古典文學鉅著，其間並不是水道渠成般的「自然」可一筆帶過。省略的是作者「積學以儲寶，酌理以富才」及生命選擇與令人敬佩的毅力與努力的持久歷程。至於以「慶幸」來作為身經戰亂「生於這樣特殊的時、空」的心情註解，應是同一代人中絕無僅有之語吧。

　　林文月不言憂懼，以無復多慮的坦易平和，委運泰然，來面對家國動亂。將流離與苦難，一念之轉視為「幸事」。這不是阿 Q 精神，而是面對生命拂逆的正面姿態。身經喪亂，既是無可避免的命運，但人卻可以決定自己生命的方向與意義。接受不可更改的既定事實，並化逆境為驅策向前的力量，是生命的積極與順應，而非消極與抵抗。畢竟，積極有時是以順應的方式來展現，而不必然是抗爭的姿態。

　　林文月的文學裡，沒有革命與異端、不直寫歷史的悲愴與激情。身經政權轉移，亂世的流離亦無薩依德（Edward W. Said）《鄉關何處》中格格不入的牴觸與栖遑[25]。在林文月從容

25　「偶爾，我體會到自己像一束常動的水流。這些水流，像一個人生命中的各項主題，在清醒時刻流動著，它們可能不合常情，可能格格不入，但至少它們流動不居，有其時，有其地，形成林林總總奇怪的結合在運動。這是一種自由。我生命裡有這麼多不和諧音，已學會偏愛不要那麼處處人地皆宜，寧取格格不入。」薩依德（Edward W. Said, 1935-2003）《Out of Place》（《鄉關何處》），彭淮棟譯，（臺北市：立緒文化事業有限公司），頁405。

靜定的文字底下，表現出的是個人如何生活的「安時處順」的
智慧。其精選集《生活可以如此美好》（2002）「如此」（as
such）二字，頗有「此中有真意，欲辨已忘言」的況味。書中
「跋語」的一段文字，是林文月對「美好」的最佳註解：

> 我讀台大中文系時，曾修過糜文開先生的「印度文學選
> 讀」課。糜先生引領我們認識泰戈爾的詩篇，我最喜歡
> 他所譯的《飛鳥集》第二九零首詩：

> 　當日子完了，我站在你面前，你將看到我的疤痕，
> 明白我曾經受傷，也曾經治癒了。

> 這本選集裡所收的文字，其實有許多篇章是寫死亡和悲
> 痛，而去歲我遭遇家變，疤痕猶新，但泰戈爾的詩給我
> 一種安慰，一種力量。文學的功用，蓋亦在此。然則，
> 以《生活可以如此美好》命名此書，似乎並無不妥。[26]

所謂「美好」並非未經苦難的歲月靜好，而是從苦難中澄汰出
的明淨光華。林文月散文曾被批評：「只寫好的一面」，言下頗
有唯苦難方能表現生命的深刻之意。面對此類指摘，她亦坦
言：「只會寫好的一面」。這並非粉飾太平，而是以「藉其敏銳
的心靈發現生命的美好，而投注其精神於如此美好境地的把握

26　《生活可以如此美好》，（香港：天地圖書有限公司），2002，頁469。

與傳揚」[27]、以「態度的圓滿征服情境的殘缺」[28]，這也是一切優美文學所追求的境界。

楊牧在整理近代散文源流成就時，透過綜合歸納，提出：小品、記述、寓言、抒情、議論、說理、雜文七種品類[29]，並將林文月置於「記述」類之下，拈出「清澈通明，樸實無華，不做作矯揉，也不諱言傷感」[30]是為此類特徵。林文月散文拒絕熱辣煽情的文字，面對歷史巨變與生命轉折，選擇以素雅的文字記述切身的生活感思，卻因此更顯得真實可信。其用字構思，自有其匠心經營之處，內在所遵循的美學準則是「寧澀勿滑，寧生勿熟」[31]，平淡的只是文字，深邃的則是情感，見證的是情感的真誠與厚實。一如陶淵明「繁華落盡見真淳」的天然與悠然自遣的人生，指向的是簡明澄淡的理想。

---

27 柯慶明〈文學美綜論〉，收入《文學美綜論》，（臺北市：長安出版社），頁35。

28 同上註。

29 《現代中國散文選 I. 前言》，（臺北市：洪範書店），頁五。

30 同上註，頁六。

31 關於「寧澀勿滑，寧生勿熟」，張岱曾以聽琴為例，提出「化熟為生」的說法頗可參考。張岱〈與何紫翔書〉：「昨聽松江何鳴台、王本吾二人彈琴，何鳴台不能化板為活，其蔽也實；王本吾不能練熟還生，其蔽也油。二者皆是大病，而本吾為甚。何者？彈琴者，初學入手，患不能熟；及至一熟，患不能生。夫生，非澀勒離歧遺忘斷續之謂也。古人彈琴，揉掉注，得手應心。其間勾留之巧，穿度之齊，呼應之靈，頓挫之妙，真有非指非弦，非勾非剔，一種生鮮之氣，人不及知，己不及覺者。非十分純熟，十分淘洗，十分脫化，必不能到此地步。蓋此練熟還生之法，自彈琴撥阮，蹴鞠吹簫，唱曲演戲，描畫寫字，作文做詩，凡百諸項，皆藉此一口生氣。得此生氣者，自致清虛；失此生氣者，終成渣穢。吾輩彈琴，亦唯取此一段生氣已矣。」《琅嬛文集》，（臺北市：淡江書局），頁95。

三 文學，是苦難的超越

　　進一步觀察林文月的散文書寫，其散文與其說是不寫國族認同、政權移易，倒不如說是以文學的視角超越了時代與政治。其寫臺大師友的散文，側重的是「回首」的「昔往的輝光」[32]。但不同於白先勇小說寫的是「王謝堂前燕」沒落的繁華，林文月散文凝視的是三十八年前後身經喪亂渡海來台，教學著述作育學子，並奠定後代學術根柢的師長、學者群像。相較於白先勇筆下的今昔之比的歷史滄桑，林文月更關心的是臺大師友、文學、譯事與書房中的自己。從出版第一部散文集《京都一年》開始，五十年的創作，及二十年持續的日本古典文學翻譯，以「勤奮恆毅」[33]自許，從事「託身已得所，千載永不移」的文學志業。所謂「審容膝之易安」、「此心安處是吾鄉」，樂詩書以銷憂的恬靜自適，皆彰顯了：文學，如何成為一個動盪的時代人心安頓的知識份子典型。

　　歷來關於林文月作品思想境界的討論，徐學曾指出「林文月的亦幻亦真頗有道家風骨莊子神韻。」[34]、「林文月散文中的生命體驗亦多取自美好的一面，她善於捕捉內心生活中瞬間的顫動，將它與個體生命的變幻莫測聯繫起來。[35]」何寄澎亦

32　《回首》為洪範書店出版，是林文月的散文集。《昔往的輝光》是柯慶明先生書寫臺大師友的散文集書名，（臺北市：爾雅出版社）。

33　「勤奮恆毅」是林文月自道語，出自〈白髮與臍帶〉，收入《午後書房》，頁91。事實上，以「恆毅」自喻亦見其他文章，如〈林文月論林文月〉：「文字裡的她，也確實比現實中更勇敢且恆毅。」收入《回首》，（臺北市：洪範書店），頁202。

34　徐學《臺灣當代散文綜論》，（福州市：海峽文藝出版社），1994，頁140。

35　同上註，頁138。

指出林文月作品的思想性，主要表現在：「生命本質的如真似幻」與「民胞物與的襟懷」兩方面，並總結出其「情調像陶淵明，最後的抉擇、體悟卻像蘇東坡。」[36] 大抵皆指向林文月作品近於莊子式的精神境界。繆鉞論古典文學曾以屈原、莊子為代表，拈出「往而不返」、「入而能出」兩種情感類型：

> 昔之論詩者，謂吾國古人之詩，或出於《莊》，或出於《騷》，出於《騷》者為正，出於《莊》者為變。斯言頗有所見。蓋詩以情為主，故詩人皆深於哀樂，然同為深於哀樂，而又有兩種殊異之方式，一為入而能出，一為往而不返，入而能出者超曠，往而不返者纏綿，莊子與屈原恰好為此兩種詩人之代表。……蓋莊子之用情，如蜻蜓點水，旋點旋飛；屈原之用情，則如春蠶作繭，愈縛愈緊。[37]

中國傳統文化裡為個人生命的困頓所提供的精神出處，往往不歸於儒則歸於道。儒家雖有「知其不可而為之」的「雖九死其猶未悔」的進取，實亦有「君子之於學也，藏焉、修焉、息焉、游焉」（《禮記・學記》）的淡泊自守。而莊周式「入而能出」的「超曠」也非「萬事不關心」的無情淡漠，而是有無限哀感在其中，繆鉞說得好：

> 莊子持論，雖忘物我，齊是非，然其心並非如槁木死

36　〈林文月散文的特色與文學史意義〉，《林文月精選集》，頁15-16。
37　《詩詞散論》，（臺北市：開明書店），1977，頁57。

灰，其書中如：「君其涉於江而浮於海，望之而不見其
崖，愈往而不知其所窮，送君者皆自崖而反，君自此遠
矣。」（《山木》篇）又如：「山林與，皋壤與，使我欣
欣然而樂與，樂未畢也，哀又繼之。」（《知北遊》篇）
諸語憂樂無端，百感交集，在先秦諸子中最富詩意。**惟
莊子雖深於哀樂，而不滯於哀樂，雖善感而又能自遣。**
屈原則不然，其用情專一，沉綿深曲，生平忠君愛國，
當遭讒被放之後，猶悱惻思君，潺湲流涕，憂傷悼痛，
不能自已。[38]

「不滯於哀樂，雖善感而又能自遣」實頗近於林文月的文學意
態與生命情調。但一如陶潛、蘇東坡雖有道家的曠達逍遙，卻
終非一純粹道家「出世」式的人物，仍有儒家肯定人世的「入
世」關懷。唯林文月雖有不滯於哀樂的自遣與曠達，卻不出之
以莊周式的幻麗之文，而寧追求樸素的豐饒，直指「水木湛清
華」的境界。「清華」二字頗美，卻也耐人尋味。畢竟，「清」
而能「華」，其美感終不同於明顯易見的花團錦簇、繁複縟麗
之美，而近於以「澄江靜如練」[39]的「清」去反射出「餘霞散
成綺」的「華」。是以何寄澎先生在〈林文月散文的特色與文

---

38 同上註，頁58。
39 「澄江靜如練」的「靜」字，除了水靜方能澄清映物之意，《說文解字》
　　段注的說法更具參考價值。段玉裁：「采色詳審得其宜謂之靜。《考工記》
　　言畫繢之事是也。分佈五色，疏密有章，則雖絢爛之極，而無溰涊不鮮，
　　是曰靜。人心審度得宜，一言一事必求理義之必然，則雖縣劵之極而無紛
　　亂，亦曰靜。」換句話說，林文月散文文字的樸素沖淡，實如化日光七彩
　　而為白，兼含動而後靜，豐美與樸素的兩面性。

學史意義〉中，以「似質而自有膏腴，似樸而自有華采」許之，點出林文月散文表象文字質樸，實則細膩深情的辯證性美感亦是的論。柯慶明先生亦曾以〈我所不知道的林文月先生〉一文，指出林文月文藝美感的「兩面性」：

> 林文月先生善於素描，這是我們早都知道的。我所不知道的是她亦長於工筆的仕女畫。用她所教的「陶謝詩」一課為喻，素描是她的陶淵明一面；仕女圖是她的謝靈運一面。她的散文亦時有陶令的疏朗韻致，而平安朝文學的譯筆則頗多謝客的緻密華美。我以前並不太相信一人而可以有冷筆熱筆之分，如林先生論楊衒之的撰寫《洛陽伽藍記》，我現在卻看到了文學與繪畫的一律。林文月先生在文藝美感的兩面性，則是我以前所不知道的……[40]

此文藝美感的兩面性，或許正如銅板的兩面，合其二者才成為整體，並存不悖才成就其豐富，而不流於偏枯或感傷濫情。大抵，林文月於藝術之境的追求，並非純任性情，率意而為。散文的樸素自然，追求「風行水上，自然成文」之致是其經營的結果；平安譯筆的「緻密華美」則是貼近原作語感風格的「本色」再現。二者皆是在「規矩妙應」的基礎上，追求「法極無跡」的藝術境界的體現。

---

40 《台灣現代文學的視野》，（臺北市：麥田出版公司），頁331。

四 結語

「水無礙而瀉千里，遇轉折而成萬姿」[41]原為葉維廉詮釋蘇東坡：「吾文如萬斛泉源，不擇地皆可出。在平地滔滔汩汩，雖一日千里無難。及其與山石曲折，隨物賦形而不可知也。所可知者，常行於所當行，常止於不可不止，如是而已矣。」之語。林文月於其生命轉折的詮釋，乃至於「三種文筆」的無心插柳柳成蔭，皆非自我刻意安排的追求，而是近於水流之遇山石曲折「隨物賦形」的結果，故其生命風姿雖遠於「水無礙而瀉千里」的雄健奔騰，而實特有「遇轉折而成萬姿」的順應曲折、豐盈自由之美。柯慶明先生在〈臺大文學院：作家間的風雲際會〉一文中，曾提出一個饒富興味的假設：

> 我常常想：假如臺靜農先生沒有去當時的北大求學；林文月先生考臺大時，沒有故意不填外文系而以中文系作為第一志願，以他們的天生慧敏的藝文心靈，他們還是會成為廣義的「藝術家」的，只是他們的創作型態與表現風格恐怕就不會是眼前這樣的吧！……林文月先生若非就讀了中文系，通過臺靜農先生、鄭騫先生的調教，是否能夠在中日文化交流過程的觀照中，深切體會到一種「東方心靈」特有的纖細微妙的感觸，能不能寫出《京都一年》以降，一系列膾炙人口的小品散文；並且能以精美華麗的彩筆譯出《源氏物語》等日本文學的經

---

41 《中國詩學》，（臺北市：臺大出版中心），頁173。

典味，真的是深可存疑。（《沉思與行動：柯慶明論臺灣
現代文學與文學教育》，臺北市：臺大出版中心，頁415-
416）

這段話雖是出之以假設，然實指出了個人天賦、生命氣質與後
天選擇、因緣際遇所交匯成的「偶然／必然」不可究詰的命運
感。而在「文如其人」的框架之下，事實上，人格與風格的辯
證關係永遠是繁複而深邃的。林文月在《擬古》一書中，曾對
「擬古」此類「限制式的書寫」、「與古人比賽」的嚴肅遊戲，
是否會失去自我「風格」提出看法：

> 在我斷續發表此擬古系列的作品時，曾接到認識與不認
> 識的人來信。有人表示贊許，有人則擔憂如此「摹擬」
> 下去，會失去我個人的風貌，並勸告我及時回頭寫自己
> 的文章。我感謝那些認識或不認識的人。事實上，這本
> 書內的十四篇文章仍然是我自己的風貌，我只是將自己
> 的創作與閱讀做一些有趣的比對關聯而已；如果因而有
> 些變化，那也是我所冀盼的。甚麼叫作風貌與風格呢？
> 一個人的生理現象有不同的階段不同風貌，創作也理當
> 有不同階段不同風格才是。[42]

其最後以「一個人的生理現象有不同的階段不同風貌，創作也
理當有不同階段不同風格才是。」不再將「風格」作為定於一

42　〈自序〉，《擬古》，頁11。

的印象批評式的概括，而是通達的作出浮動性的理解，將作者生命歷程的轉變與作品「風格」的變化視為生命開展的自然趨勢，二者關係一如「天光雲影共徘徊」的迴環呼應之美，而這也是保持創作能歷久常新「問渠那得清如許，為有源頭活水來」的不變真理。畢竟，人首先是在生活中涵養自己的人格，成為一首詩，充實而光輝，落筆的文字自是人格的煥發與體現。

　　林文月以一種無須訴諸高深理論、學派術語或深奧修辭的坦蕩平易，讀書研究、談學論藝、書寫生活。一如她在〈八十自述〉中自道：

> 我曾經寫過這樣的幾行字：「我用文字記下生活，事過境遷，日子過去了；文字留下來，文字不但記下我的生活，也豐富了我的生活。」在使用文字書寫論文、散文和翻譯之間，我享受到各種文體書寫的愉悅和滿足感；並且也體會到三種文體交互影響的美妙。[43]

以文字記述生活，其散文體現的便是生活中真實的「啼笑皆是」，實頗有「悲歡一例付歌吟」[44]之意，其後雖歷經生命不

---

43 《文字的魅力》，頁192。

44 葉嘉瑩在〈論李煜詞〉中，即是以此句發端：「悲歡一例付歌吟。樂既沉酣痛亦深。莫道後先風格異，真情無改是詞心。」繆鉞、葉嘉瑩合撰《靈谿詞說》，（臺北市：國文天地雜誌社），頁89。林文月散文運筆矜持內斂，自是不同李煜的任性沉酣。然而，歷經生命的不同階段，反映在作品風格上的變異，有時實肇因於題材的轉變與論者討論「風格」層次的差別，究其根柢，作者觀看世界與表現情感的方式往往是一貫的。一如李煜

同階段而有不同風格的改變，但「真情無改是文心」，更是其
風格的最佳註腳。事實上，林先生早期以〈散文的經營〉拈出
創作觀時，便是以「真摯」[45]為散文首要之旨，其後以一貫穩
健的步伐，記述生活，以「真，就是好」無言的顛覆了「新，
就是好」的流行文化敷淺真理。而且細審林文月散文的書名，
從第一本《京都一年》開始，其後陸續出版的《讀中文系的
人》、《交談》、《遙遠》、《作品》、《午後書房》、《回首》、《飲膳
札記》、《擬古》、《人物速寫》、《寫我的書》、《文字的魅力》
等，皆平實自然而不特意追求華美精緻。雖亦曾讚美劉大任
《秋陽似酒》書名取得極美[46]，但對於自己著作的命名，卻不
欲以精能傷渾雅，實為其謙抑自得、保持真誠自我之人格與風
格最幽微的體現。

詞前期寫與宮廷夜宴、旖旎風流，後半期寫家國沉痛、人生長恨，風格判
　然分殊。葉嘉瑩卻慧眼獨具截斷眾流以「真情無改是詞心」，點出情感的
　「真摯」方為李煜詞的神髓，實是知音解人。
45 〈散文的經營〉：「寫散文和寫其他文類一樣，首先要有好的內容。如果沒
　有好的內容為骨髓，一切外在的經營安排都無意義了。甚麼是好的內容
　呢？在我看來，無非在於『真摯』二字。」〈代序〉，《午後書房》，頁一。
46 林文月：「『秋陽似酒』，有人取書名如此之美。而秋陽確實似酒，唯風中
　已然有些寒意。」（〈秋陽似酒風已寒〉，《林文月精選集》，頁282。

參考書目

一　作家書目

林文月，《京都一年》，（臺北市：純文學出版社，一九七一）。

林文月，《讀中文系的人》，（臺北市：洪範書店，一九七八）。

林文月，《遙遠》，（臺北市：洪範書店，一九八一）。

林文月，《午後書房》，（臺北市：洪範書店，一九八六）。

林文月，《交談》，（臺北市：九歌出版社，一九八八）。

林文月，《作品》，（臺北市：九歌出版社，一九九三）。

林文月，《擬古》，（臺北市：洪範書店，一九九三）。

林文月，《飲膳札記》，（臺北市：洪範書店，一九九九）。

林文月，《林文月精選集》，（臺北市：九歌出版社，二〇〇二）。

林文月，《生活可以如此美好——林文月自選集》，（香港：天地圖書有限公司，二〇〇二）。

林文月，《回首》，（臺北市：洪範書店，二〇〇四）。

林文月，《人物速寫》，（臺北市：聯合文學出版社有限公司，二〇〇四）。

林文月，《寫我的書》，（臺北市：聯合文學出版社有限公司，二〇〇六）。

林文月，《蒙娜麗莎微笑的嘴角》，（臺北市：有鹿文化事業有限公司，二〇〇九）。

林文月，《文字的魅力——從六朝開始散步》，（臺北市：有鹿文
　　化事業有限公司，二〇一六）。

林文月，《謝靈運及其詩》，（臺北市：臺灣大學文史叢刊，一九
　　六六）。

林文月，《澄輝集——古典詩詞初探》，（臺北市：文星書店，一
　　九六七）。

林文月，《中古文學論叢》，（臺北市：大安出版社，一九八九）。

林文月，《山水與古典》，（臺北市：三民書局，一九九六）。

紫式部，《源氏物語》，林文月（譯），（臺北市：洪範書店，二〇
　　〇〇）。

清少納言，《枕草子》，林文月（譯），（臺北市：洪範書店，二〇
　　〇〇）。

樋口一葉，《十三夜——樋口一葉小說選》，林文月（譯），（臺北
　　市：洪範書店，二〇〇四）。

二　專書與論著

丁福保，《清詩話》，（臺北市：木鐸出版社，一九八八）。

丁福保，《歷代詩話續編》，（臺北市：木鐸出版社，一九八八）。

王國維，《人間詞話》新注，滕咸惠校注，（臺北市：里仁書局，
　　一九八七）。

嚴羽，《滄浪詩話》校釋，郭紹虞校釋，（臺北市：里仁書局，一
　　九八七）。

鍾嶸，《詩品注》，汪中選注，（臺北市：正中書局，一九九〇）。

北　島，《時間的玫瑰》，（香港：牛津大學出版社，二〇〇五）。

朱光潛，《詩論》，（臺北市：國文天地雜誌社，一九九〇）。

余光中，《井然有序——余光中序文集》，（臺北市：九歌出版
　　社，一九九六）。

何寄澎編，《當代台灣文學評論大系（五）散文批評卷》，（臺北市：正中書局，一九九三）。

何寄澎，《永遠的搜索：台灣散文跨世紀觀省錄》，（臺北市：聯經出版公司，二〇一四）。

柯慶明，《境界的再生》，（臺北市：幼獅文化事業有限公司，一九七七）。

柯慶明，《文學美綜論》，（臺北市：長安出版社，一九八三）。

柯慶明，《現代中國文學批評述論》，（臺北市：大安出版社，一九八七）。

柯慶明，《中國文學的美感》，（臺北市：麥田出版，二〇〇五）。

柯慶明，《臺灣現代文學的視野》，（臺北市：麥田出版，二〇〇六）。

高友工，《中國美典與文學研究論集》，（臺北市：臺大出版中心，二〇〇四）

思　果，《功夫在詩外》，（香港：牛津大學出版社，一九九六）。

唐君毅，《中國文化之精神價值》，（臺北市：正中書局，一九六五）。

高行健，《論創作》，（臺北市：聯經出版公司，二〇〇八）。

張瑞芬，《五十年來台灣女性散文——評論篇》，（臺北市：麥田出版，二〇〇六）。

張瑞芬，《臺灣當代女性散文史論》，（臺北市：麥田出版，二〇〇七）。

張瑞芬，《狩獵月光——當代文學及散文評論》，（臺北市：聯合文學出版社有限公司，二〇〇七）。

張瑞芬，《鳶尾盛開——文學評論與作家印象》，（臺北市：聯合文學出版社有限公司，二〇〇九）。

陳芳明，《深山夜讀》，（臺北市：聯合文學出版社有限公司，二
　　○○一）。

陳芳明，《孤夜讀書》，（臺北市：麥田出版，二○○五）。

陳芳明，《台灣新文學史上、下》，（臺北市：聯經出版社有限公
　　司，二○一一年）。

梅家玲，《漢魏六朝文學新論──擬代與贈答篇》，（臺北市：里
　　仁書局，一九九七）。

楊　牧，《文學的源流》，（臺北市：洪範書店，一九八四年）。

楊昌年，《現代散文新風貌》，（臺北市：東大圖書公司，一九八
　　八）。

葉維廉，《中國詩學》，（臺北市：臺大出版中心，二○一四）。

蔡英俊，《中國古典詩論中「語言」與「意義」的論題：「意在言
　　外」的用言方式與「含蓄」的美典》，（臺北市：學生
　　書局，二○○一）。

鄭明娳，《現代散文欣賞》，（臺北市：東大圖書公司，一九七
　　八）。

鄭明娳，《現代散文縱橫論》，（臺北市：長安出版社，一九八
　　六）。

鄭明娳，《現代散文類型論》，（臺北市：大安出版社，一九八
　　七）。

鄭明娳，《現代散文構成論》，（臺北市：大安出版社，一九八
　　九）。

鄭明娳，《現代散文現象論》，（臺北市：大安出版社，一九九
　　二）。

臺靜農，《龍坡雜文》，（臺北市：洪範書店，一九八八）。

董橋，《文林回想錄》，（香港：牛津大學出版社，二〇二一）。

羅宗濤、張雙英，《台灣當代文學研究之探討》，（臺北市：萬卷
　　　樓圖書公司，一九九九）。

李京珮，《林文月散文藝術風格的傳承與新變》，國立成功大學台
　　　灣文學研究所碩士論文，（二〇〇六年六月）。

張少明，《林文月散文研究》，國立政治大學國文教學碩士班碩士
　　　論文，（二〇〇六年六月）。

許婉姿，《林文月散文創作觀及其實踐》，東吳大學中國文學研究
　　　所碩士論文，（二〇〇六年七月）。

陳玉蕾，《林文月散文的常與變》，國立高雄師範大學國文教學碩
　　　士班碩士論文，（二〇〇七年六月）。

許芳儒，《記憶・身分・書寫──林文月散文析論》，國立中央大
　　　學中國文學研究所碩士論文，（二〇〇七年六月）。

許惠玟，《林文月的散文美學》，國立臺北教育大學語文與創作學
　　　系語文教學碩士班碩士論文，（二〇〇七年六月）。

劉香君，《林文月散文研究──在樸實中見風采》，國立彰化師範
　　　大學國文碩士班碩士論文，（二〇〇七年六月）。

游淑玲，《林文月多元散文研究》，私立佛光大學文學系碩士論
　　　文，（二〇〇八年六月）。

艾德華・薩依德（Edward Wadie Said），《鄉關何處：薩依德回憶
　　　錄》，單德興譯，（臺北市：立緒文化公司，二〇〇
　　　〇）。

艾德華・薩依德（Edward Wadie Said），《論晚期風格──反常合
　　　道的音樂與文學》，彭淮棟譯，（臺北市：麥田出版，
　　　二〇一〇）。

卡爾維諾（Italo Calvino），《給下一輪太平盛世的備忘錄》，（臺北市：時報出版公司，一九九六）。

約翰・伯格（John Berger），《觀看的方式》，（臺北市：麥田出版，二〇〇五）

宇文所安（Stephen Owen），《追憶——古典文學中的往事再現》，（臺北市：聯經出版公司，二〇〇六）。

宇文所安（Stephen Owen），《他山的石頭記：宇文所安自選集》，田曉菲譯，（南京市：江蘇人民出版社，二〇〇六）。

蘇珊・郎格（Susanne K.Langer），《情感與形式》，（臺北市：商鼎文化出版社，一九九一）。

蘇珊・桑塔格（Susam Sontag），《重點所在》，（臺北市：大田出版社，二〇〇八）。

蘇珊・桑塔格（Susam Sontag），《論攝影》，臺北是：麥田出版，二〇一〇）。

蘇珊・桑塔格（Susam Sontag），《同時——桑塔格隨筆與演說》，（臺北市：麥田出版，二〇一一）。

三　專論與期刊

石曉楓，〈傾聽與交談間的節制深情——林文月《人物速寫》評介〉，《金門文藝》第三期，（二〇〇四年十一月），頁18-19。

朱秋而，〈生花妙筆游於譯——謹談林文月先生日本文學翻譯的特色與貢獻〉，《臺大東亞文化研究》第五期，（二〇一八年四月），頁91-118。

何寄澎，〈真幻之際、物我之間：林文月散文中的生命觀照及胞

與情懷-上〉,《國文天地》第二五期,(一九八七年六月),頁82-86。

何寄澎,〈真幻之際、物我之間:林文月散文中的生命觀照及胞與情懷-下〉,《國文天地》第二六期,(一九八七年七月),頁68-71。

何寄澎,〈感傷與喜悅:簡評林文月《作品》〉,《文訊》第九五期,(一九九三年九月),頁20-21。

何寄澎,〈林文月散文的特色與文學史意義〉,《明道文藝》第三一七期,(二○○二年八月),頁68-75。

何寄澎,〈試論林文月、蔡珠兒的「飲食散文」——兼述臺灣當代散文體式與格調的轉變〉,《臺灣文學研究集刊》第一期,臺北市:臺灣大學臺灣文學研究所,(二○○六年二月),頁191-206。

余椒雪,〈林文月散文中的重要意象〉,《國文天地》第二一四期(二○○三年三月),頁27-37。

林韻文,〈追憶生命之美好——論林文月的散文寫作〉,《臺灣文學研究學報》第四期,(二○○七年四月),頁75-93。

柯慶明,〈我所不知道的林文月〉,《聯合報》第三七版,(二○○一年四月十一日)。

徐國能,〈樸素的華麗〉,《聯合報》B5版,(二○○四年五月二十三日)。

李瑞騰,〈《擬古》評介〉,《聯合報》第二四版,(一九九三年十二月三十日)。

凌性傑,〈「清水出芙蓉,天然去雕飾」——《文字的魅力・書評》〉,《聯合報》(二○一七年二月十一日)。

陳芳明，〈她自己的書房：林文月的散文書寫〉（上、下），《中國
　　　時報》第三七版，（二〇〇〇年三月二十、二一）。

陳昌明，〈淡中藏美麗：讀林文月《午後書房》〉，《文訊》第二三
　　　期（一九八六年四月），頁179-182。

陳伯軒，〈筆端的會話／繪畫──論林文月散文人物書寫的語言
　　　藝術〉，《靜宜人文社會學報》第一卷第二期，（二〇〇
　　　七年二月），頁77-98。

張瑞芬，〈生命的行旅–讀林文月「回首」與「人物速寫」〉，《文
　　　訊》第二二三期，（二〇〇四年五月），頁26-27。

張瑞芬，〈溫州街的書房──論林文月散文〉，《聯合文學》第二
　　　二卷二期，（二〇〇五年十二月），頁103-106。

張瑞芬，〈非關「寫我」秋日讀陳淑瑤《瑤草》、林文月《寫我的
　　　書》〉，《聯合文學》第二六四期，（二〇〇六年十月），
　　　頁68-71。

張瑞芬，〈古月今塵──林文月寫譯人生〉，《聯合文學》第二八
　　　八期，（二〇〇八年十月），頁122-124。

張讓，〈減法的美學──評林文月《回首》〉，《聯合報》B5版，
　　　（二〇〇四年五月二日）。

鹿憶鹿，〈生活如此美好的背後──林文月散文的敘事風格〉，李
　　　瑞騰編《沿波討源，雖幽必顯──認識臺灣作家的十二
　　　堂課》，桃園縣：中央大學，（二〇〇五），頁209-255。

黃雅歆，〈知性散文的簡淨美感〉，《中國時報》E2版，（二〇〇
　　　年九月九日）。

黃雅歆，〈以林文月〈上海故宅〉、〈江灣路憶往〉、〈迷園〉窺散
　　　文創作之互文策略──並論空間記憶與身分認同〉，《國

立臺北教育大學語文集刊》第三五期，（二〇一九年六月），頁213-236。

黃秋芳，〈午后書房：林文月的散文世界〉，《自由青年》第六九四期，（一九八七年六月），頁36-41。

葉維廉，〈閒話散文的藝術〉，《解讀現代‧後現代——生活空間與文化空間的思索》，（臺北市：東大圖書公司，一九九二），頁210-223。

蔡振豐，〈優雅的由來——林文月「回首」、「人物速寫」讀後〉，《聯合文學》第二三五期，（二〇〇四年五月），頁26-27。

鄭明娳，〈羞澀的對話——評林文月「交談」〉，《聯合文學》第四卷八期，（一九八八年六月）。

董橋，〈林文月速寫的人物〉，《甲申年記事》，（香港：牛津大學出版社，二〇〇四），頁101-103。

董橋，〈她是捷克漢學家羅然〉，《甲申年記事》，（香港：牛津大學出版社，二〇〇四），頁105-107。

四　傳記訪談

何寄澎，〈與林文月先生有關的一些記憶〉，《聯合文學》第二四卷十二期，（二〇〇八年十月），頁117-121。

林麗如，〈文筆、譯筆與彩筆–專訪林文月教授〉，《文訊》第二〇一期，（二〇〇二年七月），頁82-86。

林黛嫚專訪，〈優游於學術翻譯創作之間——林文月談寫作〉，鄭蓉整理記錄，《中央日報》第十八版，二〇〇一年四月三十日）。

吳雨潔、劉孝文、羅嘉薇、錢欽青，〈女兒看林文月「上發條的

機器人」〉,《聯合報》A10版,二〇〇六年十二月十九
日）。

陳宛茜,〈林文月「人物速寫」看見自己〉,《聯合報》B6版,
（二〇〇四年四月十七日）。

黃秀慧,〈三個「我」──林文月的文學心情〉,《聯合報》第三
七版,（一九九四年五月十六日）。

莊宜文,〈在沒有疆域的國度──林文月的閱讀天地〉、〈閱讀的
轉化與再創造──林文月的閱讀天地〉,《聯合報》第四
一版,（一九九七年十二月廿二-廿三日）。

廖玉蕙,〈午後書房的對白──秋日訪林文月〉,《中國時報》第
八版,（一九八六年十二月五日）。

蔡詩萍專訪,〈命運眷顧＋個人才具──專訪林文月1〉、〈擬古有
如翻譯──專訪林文月2〉、〈為長恨歌翻譯源氏物
語──專訪林文月3〉、〈很多菜我已忘記曾作過──專
訪林文月4〉、〈中日語的橋樑──專訪林文月5〉,王妙
如整理,《中國時報》第三七版,（二〇〇〇年三月廿
一-廿五日）。

顏健富記錄整理,〈林文月與她的文學事業〉,《中央日報》第十
八版,（二〇〇一年五月一日）。

羅鳳珠,〈讀中文系的人──訪林文月教授〉,《聯合報》第八
版,（一九八七年十二月一日）。

附錄一
現（當）代散文選本選錄之作家與作品比較表

　　林文月先生的散文書寫從一九七一年出版《京都一年》至今（二〇二二）已超過半世紀，其散文成就早已獲得肯定。所謂「時間是最後的選家」，林文月進入散文史典律（canon）的證明之一，從其作品在各大「現代文學選本」[1]被重複選錄的事實，即可見於一斑。筆者整理坊間（一九九三至二〇一八）[2]現代散文選本所選錄之作家／作品簡表，與林文月散文被選錄

1　現代散文選本競出，然書名卻多有歧異。如特別標出「臺灣」、或省略；或以「華文」概括之；或稱為「散文課讀本」、「散文教室」、「現代散文精讀」、「現代散文鑑賞」……等。至於選本選文之時間跨度，或「五十年」、「百年」、自訂範圍……亦不一致。筆者此處整理之現代散文選本選錄作品情形，包括以「現代文學選」為書名，內含「新詩」、「散文」、「小說」三部份與純選錄「現代散文」作品之選集。

2　關於本文所整理的現代散文選本之出版時間，以1993-2018為範圍，並非預先設定，而是從世紀末選本競出的情況開始，基於解嚴後意識型態的鬆綁、臺灣文學課程的需要、文學史建構、……等因素，就實際整理出版現況的結果。本文整理的簡表，未納入楊牧於一九八一年編選的《現代中國散文選》，即是因此書編選的年代較早，且以「中國」散文選名之，與解嚴後多標以「臺灣」或直接省略之作法不同。關於「書名」問題而未納入簡表的另一選本是鍾怡雯、陳大為合編的《天下散文選》（1970-2010），此書共三冊，前二冊標為「臺灣」，第三冊為「大陸與海外」，因範圍過大，故暫不列入「臺灣現代散文選」表格比較。唯這兩本選本，在臺灣作家部分，皆選錄了林文月的作品，故在「林文月散文被選錄情形對照表」中有列入。

情形對照表附錄於後，以供參考。

　　當代文學選本的盛行，其編選的目的，或沿續選本作為古老文學批評的形式，建構文學史典範的意義[3]、或出於現代文學課程之需要，選輯符合教學目標的代表作品，甚至是以突顯某種主題（議題）之特色而編選之選集（如「飲食文選」、「女性文選」……等不盡相同的訴求。當代選本的重要性，雖早已非古代如《昭明文選》、《古文辭類纂》一類具繼往開來「以述為作」、「定於一尊」的性質，且在選錄過程中，往往又有版權授權取得之順逆、因篇幅限制而不得不刪削之因素，甚或基於同質教學選本間「別差異」的心理[4]，而不免形成「眾聲喧譁」選文情形的多元與紛雜。然而在開放且編選者各有訴求、不同偏好的前提下，入選的作家與作品經過列表匯整，仍能得到一些值得討論的共識與結果，例如（表一）獲一致入選的作家是：王鼎鈞、張曉風、阿盛、簡媜共四位，雖各選本選錄的代表作品有其異同，但從先選家數，再選作品的編選準則，仍能反映出不同編選者，對入選作家之散文成就的一致肯定。

　　相對之下，其餘作家入選的情形，亦有頻繁屢被各選本收錄或只見錄於某一選本「孤例」的兩極傾向。前者如：琦君、

3　例如顏崑陽《現代散文選續編》即承楊牧《現代中國散文選》而下，並提出一、文學史的；二、藝術的；三、社會的，三個對文學評價的判準，並指出一本選集的編訂目的，除了宣示編者文學觀、藝術品味外，亦在展現編者所建構的之具體而微的文學史。可參考《現代散文選續編‧前言》，（臺北市：洪範書店），頁8-9。

4　例如徐國能早期之〈第九味〉，儼然已成為其入選散文選本的代表作，有些選本為求區隔性，而改選其另一篇飲食文學的佳作〈刀工〉。相類似的情況亦見於阿盛的〈廁所的故事〉，此篇以題材的特殊，屢成為阿盛的代表，有些選本為求區隔，而改選同樣寫社會變遷之感的〈火車與稻田〉。

余光中、楊牧、林文月……等，皆是兼具學者、作者（或譯者、詩人）多重身份，畢生從事教學與書寫的散文大家；後者則如黃錦樹、高嘉謙編選的《散文類：新時代「力與美」最佳散文課讀本》一書，特別選錄臺靜農、楊絳、汪曾祺的多篇散文作品，如《龍坡雜文》中的〈始經喪亂〉、〈記波外翁〉、〈傷逝〉；楊絳〈丙午丁未年紀事〉；汪曾祺〈西南聯大中文系〉、〈星斗其文，赤子其人〉、〈歲朝清供〉、〈豆腐〉等，皆是其他散文選本未選錄之作家與作品，也明顯地表現出編選者的特殊史觀與審美偏好。另外，亦有欲強調臺灣意識或反映現代生活面貌，特別選楊南郡〈斯卡羅遺事〉、王昶雄〈阮若打開心內的門窗」情懷〉、詹偉雄〈伸卡球藝術家——隨筆王建民紐約洋基菜鳥生涯的一場球〉一類，大抵只見於單一選本的作家與作品。

　　文學選本的多元競出，一方面是對選家胸襟識見的考驗，另一方面亦是對「經典」的鬆動與思考。作為一種後現代現象，多元價值的呈現似是一種必然趨勢。選本所彰顯的意義，在編者的理念偏好外，兼取其便於流通的閱讀形式，實皆是對入選作品的肯定。以下是筆者所整理之「現代散文選本」的選錄情形，亦或可作為林文月散文地位的另一個觀察點。

表一　臺灣現代散文選本，入選作家／作品比較表（1993-2005）

選本 入選作家	現代散文精讀	現代散文精讀	台灣現代文學教程：散文讀本	臺灣現代散文精選	現代散文鑑賞	台灣現代文選—散文卷
	周昌龍等	游喚、徐華中	周芬伶、鍾怡雯	阿盛	黃雅莉	蕭蕭
	麗文文化	五南	二魚文化	五南	文津	三民
	1993	1998	2002	2004	2004	2005
周作人	故鄉的野菜	故鄉的野菜				
林語堂		杭州的寺僧				
豐子愷		漸				
蔣夢麟	中山先生之逝世					
胡　適	容忍與自由					
朱光潛	當局者迷·旁觀者清－藝術和實際人生的距離					
徐志摩	北戴河海濱的幻想				想飛	
朱自清	白水漈					
冰　心	小橘燈					
沈從文	我所生長的地方					
傅　雷	傅雷家書選					
王昶雄	「阮若打開心內的門窗」情懷					

選本　入選作家	現代散文精讀	現代散文精讀	台灣現代文學教程：散文讀本	臺灣現代散文精選	現代散文鑑賞	台灣現代文選—散文卷
	周昌龍等	游喚、徐華中	周芬伶、鍾怡雯	阿盛	黃雅莉	蕭蕭
	麗文文化	五南	二魚文化	五南	文津	三民
	1993	1998	2002	2004	2004	2005
張愛玲	自己的文章				愛	
梁實秋		散步	講價			
楊逵		墾園記				
何其芳		黃昏				
鍾理和	做田、草坡上	做田				
琦君		下雨天，真好	看戲	煙愁		外祖父的白鬍鬚
吳魯芹		懶散				
張秀亞				遺珠		和紫丁香的明晨之約
王鼎鈞	失樓台	驚生	明滅	失樓台	紅頭繩兒、洗手、明滅	看不透的城市
孟東籬	死的聯想之一					
黃永武		無用與有用				
余光中	聽聽那冷雨		思蜀		聽聽那冷雨、我的四個假想敵	記憶像鐵軌一樣長

選本\入選作家	現代散文精讀	現代散文精讀	台灣現代文學教程：散文讀本	臺灣現代散文精選	現代散文鑑賞	台灣現代文選—散文卷
	周昌龍等	游喚、徐華中	周芬伶、鍾怡雯	阿盛	黃雅莉	蕭蕭
	麗文文化	五南	二魚文化	五南	文津	三民
	1993	1998	2002	2004	2004	2005
逯耀東			豆織爆肚羊頭肉			
林文月			A	溫州街到溫州街		午後書房
陳冠學			田園之秋──，九月二十三日	田園之秋（十月十九日）		植物之性
劉大任			陳靜反手彈			
王邦雄					人生小語、跟小乖告別	
隱　地						人啊人
楊　牧		又是風起的時候	那一個年代	接近了秀姑巒	又是風起的時候	昨日以前的星光
張曉風	我的幽光實驗	魔季	我的幽光實驗	你要做什麼	地毯的那一端、癲者	我在
荊　棘	南瓜──獻給母親十二週年忌辰					

選本 入選作家	現代散文精讀	現代散文精讀	台灣現代文學教程：散文讀本	臺灣現代散文精選	現代散文鑑賞	台灣現代文選—散文卷
	周昌龍等	游喚、徐華中	周芬伶、鍾怡雯	阿盛	黃雅莉	蕭蕭
	麗文文化	五南	二魚文化	五南	文津	三民
	1993	1998	2002	2004	2004	2005
方　瑜	項羽——超級巨星					
席慕容			飄蓬			
吳　晟			堤岸			詩名
黃碧端	期待一個城市		愛憎童蒙			
季　季					小草之未知	
陳　列			山中書	我的太魯閣	無怨	玉山去來
蕭　蕭					穿內褲的旗手	爸爸帶你回朝興村（編者）
余秋雨	道士塔					
洪素麗	苔之華		苔之華			
陳芳明	從現代主義到後現代主義		父親的瞭望——寫給二二八事件五十週年			
彭瑞金						記一位迷路的藝術家

選本 入選作家	現代散文精讀	現代散文精讀	台灣現代文學教程：散文讀本	臺灣現代散文精選	現代散文鑑賞	台灣現代文選—散文卷
	周昌龍等	游喚、徐華中	周芬伶、鍾怡雯	阿盛	黃雅莉	蕭蕭
	麗文文化	五南	二魚文化	五南	文津	三民
	1993	1998	2002	2004	2004	2005
奚　淞				姆媽看這片繁花		
蔣　勳	石頭記	寒食帖	石頭記	七〇		無關歲月
邱坤良	這邊港與彼邊港					
王溢嘉	白衣.誓言.我的路					
顏崑陽		他影響了我一生		窺夢人	窺夢人	蝶夢
高大鵬				汨羅江與桃花源		
廖玉蕙			如果記憶像風	繁華散盡	年過五十、示愛	示愛
阿　盛	廁所的故事	火車與稻田	十殿閻君	火車與稻田	廁所的故事	火車與稻田
杜十三					都市筆記	
凌　拂			大冠鷲		台灣紋白蝶	
黃慧鶯	媽媽出爐					
舒國治	流浪的藝術——實只是筆記		賴床			

選本 入選作家	現代散文精讀	現代散文精讀	台灣現代文學教程：散文讀本	臺灣現代散文精選	現代散文鑑賞	台灣現代文選－散文卷
	周昌龍等	游喚、徐華中	周芬伶、鍾怡雯	阿盛	黃雅莉	蕭蕭
	麗文文化	五南	二魚文化	五南	文津	三民
	1993	1998	2002	2004	2004	2005
龍應台	文學——白楊樹的湖中倒影					
林文義	收藏旅行					二十年前龜山島
林清玄			味之素		黃昏菩提	送一輪明月給他
平　路						服裝的性別辯證
陳幸蕙				悲歡夜戲		把愛還諸天地
周芬伶	小王子		汝身（編者）	魔箱		閣樓上的女子
曾麗華					冬之記憶	
張　讓	蒲公英		蒲公英			
焦　桐			論牛肉麵			
孫瑋芒		金門之犬		湍流不息		
石德華						擦肩而過
劉克襄			海東青	一個小茶壺嘴的故事		最後的黑面舞者
夏曼·藍波安				浪濤人生		海浪的記憶

選 本 入 選 作 家	現代散文 精讀 周昌龍等 麗文文化 1993	現代散文 精讀 游喚、 徐華中 五南 1998	台灣現代 文學教程： 散文讀本 周芬伶、 鍾怡雯 二魚文化 2002	臺灣現代散 文精選 阿盛 五南 2004	現代散文 鑑賞 黃雅莉 文津 2004	台灣現代 文選─散 文卷 蕭蕭 三民 2005
廖鴻基			鐵魚			討海人
游　喚		命運散文 （編者）				
莊裕安	野獸派丈母 娘		野獸派丈 母娘	巴爾札克在 家嗎		
蔡詩萍						男人之愛
簡　媜	大水、水經	美麗的繭	鹿回頭	寂寞像一隻 蚊子	水經、漁 父	天涯海角
張曼娟					我想念 妳一致三 毛姐	荷花生日
蔡珠兒			今晚飲靚 湯			
林燿德			魚夢		寵物三帖	
楊　照			氣味			
王家祥			秋日的聲 音	消失了的大 草澤		
楊　明					隨處皆風 景	
黃雅莉					用愛彌縫 （編者）	

選本　　入選作家	現代散文精讀	現代散文精讀	台灣現代文學教程：散文讀本	臺灣現代散文精選	現代散文鑑賞	台灣現代文選─散文卷
	周昌龍等	游喚、徐華中	周芬伶、鍾怡雯	阿盛	黃雅莉	蕭蕭
	麗文文化	五南	二魚文化	五南	文津	三民
	1993	1998	2002	2004	2004	2005
廖嘉展	小鎮醫師陳錦煌					
瓦歷斯・諾幹						人啊！人
鍾怡雯	今晨有雨		今晨有雨（編者）	河宴		梳不盡
王盛弘				侄青天		
利格拉樂・阿𪇙						月桃

表二　臺灣現代散文選本，入選作家／作品比較表

（2006-2018）

選本／入選作家	現代散文選	旅夜書懷：二十世紀臺灣現代散文精選	現代散文精讀（一）	現代散文精讀（二）	現代散文精讀（三）	散文類：新時代「力與美」最佳散文課讀本	華文散文百年選‧臺灣卷
	蔡忠道等	彭鏡禧	周昌華等	王月華、向麗頻等	王月華、向麗頻等	黃錦樹、高嘉謙	陳大為、鍾怡雯
	五南	國家教育研究院	麗文文化	麗文文化	麗文文化	麥田	九歌
	2009	2011	2008	2009	2010	2015	2018
賴　和							竹筢先生
蔣渭水					臨床講義		
余若林							大都會的珍風景
張我軍							元旦的一場小風波
蔣夢麟					中山先生之逝世		
朱光潛			當局者迷,旁觀者清──藝術和實際人生的距離				
周作人			故鄉的野菜				
胡　適				容忍與自由			

選本 入選作家	現代散文選	旅夜書懷：二十世紀臺灣現代散文精選	現代散文精讀（一）	現代散文精讀（二）	現代散文精讀（三）	散文類：新時代「力與美」最佳散文課讀本	華文散文百年選·臺灣卷
	蔡忠道等	彭鏡禧	周昌華等	王月華、向麗頻等	王月華、向麗頻等	黃錦樹、高嘉謙	陳大為、鍾怡雯
	五南	國家教育研究院	麗文文化	麗文文化	麗文文化	麥田	九歌
	2009	2011	2008	2009	2010	2015	2018
徐志摩				北戴河海濱的幻想			
朱自清				白水漈			
豐子愷					阿難		
冰　心				小橘燈			
沈從文			我所生長的地方				
臺靜農						始經喪亂、記波外翁、傷逝	談酒
楊　絳						丙午丁未年紀事	
梁容若							臥病雜記
梁實秋							廣告、酸梅湯與糖葫蘆
楊　逵							我的小先生
傅　雷			傅雷家書選				

選本　入選作家	現代散文選	旅夜書懷：二十世紀臺灣現代散文精選	現代散文精讀（一）	現代散文精讀（二）	現代散文精讀（三）	散文類：新時代「力與美」最佳散文課讀本	華文散文百年選·臺灣卷
	蔡忠道等	彭鏡禧	周昌華等	王月華、向麗頻等	王月華、向麗頻等	黃錦樹、高嘉謙	陳大為、鍾怡雯
	五南	國家教育研究院	麗文文化	麗文文化	麗文文化	麥田	九歌
	2009	2011	2008	2009	2010	2015	2018
陳紀瀅							我的母親
鍾理和			草坡上	做田	我的書齋		
王昶雄			「阮若打開心內的門窗」情懷				
琦　君							金盒子、阿榮伯伯、看戲
羅　蘭							好老時光
張秀亞	憶						水之湄
尹雪曼							腳踏車的威風
張愛玲			自己的文章				
柏　楊							病來如山倒
艾　雯							枇杷、方老教授
齊邦媛	失散					來自雲端的信	蘭熙

入選作家 \ 選本	現代散文選	旅夜書懷：二十世紀臺灣現代散文精選	現代散文精讀（一）	現代散文精讀（二）	現代散文精讀（三）	散文類：新時代「力與美」最佳散文課讀本	華文散文百年選・臺灣卷
	蔡忠道等	彭鏡禧	周昌華等	王月華、向麗頻等	王月華、向麗頻等	黃錦樹、高嘉謙	陳大為、鍾怡雯
	五南	國家教育研究院	麗文文化	麗文文化	麗文文化	麥田	九歌
	2009	2011	2008	2009	2010	2015	2018
子　敏		談「人緣」					
王鼎鈞	失樓台			失樓台			迷眼流金
張繼高	音樂音響，生命生活						
梅濟民							挖棒槌
姚宜瑛							深情
余光中	黃河一掬	新大陸，舊大陸	聽聽那冷雨	鬼雨		聽聽那冷雨、牛蛙記、鬼雨	記佛洛斯特、鬼雨、思蜀
張拓蕪							細說故鄉(選五則)
管　管							春天坐著花轎來
楊南郡						斯卡羅遺事	
司馬中原							野天
顏元叔							行走在狹巷裡

選本 / 入選作家	現代散文選	旅夜書懷：二十世紀臺灣現代散文精選	現代散文精讀（一）	現代散文精讀（二）	現代散文精讀（三）	散文類：新時代「力與美」最佳散文課讀本	華文散文百年選·臺灣卷
	蔡忠道等	彭鏡禧	周昌華等	王月華、向麗頻等	王月華、向麗頻等	黃錦樹、高嘉謙	陳大為、鍾怡雯
	五南	國家教育研究院	麗文文化	麗文文化	麗文文化	麥田	九歌
	2009	2011	2008	2009	2010	2015	2018
林文月	步過天城隧道			台灣肉粽	J	溫州街到溫州街	溫州街到溫州街、佛跳牆
朱 炎							娘，您又在搞鬼兒了
孟東籬			死的聯想之一				
雷 驤						岳父寫生帖	
劉大任	不敢嘲笑喬丹			蔦蘿			江嘉良臨陣
楊 牧						那一個年代、戰火在天外燃燒、搜索者	山谷記載、亭午之鷹
許達然							遠方
王邦雄	人生真的是漂泊無依嗎？——水滸						

選本　　入選作家	現代散文選	旅夜書懷：二十世紀臺灣現代散文精選	現代散文精讀（一）	現代散文精讀（二）	現代散文精讀（三）	散文類：新時代「力與美」最佳散文課讀本	華文散文百年選・臺灣卷
	蔡忠道等	彭鏡禧	周昌華等	王月華、向麗頻等	王月華、向麗頻等	黃錦樹、高嘉謙	陳大為、鍾怡雯
	五南	國家教育研究院	麗文文化	麗文文化	麗文文化	麥田	九歌
	2009	2011	2008	2009	2010	2015	2018
		傳、金瓶梅與紅樓夢對存在意義的追尋					
張曉風		我想走進那則笑話裏去	月，闕也、我的幽光實驗		高處何所有－贈給畢業同學		你不能要求簡單的答案
亮　軒							隔世相逢
張　錯						逸仙雅居	
席慕容		成長的痕跡					風裡的哈達
三　毛		背影					
季　季	末孀婆太的白馬王國	山水本多情，寂寞身後名－－閩、粵行旅二思			暗影生異彩		朱家餐廳俱樂部
愛　亞							死亡之火

選本／入選作家	現代散文選	旅夜書懷：二十世紀臺灣現代散文精選	現代散文精讀（一）	現代散文精讀（二）	現代散文精讀（三）	散文類：新時代「力與美」最佳散文課讀本	華文散文百年選·臺灣卷
	蔡忠道等	彭鏡禧	周昌華等	王月華、向麗頻等	王月華、向麗頻等	黃錦樹、高嘉謙	陳大為、鍾怡雯
	五南	國家教育研究院	麗文文化	麗文文化	麗文文化	麥田	九歌
	2009	2011	2008	2009	2010	2015	2018
黃碧端		孫將軍印象記──兼記一隻箱子	期待一個城市				
陳　列	山中書	玉山去來		地上歲月			老兵紀念
余秋雨				道士塔			
方瑜			項羽──超級巨星				
洪素麗			苔之華				
陳芳明			從現代主義到後現代主義			奔流入海	多少年前的鐘聲
蔣　勳				石頭記	寒食帖		捨身飼虎
邱坤良					這邊港與彼邊港		
阿　盛				火車與稻田	廁所的故事		二師在田
黃慧鶯				媽媽出爐			
袁瓊瓊							漂流的星球

選本 入選作家	現代散文選	旅夜書懷：二十世紀臺灣現代散文精選	現代散文精讀（一）	現代散文精讀（二）	現代散文精讀（三）	散文類：新時代「力與美」最佳散文課讀本	華文散文百年選・臺灣卷
	蔡忠道等	彭鏡禧	周昌華等	王月華、向麗頻等	王月華、向麗頻等	黃錦樹、高嘉謙	陳大為、鍾怡雯
	五南	國家教育研究院	麗文文化	麗文文化	麗文文化	麥田	九歌
	2009	2011	2008	2009	2010	2015	2018
廖玉蕙							上海的黃昏
王溢嘉			白衣・誓言・我的路				
張　毅	黑暗中的琉璃靈魂						
凌　拂							大冠鷲
陳幸蕙		蔬圃麗日					
龍應台				文學——白楊樹的湖中倒影	菩提本非樹		
蘇偉貞				來不及長大			租書店的女兒
平　路							死亡像什麼？
舒國治					流浪的藝術－實只是筆記		理想的下午
陳義芝					為了下一次的重逢		

選本／入選作家	現代散文選	旅夜書懷：二十世紀臺灣現代散文精選	現代散文精讀（一）	現代散文精讀（二）	現代散文精讀（三）	散文類：新時代「力與美」最佳散文課讀本	華文散文百年選·臺灣卷
	蔡忠道等	彭鏡禧	周昌華等	王月華、向麗頻等	王月華、向麗頻等	黃錦樹、高嘉謙	陳大為、鍾怡雯
	五南	國家教育研究院	麗文文化	麗文文化	麗文文化	麥田	九歌
	2009	2011	2008	2009	2010	2015	2018
林清玄							人骨念珠
林文義			收藏旅行				影色
陳　黎	波特萊爾街						
陳　煌	野地小徑						
王安憶						漂泊的語言	
王德威						父親的病	
周芬伶				小王子	紅唇與領帶		蘭花辭
朱天文						做小金魚的人	
荊　棘			南瓜──獻給母親十二週年忌辰				
張　讓	蒲公英		蒲公英				從前

選本 入選作家	現代散文選	旅夜書懷：二十世紀臺灣現代散文精選	現代散文精讀（一）	現代散文精讀（二）	現代散文精讀（三）	散文類：新時代「力與美」最佳散文課讀本	華文散文百年選・臺灣卷
	蔡忠道等	彭鏡禧	周昌華等	王月華、向麗頻等	王月華、向麗頻等	黃錦樹、高嘉謙	陳大為、鍾怡雯
	五南	國家教育研究院	麗文文化	麗文文化	麗文文化	麥田	九歌
	2009	2011	2008	2009	2010	2015	2018
詹宏志				張望者			
焦　桐							論便當
黃寶蓮							天涯行腳
劉克襄	路過植物園				洲仔濕地、綠色柴山		海東青
廖鴻基	鐵魚	鐵魚					鐵魚
韓良露	京都四季懷石之味						
路寒袖		神明悲憫的子民					
朱天心							李家寶
唐　諾	一個名叫「夏天」的女孩						
莊裕安	丘壑關不住山精——尋訪葛利格故居		野獸派丈母娘				

選本　入選作家	現代散文選	旅夜書懷：二十世紀臺灣現代散文精選	現代散文精讀（一）	現代散文精讀（二）	現代散文精讀（三）	散文類：新時代「力與美」最佳散文課讀本	華文散文百年選·臺灣卷
	蔡忠道等	彭鏡禧	周昌華等	王月華、向麗頻等	王月華、向麗頻等	黃錦樹、高嘉謙	陳大為、鍾怡雯
	五南	國家教育研究院	麗文文化	麗文文化	麗文文化	麥田	九歌
	2009	2011	2008	2009	2010	2015	2018
楊索						這些人與那些人	
夏曼·藍波安				冷海情深			
王浩威	人潮陷落在黑夜中						
詹偉雄		伸卡球藝術家──隨筆王建民紐約洋基菜鳥生涯的一場球					
陳克華					鼠室手記		
簡媜	卻忘所來徑			水經	大水、漁父	小同窗	初雨
蔡珠兒	南方絳雪			瓜子與時間			今晚飲靚湯
張曼娟		珍珠灘上不回頭──九寨溝降落					剛剛好

選本 入選作家	現代散文選	旅夜書懷：二十世紀臺灣現代散文精選	現代散文精讀（一）	現代散文精讀（二）	現代散文精讀（三）	散文類：新時代「力與美」最佳散文課讀本	華文散文百年選・臺灣卷
	蔡忠道等	彭鏡禧	周昌華等	王月華、向麗頻等	王月華、向麗頻等	黃錦樹、高嘉謙	陳大為、鍾怡雯
	五南	國家教育研究院	麗文文化	麗文文化	麗文文化	麥田	九歌
	2009	2011	2008	2009	2010	2015	2018
呂政達	度父						
廖嘉展			小鎮醫師陳錦煌				
林燿德	幻戲記						靚容
楊　照							尋親
宇文正							家庭代工
郭強生							感謝孤獨
王家祥	漂鳥與蟬聲						
鍾文音							囍門咖啡座
駱以軍						溫州街夢見街	
唐　捐						螢河榮枯錄	養神
柯裕棻						爺爺房裡的鐘	秋風狐狸
陳大為						從鬼	津門第一（編者）
鍾怡雯	徊盪，在兩個緯度之間				今晨有雨	紗麗上的塵埃	麻雀樹，與夢（編者）

選本　入選作家	現代散文選	旅夜書懷：二十世紀臺灣現代散文精選	現代散文精讀（一）	現代散文精讀（二）	現代散文精讀（三）	散文類：新時代「力與美」最佳散文課讀本	華文散文百年選·臺灣卷
	蔡忠道等	彭鏡禧	周昌華等	王月華、向麗頻等	王月華、向麗頻等	黃錦樹、高嘉謙	陳大為、鍾怡雯
	五南	國家教育研究院	麗文文化	麗文文化	麗文文化	麥田	九歌
	2009	2011	2008	2009	2010	2015	2018
王盛弘							廁所的故事
張惠菁							圖書館的雙城現象
馬世芳	青春舞曲——我的記憶，關於那些歌						
吳明益		放下捕蟲網				美麗世（負片）	
徐國能	第九味				刀工	第九味	毒
李欣倫	祕密初潮						嗅覺像是
黃湯姆						旅遊文學：地方精神與詩意承載	
童偉格						失蹤的港	
劉梓潔						父後七日	
房慧真						紅樓	
言叔夏						馬緯度無風帶	白馬走過天亮

選本／入選作家	現代散文選	旅夜書懷：二十世紀臺灣現代散文精選	現代散文精讀（一）	現代散文精讀（二）	現代散文精讀（三）	散文類：新時代「力與美」最佳散文課讀本	華文散文百年選·臺灣卷
	蔡忠道等	彭鏡禧	周昌華等	王月華、向麗頻等	王月華、向麗頻等	黃錦樹、高嘉謙	陳大為、鍾怡雯
	五南	國家教育研究院	麗文文化	麗文文化	麗文文化	麥田	九歌
	2009	2011	2008	2009	2010	2015	2018
吳妮民						週間旅行	
黃文鉅						就木	
官鴻志					不孝兒英伸		

表三　現代文學讀本（含新詩、小說、散文）「散文卷」選錄之作家／作品表

入選作家 ＼ 選本	臺灣文學讀本(一)、(二)	臺灣現代文學教程：當代文學讀本	繁花盛景──臺灣當代文學新選	寫作教室──閱讀文學名家	臺灣現代文選
	陳玉玲	陳大為、唐捐	廖玉蕙、陳義芝、周芬伶	許建崑、周芬伶、彭錦堂、阮桃園	蕭蕭
	玉山社	二魚文化	正中	麥田	三民
	2000	2002	2003	2004	2004
琦　君					紅紗燈
張秀亞					湖水，秋燈－學校生活追記
林海音				爸爸的花兒落了	
王鼎鈞			興亡		人，不能真正逃出故鄉、腳印
余光中		鬼雨	我的四個假想敵	伐桂的前夕	日不落家
白先勇				樹猶如此	
林文月		遙遠			溫州街到溫州街
陳冠學	田園之秋（節錄）				田園之秋－十一月七日

入選作家 ＼ 選本	臺灣文學讀本(一)、(二)	臺灣現代文學教程：當代文學讀本	繁花盛景——臺灣當代文學新選	寫作教室——閱讀文學名家	臺灣現代文選
	陳玉玲	陳大為、唐捐	廖玉蕙、陳義芝、周芬伶	許建崑、周芬伶、彭錦堂、阮桃園	蕭蕭
	玉山社	二魚文化	正中	麥田	三民
	2000	2002	2003	2004	2004
瓦歷斯·諾幹	戴墨鏡的飛鼠				
隱　地		半身之愛			
楊　牧		戰火在天外燃燒	那一個年代	亭午之鷹	
張曉風			你要做什麼		地篇
董　橋				說品味	
陳芳明	我的台灣史啟蒙導師：史明先生				
陳　列			礦村行		三月合歡雪
蔣　勳		貓			
顏崑陽			消失在鏡中的兒子		
阿　盛		廁所的故事			
廖玉蕙			長廊的腳步聲（編者）		年過五十
林清玄					四隨

入選作家 ＼ 選本	臺灣文學讀本(一)、(二)	臺灣現代文學教程：當代文學讀本	繁花盛景——臺灣當代文學新選	寫作教室——閱讀文學名家	臺灣現代文選
	陳玉玲	陳大為、唐捐	廖玉蕙、陳義芝、周芬伶	許建崑、周芬伶、彭錦堂、阮桃園	蕭蕭
	玉山社	二魚文化	正中	麥田	三民
	2000	2002	2003	2004	2004
周芬伶			紅唇與領帶	酸柚與甜瓜	汝身
陳幸蕙					日出草原在遠方
張啟疆	失聲的人				
夏曼·藍波安	冷海情深				
朱天心		李家寶			
吳錦發	畜牲三章				
劉克襄	溪澗的旅次				
撒可努·亞榮隆	小米園的故事				
廖鴻基				等風	奶油鼻子－瓶鼻海豚
張曼娟					髮結蝴蝶
簡媜	有情石	請從此行寫起	秋夜敘述	漁父	漁父
王家祥	秋日的聲音				

選本 入選作家	臺灣文學讀本(一)、(二)	臺灣現代文學教程：當代文學讀本	繁花盛景——臺灣當代文學新選	寫作教室——閱讀文學名家	臺灣現代文選
	陳玉玲	陳大為、唐捐	廖玉蕙、陳義芝、周芬伶	許建崑、周芬伶、彭錦堂、阮桃園	蕭蕭
	玉山社	二魚文化	正中	麥田	三民
	2000	2002	2003	2004	2004
林樹聲	荒地有情				
鍾怡雯		驚情	說話		垂釣睡眠
蔡深江				漫步經心	

表四　周昌龍等編《現代散文精讀》新、舊版本選錄作家／
作品比較表

入選作家 ＼ 選本	現代散文精讀	現代散文精讀（一）	現代散文精讀（二）	現代散文精讀（三）
	周昌龍、王月華、向麗頻等	周昌龍、王月華、向麗頻等	王月華、向麗頻、林仁昱等	王月華、向麗頻、林仁昱等
	麗文文化	麗文文化	麗文文化	麗文文化
	1993	2008	2009	2010
周作人	故鄉的野菜	故鄉的野菜		
蔣渭水				臨床講義
豐子愷				阿難
蔣夢麟	中山先生之逝世			中山先生之逝世
胡　適	容忍與自由		容忍與自由	
朱光潛	當局者迷・旁觀者清——藝術和實際人生的距離	當局者迷・旁觀者清——藝術和實際人生的距離		
徐志摩	北戴河海濱的幻想		北戴河海濱的幻想	
朱自清	白水漈		白水漈	
冰　心	小橘燈		小橘燈	
沈從文	我所生長的地方	我所生長的地方		
傅　雷	傅雷家書選	傅雷家書選		
鍾理和	做田、草坡上	草坡上	做田	我的書齋

入選作家 ＼ 選本	現代散文精讀	現代散文精讀（一）	現代散文精讀（二）	現代散文精讀（三）
	周昌龍、王月華、向麗頻等	周昌龍、王月華、向麗頻等	王月華、向麗頻、林仁昱等	王月華、向麗頻、林仁昱等
	麗文文化	麗文文化	麗文文化	麗文文化
	1993	2008	2009	2010
王昶雄	「阮若打開心內的門窗」情懷	阮若「打開心內的門窗」情懷		
張愛玲	自己的文章	自己的文章		
梁實秋				
琦　君				
張秀亞				
王鼎鈞	失樓台		失樓台	
孟東籬	死的聯想之一	死的聯想之一		
余光中	聽聽那冷雨	聽聽那冷雨	鬼雨	
林文月			台灣肉粽	J
劉大任			蔦蘿	
楊　牧				
張曉風	我的幽光實驗	我的幽光實驗、月，闕也		高處何所有——贈給畢業同學
荊　棘	南瓜——獻給母親十二週年忌辰	南瓜——獻給母親十二週年忌辰		
方　瑜	項羽——超級巨星	項羽——超級巨星		

入選作家 ＼ 選本	現代散文精讀 周昌龍、王月華、向麗頻等 麗文文化 1993	現代散文精讀 （一） 周昌龍、王月華、向麗頻等 麗文文化 2008	現代散文精讀 （二） 王月華、向麗頻、林仁昱等 麗文文化 2009	現代散文精讀 （三） 王月華、向麗頻、林仁昱等 麗文文化 2010
黃碧端	期待一個城市	期待一個城市		
季　季				暗影生異彩
陳　列			地上歲月	
余秋雨	道士塔		道士塔	
洪素麗	苔之華	苔之華		
陳芳明	從現代主義到後現代主義	從現代主義到後現代主義		
蔣　勳	石頭記		石頭記	寒食帖
邱坤良	這邊港與彼邊港			這邊港與彼邊港
王溢嘉	白衣‧誓言‧我的路	白衣‧誓言‧我的路		
阿　盛	廁所的故事		火車與稻田	廁所的故事
黃慧鶯	媽媽出爐		媽媽出爐	
舒國治	流浪的藝術——實只是筆記			流浪的藝術——實只是筆記
龍應台	文學——白楊樹的湖中倒影		文學——白楊樹的湖中倒影	菩提本非樹
林文義	收藏旅行	收藏旅行		

選本 入選作家	現代散文精讀	現代散文精讀（一）	現代散文精讀（二）	現代散文精讀（三）
	周昌龍、王月華、向麗頻等	周昌龍、王月華、向麗頻等	王月華、向麗頻、林仁昱等	王月華、向麗頻、林仁昱等
	麗文文化	麗文文化	麗文文化	麗文文化
	1993	2008	2009	2010
周芬伶	小王子		小王子	紅唇與領帶
陳義芝				為了下一次的重逢
陳克華				鼠室手記
張　讓	蒲公英	蒲公英		
蘇偉貞			來不及長大	
劉克襄				洲仔濕地、綠色柴山
夏曼·藍波安			冷海情深	
詹宏志			張望者	
莊裕安	野獸派丈母娘	野獸派丈母娘		
簡　媜	大水、水經		水經	大水、漁父
張曼娟				
蔡珠兒			瓜子與時間	
官鴻志				不孝兒英伸
廖嘉展	小鎮醫師陳錦煌	小鎮醫師陳錦煌		
鍾怡雯	今晨有雨			今晨有雨
徐國能				刀工

此選本原出版於一九九三年，共選三九篇，以「教師依據自身
專業考慮與教學效果選出」，「選文文體包括議論、記敘、抒
情、描寫，甚至學術文體等，以滿足各類範文要求。」主要
「以適應台灣社會脈動為最優先考量」使學生「瞭解所生活的
社會，包括歷史源流、文化價值、心靈感受與語言創造等，在
社會生活中匯成向上提昇的清流力量。」[5]後於二〇〇八至二
〇一〇年再版時，將原本一輯，擴為三冊，分別為（一）二十
篇、（二）廿一篇、（三）廿二篇，共六十三篇。大抵是在原選
錄作品上，再增選若干作家與作品。

　　尤值一提的是，該書一九九三年出版時，並未選錄林文月
的作品，卻於再版增訂時，選錄了原收錄於《飲膳札記》的
〈臺灣肉粽〉與《人物速寫》的「J」，前者屬飲食文學，透過
食物製作過程的細節，追憶母親與上海童年時光，亦含蓄傳達
「每逢佳節倍思親」之情；後者則是藉外籍看護「J」（Judy），
側寫丈夫郭豫倫先生之傷逝，此兩篇在林文月散文的新變上皆
有其代表性，亦是對林文月散文的肯定。另外，此選本未選錄
散文名家，如：琦君、張秀亞、梁實秋、楊牧、廖玉蕙之作
品，亦值得注意。

5　《現代散文精選》「編輯大意」，（高雄市：麗文文化事業股份有限公司），頁1。

附錄二
林文月散文在「現代散文選本」中，被選錄作品簡表

書　名	出版社	出版年	編者	入選篇目	篇數
現代中國散文選	洪範	1981	楊牧	秋道太太、生日禮物、一本書、遙遠	4
天下散文選	天下文化	2001	鍾怡雯、陳大為	潮州魚翅	1
當代文學讀本	二魚文化	2002	陳大為、唐捐	遙遠	1
台灣現代文學教程：散文讀本	二魚文化	2002	周芬伶、鍾怡雯	A	1
臺灣現代散文精選	五南	2004	阿盛	溫州街到溫州街	1
台灣現代文選	三民	2004	蕭蕭、向陽、林黛嫚	溫州街到溫州街	1
台灣現代文選──散文卷	三民	2005	蕭蕭	午後書房	1
現代散文選	五南	2009	蔡忠道、王玫珍等	步過天城隧道	1
現代散文精讀（二）	麗文文化	2009	王月華、向麗頻等	台灣肉粽	1

書　名	出版社	出版年	編者	入選篇目	篇數
現代散文精讀（三）	麗文文化	2010	王月華、向麗頻等	J	1
散文類：新時代「力與美」最佳散文課讀本	麥田	2015	黃錦樹、高嘉謙	溫州街到溫州街	1
華文散文百年選・臺灣卷	九歌	2018	陳大為、鍾怡雯	溫州街到溫州街、佛跳牆	2
主題式散文選					
臺灣飲食文選	二魚文化	2003	焦桐	蘿蔔糕	1
五十年來台灣女性散文──選文篇（上）	麥田	2006	陳芳明、張瑞芬	臺先生寫字、風之花	2

　　大抵，選本中所選錄的作家，代表的是編選者對該散文家的肯定；而選錄作品的差異與疊合，則是反映了編選者不同的審美旨趣與偏好。例如鍾怡雯即自道一己偏好語言的創意，更甚於歷史的厚重：

> 在散文審美天秤上，我原來一直鍾情於創意、巧思、出人意表，接近詩的散文。這類散文探索的往往不是生命的深度和歷史的厚度，而是語言的高度和創意的深度。[1]

透過以上表格的匯整對照，則可發現即便是同一編選者如鍾怡

1　《天下散文選》III，〈序　最炫目的驚嘆號〉，（臺北市：遠見天下文化），頁V。

雯，她在不同時期選錄的代表作品亦不相同。以《天下散文選》與《華文散文百年選・臺灣卷》為例，編選者皆為陳大為、鍾怡雯，但前者選錄的林文月作品是〈潮州魚翅〉；後者則是〈溫州街到溫州街〉和〈佛跳牆〉。此除了反映作者不同時期審美偏好的游移外，或許亦隱含著以「飲食散文」，作為林文月散文特色與代表之意。再者，比較鍾怡雯和周芬伶合編的《台灣現代文學教程：散文讀本》，選錄的林文月作品則變成《人物速寫》中的〈A〉。此篇內容主要是描寫一段中年的禁忌之戀，鍾怡雯認為若「換成是渡邊純一，他或許將以書寫成《失樂園》的方式，把這故事處理成高溫燃燒的情慾小說。」[2]，而特別讚許林文月「低調而壓抑」的文字功力。

　　因編選者立場的不同與選本數量的增多，而造成選錄作品的差異，似是必然存在的現象，這也可視為多元美感的一種呈現；然而在多元之中，仍能看出眾多選家對於某一作品的特別偏愛與重視，由上表可知，林文月最獲選家青睞的作品當推〈溫州街到溫州街〉。

　　事實上，林文月先生寫臺大師友的文章頗多，如〈臺先生和他的書房〉、〈記一張黑白照片〉、〈臺先生手書詩稿〉、〈龍坡丈室憶往〉、〈懷念臺先生〉（以上收錄於《回首》）。〈臺先生寫字〉、〈臺先生的肖象〉、〈坦蕩寬厚的心──因百師《永嘉室雜文》整理後記〉（以上收錄於《作品》）。〈因百師側記〉（《交談》）……等，歷來多以「同質異構」視之。臺大師友之記憶往往以「溯洄從之」的方式經常出現在林文月筆下，內底實為

2　《台灣現代文學教程：散文讀本》，（臺北市：二魚文化），頁83-84。

迴旋往復的徘徊深情，而〈溫州街到溫州街〉原收錄於一九九三年出版的《作品》，以記述之筆，在今昔變異的時空中，緬懷鄭騫與臺靜農先生跨越一甲子的知交情誼，實堪為一代學人「永恆輝光」的見證。

林文月散文追求新變，從《飲膳札記》到《人物速寫》皆是對一己既有寫作方向的新挑戰。前者開「飲食散文」之先，故被選錄的〈潮州魚翅〉、〈臺灣肉粽〉、〈蘿蔔糕〉、〈佛跳牆〉等，實是早已獲得選家重視的證明；後者則以姑隱其名的剪影方式，側寫浮光掠影人生的親人友朋，歡愁傷逝之情。其中被選錄的〈A〉，其實就是〈秋道太太〉、〈風之花〉中的主角──秋道悅子。此類「同質異構」情形，亦見於林文月童年書寫的若干篇章，如〈上海故宅〉、〈江灣路憶往〉、〈迷園〉中，或可視為林文月對寫作除了「內容」（說什麼）之外，更重視的是「形式」（怎麼說）的書寫策略吧。

最後，關於林文月出版的散文中，《擬古》是一本非常特別、也是深獲作者重視的一部作品。它結合了學術與創作，寄託了林文月「轉益多師」向古人取法學習，不斷提升自己的努力。雖然該書〈自序〉中一再自剖立場：

> 我期望達到的目標是：擬古而不泥於古，我並不想因摹擬古人而失卻自己；而且，生為現代人，我可以自由選擇摹擬的物件，而寫作的範圍，當然也不必限制在中國。例如：我以楊衒之《洛陽伽藍記》為摹擬之典範，卻記日本的平泉寺及美國的羅斯堡教堂；以日本清少納言《枕草子》為借鏡，而寫出在香港的感思。就此言

之，我擬古的事實，也與陸機擬古略有不同了。[3]

但在眾多現代文學選本中，沒有任何一位編選者選錄《擬古》中的任何作品，實是非常可惜的事。藝術，當然貴獨創，但「擬古」作為一種「前有所承」的寫作方式，而與原作產生一種「天光雲影共徘徊」之美，本來就是需要更高度的鑑賞力的。且從接受美學的觀點，作品並沒有獨立的價值，而是取決於時代所提出的「接受基礎」，或許在日後的將來，文學史會對林文月的《擬古》有更公允的評價吧！

3　《擬古·自序》，（臺北市：洪範書店），頁九。

文學研究叢書・文學理論叢刊 0801007

清質澄輝——林文月學術與藝術研究（修訂版）

作　　者　黃如焄

責任編輯　官欣安

特約校稿　林秋芬

發 行 人　林慶彰

總 經 理　梁錦興

總 編 輯　張晏瑞

編 輯 所　萬卷樓圖書股份有限公司

　　　　　臺北市羅斯福路二段 41 號 6 樓之 3

　　　　　電話 (02)23216565

　　　　　傳真 (02)23218698

發　　行　萬卷樓圖書股份有限公司

　　　　　臺北市羅斯福路二段 41 號 6 樓之 3

　　　　　電話 (02)23216565

　　　　　傳真 (02)23218698

　　　　　電郵 SERVICE@WANJUAN.COM.TW

香港經銷　香港聯合書刊物流有限公司

　　　　　電話 (852)21502100

　　　　　傳真 (852)23560735

ISBN 978-986-478-702-9

2022 年 7 月再版

定價：新臺幣 360 元

如何購買本書：

1. 劃撥購書，請透過以下郵政劃撥帳號：

　　帳號：15624015

　　戶名：萬卷樓圖書股份有限公司

2. 轉帳購書，請透過以下帳戶

　　合作金庫銀行 古亭分行

　　戶名：萬卷樓圖書股份有限公司

　　帳號：0877717092596

3. 網路購書，請透過萬卷樓網站

　　網址 WWW.WANJUAN.COM.TW

大量購書，請直接聯繫我們，將有專人為您服務。客服：(02)23216565 分機 610

如有缺頁、破損或裝訂錯誤，請寄回更換

版權所有・翻印必究

Copyright©2022 by WanJuanLou Books CO., Ltd.

All Rights Reserved　　　　**Printed in Taiwan**

國家圖書館出版品預行編目資料

清質澄輝 : 林文月學術與藝術研究/黃如焄
著. -- 再版. -臺北市 : 萬卷樓圖書股份有
限公司, 2022.07

　　面 ;　　公分. -- (文學研究叢書. 文學理論
叢刊 ;801007)

ISBN 978-986-478-702-9(平裝)

1.CST: 林文月 2.CST: 學術思想 3.CST: 散
文 4.CST: 文學評論

863.25　　　　　　　　　　　　111010397